S

Marc Weitzmann
Mischehe

Roman

Aus dem Französischen
von Uli Aumüller
und Patricia Klobusiczky

Schöffling & Co.

Für Béatrice

Deutsche Erstausgabe

Erste Auflage 2011

Originaltitel: *Mariage mixte*

Satz: Fotosatz Amann, Aichstetten
Druck: Memminger MedienCentrum
Bindung: Lachenmaier, Regensburg
ISBN 978-3-89561-417-0

www.schoeffling.de
www.marcweitzmann.com

Mischehe

Als er bei Tagesanbruch in dem einzigen bewohnten Raum der vor zehn Jahren erworbenen Zweiundzwanzig-Zimmer-Villa erwachte, die Augen auf die andere Doppelbettseite gerichtet, wo sein Sohn jede Nacht Zuflucht fand, blickte er ins Leere. Es war der erste Frühlingsmorgen der letzten Dekade des zwanzigsten Jahrhunderts, vor dem Fenster hellte ein rosiges Licht den dunklen Himmel auf, in der stillen Dämmerung schien alles an seinem Platz – wie beständig ist doch diese Ordnung, wie gebieterisch regiert sie die Arbeit, die erbauten und gekauften Häuser, die intakten Familien! –, mit Ausnahme des Kindes; es war nicht dort, wo es hätte sein sollen, und allem Anschein nach auch nirgendwo sonst.

Es war ein schüchternes neunjähriges Kind, getauft auf den Namen Charles-Édouard. Am Vorabend war er nach einem einfachen Essen mit einer anschließenden Partie Schach zu Bett gegangen. Gegen Ende hatte er das Schachbrett umgeschmissen, ohne jeden Grund. Urplötzlich, während sie in aller Ruhe spielten, hatte der Junge den Arm vorgestreckt und das ganze Spiel mit voller Wucht durch den Salon geschleudert, dass die Figuren nur so über den Teppich flogen.

In der dicken Wolle der Persermuster versunkene Bauern, die schwarze Königin unter dem Marmortisch, und auf dem Sofa, zwischen den Lederkissen, ein weißer Läufer. Cottard, der sich Zeit ließ, alles wieder aufzusammeln, bevor er seinen Sohn so gleichmütig wie möglich ins Schlafzimmer brachte, hatte sich die üblichen Fragen gestellt. Nicht gewalttätig, der Kleine, aber labil, das ja. Und zu stark von der Mutter beeinflusst. Schlafstörungen, von Ängsten geplagt … Man hatte ihm neben dem Schlafzimmer ein Extrabad einbauen lassen müssen, weil er nachts aufstand, sich aber nicht allein durch den dunklen Flur zur Toilette traute; der Psychologe reagierte besorgt, als er vorigen Monat Charles-Édouards letzte Zeichnung sah, ein ganzes Blatt voll mit einem Spinnennetz aus dicken schwarzen Fäden, aber Cottard hatte die Achseln gezuckt: »So sind die Kinder heute, Herr Doktor, Sie lesen doch Zeitung? Er ist nicht, wie soll ich sagen, er ist nicht ängstlicher als andere in seinem Alter.«

Um ehrlich zu sein, hatte er weniger aus Überzeugung so geredet, als um sich selbst zu beruhigen. Ein siebenjähriges Kind in psychotherapeutischer Behandlung – ein eher seltenes Phänomen, das musste er schon zugeben. Genau wie er sich jetzt mit der absurden Tatsache abfinden musste, die der Morgen ans Licht brachte: Das Bett, an dessen Fußende Charles-Édouard jeden Abend sorgfältig seine karierten Pantoffeln abstellte, bevor er unter die Decke kroch, die er sich furchtsam bis zum Kinn hochzog – das Bett war leer.

Jean-Christophe Cottard ließ sich aufs Kopfkissen zurückfallen, streckte sich und seufzte, im Geist über dieser Leere schwebend.

Da war das unerschütterliche Elfenbein des Toilettentischs, da waren die Haarbürsten und die Puderdose, wie Claude sie zurückgelassen hatte, da waren die zwei über Eck stehenden Polstersessel mit ihrem schweren Bezug und den Fransen, der kleine Fernseher, der seit der Anschaffung ihrer 16:9-Geräte im Schlafzimmer in der Nische gegenüber den Betten angebracht war, und dann ganz hinten im Spiegel er selbst, unter der Decke, mit nun ergrauendem Haarkranz – jetzt, da der helle Tag das dunkle Knarren der Nacht Lügen strafte, gönnte er sich einen Augenblick des Nachdenkens.

Immerhin war er noch zu Hause, zumindest das konnte ihm niemand nehmen. Die kunstvoll bearbeitete Bronze der Leselampe. Die goldenen Verzierungen in Form innig verschlungener Trauben an den Füßen des Nachttischchens (auf dem Marmor lag eine Nummer des *Yacht Magazine*). Der dicke Samt der rot-gelben Sessel, das Porzellan der Kugelleuchter, die im Salon und im Eingang von Negerfiguren aus grün-rot-gelbem Stein mit ausgestrecktem Arm gehalten wurden. Die Kristalllüster an der Decke, die an Boxen angeschlossenen VHS-Monitore mit 100-Hz-Technik, die beiden 16:9-Fernseher, auf deren Bildschirmen sich, immer wieder neu, ihre Urlaubsreisen abgespielt hatten, stimmungsvoll, romantisch … Der vor vier Jahren gekaufte Rolls-Royce, das Auto für die bedeutenden Anlässe (momentan stand er ungenutzt in der Garage, neben dem etwas älteren, aber noch glänzenden Mercedes, mit dem er täglich in die Praxis fuhr), die Gemälde großer Meister an den Wänden im Salon, die Couch aus geprägtem offenporigen Leder, die Vasen, antike Stücke aus der

Ming-Dynastie, die er aus China mitgebracht hatte, damals, von seiner Reise mit Claude (wie lange das her war …). Alles, bis hin zu dem Haus selbst, samt Schwimmbecken, Tennisplatz, Kapelle – alles, bis hin zu den noch dunklen Gipfeln der Berge, auf die gerade der erste Sonnenstrahl fiel, hinter den nahen Olivenhainen, alles, bis hin zur ruhigen Pracht der ihn umgebenden Natur, zeugte von seinem Erfolg.

Nicht, dass Geld wichtig wäre, der Wert dieser Dinge war ihm völlig egal … Geld war nur ein Symbol der Zugehörigkeit, sonst nichts. Eine Insignie war es, das Siegel einer bestimmten Identität, der Lohn für die unermüdliche Beharrlichkeit, die er all die Jahre aufgebracht hatte, um sich eine unabhängige, gesicherte Existenz im Kreise derer aufzubauen, die ihm lieb und teuer waren und die er (wie er glaubte) vor der Grausamkeit, der Gemeinheit und der Traurigkeit der Welt würde schützen können.

Aber das Bett neben ihm blieb leer.

Also stand er auf. Er zog einen Trainingsanzug über und ging nach draußen, dann am Tennisplatz vorbei weiter zur Wohnung seiner Schwiegermutter. Seit dem Tod ihres Mannes 1980 lebte sie in den für sie hergerichteten Nebengebäuden. Jean-Christophe hatte dieses Arrangement in Erinnerung an eine Zeit vorgeschlagen, als sie noch seine Verbündete war, damals, als er, noch völlig unbeleckt, zwei Tage in der Woche aus Maisons-Alfort nach Nizza gekommen war, um Vertretungen zu machen und sich vor Ort nach Möglichkeiten umzusehen, hier eine Tierarztpraxis zu eröffnen.

Seine Begeisterung damals war grenzenlos gewesen. Nizza Mitte der siebziger Jahre? Das waren Casinos, Palasthotels, die Médecin-Blütezeit mit der Aura von Abenteuer und ein ungetrübter Steuerhorizont, klar wie der Himmel über dem nahen Monaco: Las Vegas made in France! Er war damals in dem Alter, in dem man für solche Dinge empfänglich ist.

Seit er das erste Mal bei Schwiegermama eingekehrt war, hatte er ihr ganz selbstverständlich von seinen Zukunftsplänen erzählt: dem Kauf der ersten Tierarztpraxis, den Steuertricks, den Plänen zur Vergrößerung seiner Klientel, dem anvisierten Datum für sein erstes Kind mit Claude, sobald sie verheiratet und häuslich eingerichtet wären ... Angesichts so vieler guter Vorsätze hatten seine zukünftigen Schwiegereltern natürlich keine andere Wahl gehabt, als ihn zu adoptieren. Und wenn Monsieur Berger, der als Hauptmann der Infanterie in Indochina gewesen war, vor dem Abendessen seine Bücher hervorholte, sie mit den Militärkarten auf dem Tisch ausbreitete und mit nervös zitternder Hand darüber fuhr (»Stellen Sie sich vor, Jean-Christophe! Hier waren wir stationiert, keine hundert Kilometer von Diên Biên Phú!«), wenn er, als zusätzlichen Beweis, zwischen den wenigen schwergewichtigen Werken, die gut sichtbar hinter dickem Glas im Buffet des Esszimmers standen, diejenigen von General Bigeard herauszog (»Da hatten wir uns verschanzt! Man hörte die Explosionen krachen! Und glauben Sie, ein einziger Offizier hätte uns befohlen, dorthin zu gehen? Denen war's doch scheißegal ...«), wenn Schwiegerpapa die Fernsehauftritte eines Georges Marchais, dessen Unterstützung für die Streikenden von Renault-Billancourt, bissig kommentierte (»Vier Wochen bezahlter Urlaub, und die beschweren sich immer noch! Sollen sie doch rübergehen und sehen, wie es sich in Moskau lebt, wenn es ihnen in Frankreich nicht gefällt!«), umschwirrt von Schwiegermamas agiler und schlanker, vom Herd zum Tisch und vom Tisch zum Herd eilender Gestalt, war Jean-Christophe ungemein glücklich. »Mein Vater«, sagte er dann unweigerlich, »wissen Sie, mein Vater, der hätte genau dasselbe gesagt!«

Was machte es schon, dass nichts Wahres daran war? Was machte es, dass weder der alte Cottard noch sonst jemand in seiner Familie sich jemals um Billancourt geschert hatte noch um das, was sonst so alles in der Zeitung stand, ganz zu schweigen von Indochina? Was machte das schon …

Und die kleinen Aufmerksamkeiten von Madame Berger damals! Für alles sorgte sie, ohne Aufhebens, ohne ein Wort der Klage. Abends stellte sie ihm, ohne dass er darum bat, etwas im Kühlschrank zurück, wenn er zu spät kam, um mit ihnen zu essen, und sein Bett war immer frisch bezogen.

Er erinnerte sich an das kleine Zimmer, in dem sie ihn untergebracht hatte – Claudes Zimmer! –, das Jungmädchenbett, über dem ein kleines Kruzifix hing, und gegenüber das sanft traurige Lächeln von Françoise Hardy (vor Jahren aus *Salut les copains* ausgeschnitten), eine Bauernkommode, auf der, eigens für ihn hinzugefügt, ein Porträt der jugendlichen Claude stand, daneben eine Jungfrau unter Glas, ein Andenken aus Lourdes von vor sechs Jahren. Und in jeder Schublade ein Säckchen mit provenzalischem Lavendel als Duftspender für seine Hemden.

Zweimal in der Woche war er dort erwacht, bei strahlender Sonne – und jetzt, sechzehn Jahre später, betrachtete er eine ganz ähnliche Sonne. An der Wand ihm gegenüber hatte das Licht Françoise Hardy direkt in die Augen geschienen, aus der Küche, wo Madame Berger sich schon zu schaffen machte, hörte man Geräusche, und der Duft des Kaffees stieg zu ihm, der noch gemütlich im Bett lag, hinauf …

Aber jetzt, wo Claude weg war, sein Sohn unauffindbar, Papa Berger seit elf Jahren tot – jetzt trat Jean-Christophe ohne anzuklopfen in die Küche, wo dessen Witwe saß, alt geworden, in ihrem abgewetzten blauen Plüschmorgenmantel, das weiße Haar ungekämmt, und die Schale mit ihrem Morgenkaffee auf die Wachstuchdecke absetzte. Weiß-grüne Karos bedeckten den Tisch aus Resopal: einer jener Küchentische, die Anfang der sechziger Jahre der letzte Schrei gewesen waren – weiß Gott, warum sie den behalten hatte. Überhaupt war es ihm ein Rätsel, wieso sie dermaßen an solchen Sachen hing; im Lauf der Jahre hatten sie einander über das Mobiliar verachten gelernt.

Er sah ihren feindseligen, überraschten, fast furchtsamen Blick. Sie hatte ein bisschen Angst vor ihm; wahrscheinlich hatte sie auch nicht erwartet, ihn so früh zu sehen. Zur Begrüßung fragte er gelassen: »Wissen Sie vielleicht, wo Charles-Édouard steckt?«

»Wie es scheint, hat Ihr Sohn das Grundstück nie verlassen, Monsieur Cottard.« So sollte am ersten Tag des Verschwindens, nachdem er sich entschlossen hatte, Claude anzurufen, und diese ihn mit viel Mühe überzeugen konnte, die Polizei zu verständigen, so sollte, nachdem die Uniformierten brutal in seine Villa eingedrungen waren und ihre Spürhunde die Hortensienbüsche, die Oleander, die Gladiolen im Garten zertrampelt hatten (hielt Charles-Édouard sich etwa in einem Fruchtknoten versteckt? Ha ha!) – so sollte, nachdem schließlich eine völlig verschreckte Madame Berger befragt worden war, die lächerliche Erklärung des Polizeihauptmanns lauten.

Gewiss, in den folgenden Wochen stellten dieselben Polizisten ganz Lucéram auf den Kopf, durchkämmten das Gestrüpp Quadratzentimeter um Quadratzentimeter; Militärhubschrauber nahmen jeden Winkel ins Visier und überzogen das Hinterland von Nizza mit dem Gedröhne schwarzer Bienenschwärme; seit der Veröffentlichung der Suchmeldung mit einem Foto von Charles-Édouard auf der Titelseite berichtete *Nice-Matin* täglich über die Sache, erst über das »Ausreißen«, dann über das »Verschwinden«, bis man zum »Rätsel« und schließlich zur »Affäre« überging. Vor laufender Kamera wurde der Einsatzleiter des Suchtrupps mit Fragen bombardiert, Reporter kamen nach Gairault hinauf, um ihn, den Vater, für das Regionalfernsehen zu interviewen, und gleich im Anschluss an seine sorgenvollen Erklärungen bat der Sender um Hinweise aus der Bevölkerung.

Bei den Telefonzentralen der Polizei und beim Fernsehen meldeten sich Anrufer, die Charles-Édoaurd gesehen haben wollten: in der Rue Cassini am Vieux Port, vor dem Casino Ruhl am Rande des Jardin Albert Ier, in einem Supermarkt des Viertels Saint-Philippe, gleich neben der Stadtautobahn, ja sogar in Saint-Paul-de-Vence. Ein Medium wollte ihn im Esterel-Gebirge gesehen haben, lebend, aber mit gebrochenem Bein. Währenddessen durchkämmte die Feuerwehr, unterstützt von einem Suchkommando der Armee, die gesamte Umgebung bis nach La Colle-sur-Loup, durchsuchte jedes Unterholz, jedes Dickicht, jeden Feldweg.

Ohne Erfolg.

»Bei uns läuft ein Scheidungsverfahren«, hämmerte Cottard den ungerührten Polizisten ein. »Da gibt es Probleme. Meine Frau ist krank. Sie ist in psychiatrischer Behandlung. Sie verkehrt mit gefährlichen Leuten, mit Asozialen.« Aber diese superschlauen Kripobeamten! Wie sollte er es ihnen erklären? Ihnen sagen, in der fraglichen Nacht könnte durchaus ein Auto am Tor auf Charles-Édouard gewartet haben? Ein Auto, in dem zum Beispiel Claude gesessen hätte und zum Beispiel einer dieser Hurensöhne, die ihr als Liebhaber dienten. Würde *das* nicht erklären, warum die Hunde auf der Straße keine Spur gefunden hatten? Aber sie hörten ja nicht einmal richtig zu. Claudes Verhalten war allgemein bekannt. Diese krankhafte Neigung, die sie im Lauf der Zeit entwickelt hatte, sich jedem Typen an den Hals zu werfen, wenn er nur zerlumpt, verhungert, ärmlich und dubios genug war ... Alle wussten längst Bescheid – außer ihm natürlich. Er lebte ahnungslos mit seinem Sohn in dieser Oase, die er für sie gekauft, für sie eingerichtet, für sie *bezahlt* hatte – ein Heim, wo es ihr an nichts fehlen sollte, außer an der Hässlichkeit, dem Elend und dem Dreck, die sie in den Betten der Sozialfälle der Stadt suchte – während er gewissenhaft seine Rolle als Ehemann, als *Vater* erfüllte. Ohne je etwas zu ahnen. Wenigstens nicht, bevor es zu spät war. Und natürlich – da er ja in diesem unberechenbaren Dschungel lebte, in dem gesunder Menschenverstand bestenfalls für Naivität gehalten wird – war er es jetzt, er, *der Vater*, auf den die Polizei ausgerechnet den ganzen Verdacht richtete.

Das ging wirklich zu weit. Was, um Himmels willen, ist ein Vater denn, was sind seine Aufgaben? Wenn nicht Entscheidungen treffen. Eine Familie führen. Ehrgeiz an den Tag legen, eine starke Hand eben. Alles, worum er sich bemüht hatte! Und das wollte man ihm vorwerfen? Alles, was, nebenbei gesagt, sein eigener Vater, zu früh an den Rollstuhl gefesselt, nicht hatte tun können … Und Jean-Christophe erinnerte sich, o ja, nur allzu gut. Der kleine Mann im schlackernden Anzug, wie er kistenweise Kekse, Stapel von Prospekten und Bestellscheinen in seinem Peugeot verstaute, dazu die drei Hemden, zwei Schlipse und den Anzug zum Wechseln auf einem Bügel an der Wagentür, die Straßenkarten hinten auf der Ablage oder neben seinen Füßen. Fernfahrerhotels, kleine Gaststätten auf dem Lande, Menüs zu dreißig Francs, ein Viertel Roter inklusive, danach nicht zu schnell wieder ans Steuer. Fünf Tage in der Woche klapperte er so, bis hinunter ins Zentralmassiv, die Lebensmittelläden ab, drehte ihnen das Sandgebäck der neuen Biscuiterie Bretonne an, ein mittelständisches Unternehmen, von deren dreiundvierzig mittelmäßigen Vertretern er einer war. Bis die Krankheit, die seit über zwanzig Jahren in ihm schlummerte ... Den Ärzten zufolge hatte er sich den Rücken im Stalag ruiniert. Schon 1940 in Gefangenschaft geraten, hatte er den größten Teil des Krieges dort verbracht, zur späteren maßlosen Scham seines Sohnes.

Rationen ekelhafter Suppe, Schläge, stinkende und überfüllte Schlafsäle, verstopfte Latrinen, Durchfallattacken: das war die erniedrigende Litanei, aus der sein ganzes Heldentum bestand. Aber am schlimmsten war womöglich der ehrfürchtige Ton, in dem er davon erzählte. Jeden Abend, wenn Jean-Christophe aus der Schule kam, hätte er ihm am liebsten ins Gesicht gebrüllt: »Wach auf! Der Krieg ist vorbei!«, aber sein Vater fing immer wieder damit an. Egal, wie die Welt da draußen sich veränderte, ob man Jerk tanzte oder Twist, ob Flugzeuge einen bis nach Indien befördern konnten, zu Hause wurde weiter räsoniert: »Die Boches, da kann man sagen, was man will, aber sie verstanden etwas von Disziplin. Hätten wir uns eine Scheibe davon abgeschnitten, wäre es im Aurès-Gebirge anders gelaufen, das kannst du mir glauben!«

Sein Kampf gegen die Krankheit beschränkte sich auf die Jahresfeiern der Vereinigung ehemaliger Kriegsgefangener in Maisons-Alfort. Festreden, Trikoloren, Porträts von Militärs, die in seiner Vorstellung vielleicht sein Ende veredeln sollten, was aber bei seinen Kindern nur das Gegenteil bewirkte und in ihren Augen dessen radikale Absurdität besiegelte. Jean-Christophe hatte sich damals sogar bei dem Wunsch ertappt, sein Vater wäre nie zurückgekehrt, sondern im Krieg gestorben. Dann hätte er ihn nicht gekannt. Er hätte ein bisschen Ruhm geerbt – den in Marmor gemeißelten Ruhm des Kriegerdenkmals der Stadt, das sich an der Mauer der veterinärmedizinischen Hochschule erhob. Wer weiß? Vielleicht hätte Jean-Christophe jeden Tag stolz davor innegehalten und hätte geweint. Stattdessen starb Papa langsam, dummerweise zwanzig Jahre später als von der Geschichte vorgesehen. Was sein Heldentum anging, so hatte es den gleichen schalen Geschmack wie das ausgetrocknete Sandgebäck, das er von seinen Vertreterreisen mitbrachte, wenn er nicht alles losgeworden war …

Jean-Christophe hatte jedenfalls alles daran gesetzt, für Charles-Édouard ein anderer Vater zu sein, ganz anders als seiner. Das konnte er der Polizei versichern: ein *wirklicher* Vater! Ein Vater, der sich nicht, wie sein eigener, mit schönen Worten begnügte. Wie konnte man an seinem vorbildlichen Verhalten zweifeln? Wie auch nur eine einzige Sekunde ihn verdächtigen, seinen Sohn … Freiheitsberaubung, sagten die Polizisten, Entführung, sagten sie, ja sogar … Offenbar hielten sie alles für möglich. Die Kripo überwachte ihn. Die Finanzfahnder überprüften die Konten seiner Praxen. Die Steuerbehörde drohte sich einzuschalten, und täglich musste er damit rechnen, dass Anklage gegen ihn erhoben würde … Für wen hielt man ihn eigentlich?

Für wen hielt man ihn?

Die Inspektoren konnten ihn von Anfang an nicht leiden, schon auf den ersten Blick. Sobald er ihnen die Tür aufmachte, an jenem ersten Morgen des Verschwindens. Noch bevor er dazu gekommen war, überhaupt etwas zu sagen!

Er hatte sich, während er sie erwartete, die Zeit genommen, sich zu rasieren. Er war in einen Anzug geschlüpft, hatte sich die Krawatte umgebunden, denn er legte unter diesen dramatischen Umständen Wert darauf, die Form zu wahren. Die präzisen Gesten eines Arztes. Das Gewohnheitsritual zum Schutz vor Panik. »Herein, herein, hier entlang. Möchten Sie einen Kaffee? Er ist schon fertig, ich habe Sie erwartet … Also hier, in diesem Zimmer, das ist das Zimmer, wo er schläft … Das heißt, äh … Wo wir schlafen, weil, seit seine Mutter weg ist, das muss ich schon sagen, bin ich ja ganz alleine, nicht wahr … Und jetzt, also wirklich, das ist unbegreiflich, nicht … Ich, wenn Ihnen das weiterhilft, ich glaube, er ist durch die Küchentür raus …« Sie hatten über ihn geurteilt, sie hatten ihn verurteilt.

Das Design der Kaffeemaschine, mit der er ihnen den Espresso machte? Schuldig! Die amerikanische Küche, die eleganten Kochplatten, der riesige Tiefkühlschrank *made in USA*? Schuldig! Die Negerfiguren im Kolonialstil, die Kristallgläser, die Kronleuchter, die Fernseher, der Tennisplatz, der Pool? Schuldig! Viermal schuldig, fünfmal schuldig! Diese kleinen Ärsche der untersten Gehaltsklasse, die in ihren Billighosen von Monoprix das Stierleder seiner Couch befühlten – eigens aus dem Baskenland beschafftes Leder, das ganze Möbelstück eigens für ihn in Maßarbeit von Roméo angefertigt –, woran hätten sie sonst denken können, die Bullen, während sie ihm zuhörten? Dem Besitzer einer Villa, deren Wert 1980 auf zehn Millionen Francs geschätzt worden war? Und diese Vollidioten waren in Nizza gelandet, weil der Zufall der Versetzungen sie hierher verschlagen hatte, die gingen in den öffentlichen Dienst, um sich abzusichern, die waren durch Beziehungen über irgendeinen Freund oder Verwandten zur Polizei gekommen … Fünf Riesen als Prämie für die Festnahme von drei illegalen Jugoslawen an der italienischen Grenze, das war der ganze Reibach! Allein die Tatsache, dass er seine Steuern pünktlich zahlte, kam in ihren Augen noch erschwerend hinzu.

Also klarer Fall! Seit jenem ersten Morgen hatten sie Jean-Christophe alle Beweise für seine Unschuld zur Last gelegt. Jede Äußerung, die von seinem Verantwortungsbewusstsein zeugte, wendeten sie gegen ihn und hielten sich stattdessen lieber an Claudes Hirngespinste. Einer Frau zu glauben, die seit zehn Jahren in psychiatrischer Behandlung war! Einer Frau, deren unfassbares Benehmen bis nach Cimiez für Klatsch und Tratsch sorgte! Einer Frau, die plötzlich behauptete, Charles-Édouard wäre gar nicht sein Sohn, sondern der Sohn eines ihrer Liebhaber – eines dieser Clochards, die ihr als Liebhaber dienten!

Aber wer, verdammt noch mal, wer, wenn nicht Jean-Christophe, sorgt denn dreimal in der Woche dafür, dass Charles-Édouard Gymnastik macht? *Wer* fragt den Jungen abends seine Schularbeiten ab und lässt ihn die Aufgaben ins Reine schreiben? Wer bringt ihn, trotz eines übervollen Terminkalenders, seit vier Jahren jeden Dienstag nach der Schule zum Katechismusunterricht? Und wer tröstet den Kleinen, wenn er *von seiner eigenen Mutter* angewidert zurückgestoßen wird? Wer bleibt bei ihm, wenn er nachts aufwacht und laut schluchzend »*Mama!*« ruft, während diese sich gerade in einer Mansarde der Altstadt von Nizza vögeln lässt? Wer, mit einem Wort, spielt die Rolle, die ein Kind von seinen Eltern erwarten darf, wenn nicht Jean-Christophe? Und von Claude kann man dergleichen wohl kaum behaupten, oder? Man kann nicht behaupten, sie hätte im Lauf der Zeit ihre überbordende Mutterliebe entdeckt!

Sechs Jahre. Ganze sechs Jahre hatte es gebraucht, bis sie schwanger wurde. Und was war nach diesen sechs Jahren Bemühungen ihr erstes Wort gewesen? Können Sie sich vorstellen, was die drei ersten Silben waren, die ihr, seiner Frau, über die Lippen kamen, als sie das Ergebnis erfuhr, den Laborbericht noch in der Hand?

»*Abtreiben*« – genau!

Anfang der achtziger Jahre, mehr muss man dazu nicht sagen. Überall dieselbe Verkommenheit, derselbe Nihilismus. Die Frauen gingen im Krankenhaus ein und aus, das lief für sie so automatisch ab, so einfach wie das Anzünden einer Zigarette oder der Sex mit einem x-beliebigen Typen – das war eben modern. Seit ihrer Hochzeit hatten Claude und Jean-Christophe von einem Kind gesprochen, aber jetzt, wo es so weit war, erwiderte sie heulend und keifend alle seine Argumente mit Sätzen, die sie in den Medien aufgeschnappt hatte: »Na ja, ich meine eben, huuu, heutzutage machen das doch alle, es ist doch erlaubt, es steht uns frei …« »Na und?«, gab er zurück. »Wenn alle aus dem Fenster springen, springst du hinterher?« Als Beispiel berief er sich auf den Fall einer seiner Klientinnen, Madame Duroc: drei Abtreibungen in fünf Jahren, depressiv bis ans Ende ihrer Tage. Für eine Abtreibung muss man immer büßen, auch wenn sie in dieser vaterlosen Welt erlaubt ist – in dieser Welt verderbter Mütter und verschwindender Kinder –, gerade dann! Aber sie: »Dieses Ding in meinem Bauch, morgens sehe ich mich im Spiegel an, das ist wie ein Krebsgeschwür …« Und dann blieb sie einfach liegen, den ganzen Tag heulte oder schlief sie, und pumpte sich mit Beruhigungsmitteln voll.

Niemand kannte die Zahl ihrer Liebhaber, nicht einmal sie selbst. Ein sicherer Kandidat war Vincent Chailloux, ein strohdummer Kraftprotz, dessen einzige Arbeit offenbar darin bestand, ab und an als Sargträger für das städtische Beerdigungsinstitut einzuspringen. Von diesem Rohling hatte sie sich zwischen Mai 1988 und März 1989 regelmäßig besteigen lassen. Ein anderer, René (Januar 1987 bis Februar 1988), lebte allein unter einem Blechdach in den Bergen oberhalb von Lucéram. Dreizehn Monate lang hatte Claude ihn zweimal pro Woche aufgesucht, ihm Essen gebracht, ihn anscheinend sogar gewaschen, bevor sie sich in dieser armseligen Behausung auf den Boden legte – Zustände, die man sich besser nicht ausmalte. Davor (August 1986 bis November 1987) hatte es einen gewissen Karim gegeben, frisch aus dem Knast entlassen, mit dem Claude sich in den verfallenen Räumen eines besetzten Hauses traf, wo er, wenn er abends vom Betteln zurückkam, sein Dasein als Gammler fristete. Dann, nicht zu vergessen, Robert, ein ehemaliger Fremdenlegionär, der Schrotthändler geworden war (nur vierzehn Tage im Oktober 1987). Und schließlich Abraham Zeev Gluckstein, so unwahrscheinlich der Name war … Ehemaliger Hippie und Drogensüchtiger, der vielleicht immer noch Rauschgift nahm, wer weiß das schon. Ein Typ jedenfalls, der mit den Behörden seines Heimatlandes so viele Schwierigkeiten hatte, dass er hier, in den verrufenen Gassen der Altstadt von Nizza, untertauchen musste. Und *der*, dieses Wrack, sollte nun auf einmal, wie Claude behauptete, der wahre Vater seines Sohnes sein! Und *ihr*, dieser haltlosen Person, wollten die Gendarmen und die Kripoleute glauben!

»Sie glaubt an nichts«, hatte Jean-Christophe argumentiert, als sie vor inzwischen sechs Monaten das erste Mal aus der ehelichen Wohnung verschwunden war. »Seit ich sie kenne, glaubt sie an nichts. Weder an die Religion noch an die Ehe, an gar nichts! Dabei wollte sie, als sie klein war, angeblich immer Nonne werden, in einen Orden eintreten. Was ist nur aus ihr geworden?«

»Ich weiß nicht«, verteidigte sich Maurice Rocca. »Ich weiß es nicht.«

Rocca, dieser komplette Blödmann. Seit dreißig Jahren war er in sie verliebt, seit dreißig Jahren spielte er aus Trotz den großen Bruder. Anscheinend hatte sich Claude schon in ihrer Jugend bei ihm ausgeweint – weil ihr Vater sie quälte, weil die Nonnen im Ursulinenstift sie quälten. Und neuerdings natürlich, weil Jean-Christophe sie quälte. Aber Rocca – ihr Vertrauter, der einzige Mensch, der sie verstehen könne, sagte sie, der sie nicht zurückstoße, wenn sie ausspreche, was sie bedrücke –, dieser Kretin, machte es nur schlimmer. In dem Glauben, ihr zu helfen, trieb er sie noch tiefer in ihre Neurose, indem er sie in ihren zunehmenden Vorwürfen gegen Jean-Christophe bestärkte. Den einzigen Menschen auf der Welt, der ihr Glück wollte! Und eben darum war er ihr schlimmster Feind geworden. Ja.

»Du weißt ja, dass bei uns immer ein Bett für dich frei ist, wenn du möchtest«, pflegte Rocca zu sagen. Elf Jahre lang dasselbe Lied – und schließlich hatte sie es getan.

Am Morgen des 10. Oktober 1990, nach einer sechzehnjährigen Verbindung voller Turbulenzen, bei denen Psychiater, Sexologen, Kindertherapeuten, Priester und zu guter Letzt Rabbiner und die Polizei der Reihe nach auf ihre Suizidversuche, ihre Wutanfälle, die Vernachlässigung ihrer mütterlichen Pflichten und ihre Depressionen eingegangen waren, hatte Claude die eheliche Wohnung verlassen.

Sie hatte ihren Sohn verlassen, sie hatte ihren Mann verlassen, ihn, Jean-Christophe – ohne Vorwarnung. Um allein zu leben, wie sie sagte. Was in Wirklichkeit bedeutete, dass sie nur mit zwei Reisetaschen, die nicht einmal voll waren, bei den Roccas aufgetaucht war, sich im Gästezimmer eingerichtet hatte und sich weigerte, ans Telefon zu gehen, wenn er anrief, sich weigerte, seine Briefe zu beantworten.

Jean-Christophe hatte alles versucht!

»Sie sind doch ein gläubiger Christ, Maurice«, beharrte er am Telefon. »Sie gehen in die Kirche, nicht wahr? Ist Ihnen eigentlich klar, welche Verantwortung Sie tragen? Ist Ihnen klar, was Sie tun, wenn Sie meine Frau bei sich wohnen lassen? Sie betreiben die Zerstörung einer Familie! Warum ermuntern Sie sie nicht lieber, nach Hause zurückzukehren? Warum wiegeln Sie sie auch noch auf?«

»Ich weiß nicht, was ich Ihnen sagen soll, Jean-Christophe. Vor drei Tagen stand sie plötzlich unangemeldet bei uns vor der Tür. Sie will nicht mit Ihnen sprechen, ich kann ihr den Hörer ja nicht in die Hand zwingen!«

»Aber, das ist doch … Also wirklich, was soll das, sie ist schließlich meine Frau! Ich will nur mit meiner Frau sprechen, sonst nichts, das ist doch wohl nicht zu viel verlangt …«

»Ja, schon gut, aber immer mit der Ruhe. Es hilft nichts, so zu drängen. Man muss ihr etwas Zeit lassen.«

»Zeit wofür?«

»Sie sagt, sie müsse nachdenken.«

»Und das kann sie mir nicht selber sagen? Kann sie mir das nicht direkt sagen? Sie verschwindet einfach so, und dann kann sie nicht mit mir sprechen?«

»Eben nicht, das ist es ja gerade, sie sagt, sie könne nicht.«

»Und warum, darf man das erfahren?«

»Sie sagt, Sie hätten nie versucht, sie zu verstehen.«

»Sie redet einfach so daher.«

»Ja, eben, das sagt sie auch, dass Sie das immer sagen.«

»Dass ich was sage?«

»Dass sie einfach so daher redet.«

»Aber äh … und … wie? Ich meine, wie … Was macht sie denn den ganzen Tag bei Ihnen?«

»Sie versucht, Klarheit zu finden, nachzudenken.«

»In die Praxis hat sie jedenfalls keinen Fuß gesetzt, das kann ich Ihnen sagen, und die Klienten, die rennen mir die Bude ein, also witzig ist das nicht …«

»Man muss mit ihr Geduld haben, Jean-Christophe. Und Mitgefühl.«

»Und das Schlimmste, ihr Sohn verlangt nach ihr, auch das noch! Verstehen Sie? Ihr Sohn! Er braucht sie!«

An jenem 10. Oktober, als sie gegangen war, hatte der Kleine zwei Stunden vor der Schule auf sie gewartet, bevor die Direktorin, Madame Dufoix, auf ihn aufmerksam wurde. Zwei volle Stunden! »Er stand da, ganz allein an der Straße, lieb und brav wie immer«, hatte sie dem Vater aufgeregt erzählt, als dieser endlich, halb wahnsinnig vor Angst, gekommen war, nachdem sie ihn in der Klinik angerufen hatte. »Das arme Kerlchen, hat sich nicht vom Fleck gerührt, er wartete auf seine Mama. So ein Engelchen, und ganz vom Regen durchnässt, ich musste ihn abtrocknen … Keine Klage, nichts! Wenn ich ihn nicht gesehen hätte …« Entschuldigungen und wirre Erklärungen stammelnd, hatte Cottard Charles-Édouard hinter sich her zum Auto gezogen und war, so schnell er konnte, nach Gairault hinaufgefahren, wo er am Eingang, auf dem kleinen Tisch, den Zettel fand, auf den Claude zum Abschied gekritzelt hatte: *Diesmal gehe ich wirklich, versuch nicht, mich zu finden, mir geht zu viel im Kopf herum, ich muss nachdenken. Charles-Édouard kommt um 16:30 Uhr aus der Schule.* (So viel zu ihrem Verantwortungsgefühl – ein Satz, und damit hatte es sich!)

Seither hatte er den Jungen täglich von der Schule abgeholt! Das war zwangsläufig auf Kosten seiner Arbeitszeit gegangen. (Und die Geschäftszahlen in jenem Winter? Um fast fünfzehn Prozent gesunken).

Charles-Édouard stieg wortlos in den Mercedes ein, verkroch sich in eine Ecke der Sitzbank, und dann, mitten in der Stille, die sonst nur von einsilbig gemurmelten Antworten auf die doch ganz harmlosen Fragen seines Vaters durchbrochen wurde, ertönte plötzlich dieses herzzerreißende dünne Stimmchen, das fragte: »Und Mama, wann kommt sie wieder? Wo ist die Mama?«

»Sie ist nun einmal schwierig, sehr eigen«, sagte Rocca. »Vielleicht verlangen Sie zu viel von ihr.«

»Ich verlange nur, dass sie meine Frau ist! Dass sie die Mutter unseres Kindes ist!«

Nie war sie eine Mutter gewesen, nie! Man hatte ihr eine Narkose geben müssen, um Charles-Édouard aus ihr herauszuholen! Sogar der Arzt war erschüttert. »Das habe ich noch nie erlebt, so viel Widerstand gegen eine Geburt ...« Nach einer beinahe zehnstündigen Entbindung, bei der Charles-Édouard am Ende mit der Zange geholt wurde – die Mutter betäubt, endlich ohnmächtig, noch im Kreißsaal liegend –, war das dessen einziger Kommentar gewesen, als er im Wartezimmer erschien, wo Jean-Christophe saß. So schockiert über Claudes Widerstand war der Doktor, dass er darüber die üblichen Glückwünsche vergessen hatte. Was Wunder, dass der Junge so anfällig war? Was Wunder, dass er, kaum im sprachfähigen Alter, einen Kindertherapeuten brauchte? Sieben Monate nach der Entbindung schluckte sie ihre erste Überdosis Barbiturate. Eines Abends, als Jean-Christophe von der Tierklinik nach Hause kam, hatte er sie bewusstlos quer über dem Bett liegend gefunden. Das leere Fläschchen umgekippt auf dem Nachttisch, nur ein paar Schritte von der Wiege entfernt, lag sie stöhnend da, unverständliche Dinge murmelnd. Mit geschlossenen Augen und verzerrtem Gesicht schüttelte sie manisch den Kopf. Was für ein Anblick! Für so ein kleines Kind … Ohne die Nerven zu verlieren, hatte Jean-Christophe, von seiner eigenen Kaltblütigkeit überrascht, das Baby aus dem Zimmer gebracht, bevor er Claude erst einmal anständig ins Bett legte …

»Ich weiß«, unterbrach ihn Rocca, »ich weiß das alles.«

»Ist es zu viel verlangt, dass sie sich wie ein normaler Mensch benimmt? Dass sie unserem Leben ein ganz klein wenig Sinn gibt, ist das zu viel verlangt?«

Er selbst tat, was er konnte, aber, wie er sich in den Briefen, die er Claude seit ihrem Fortgehen täglich schrieb, zu erklären bemühte, er konnte schließlich nicht *alles* tun! Die Praxen am Laufen halten, gegenüber ihrem Sohn die Vaterrolle erfüllen, und jetzt sollte er auch noch die Mutterrolle übernehmen!

Wo doch seine eigene Mutter schon 1968 gestorben war … Ja, so lange war das her. Die Leber von dem gleichen Krebs zerfressen, dem Papa weniger als ein Jahr davor erlegen war. Ein Witz, was? Auf dem Friedhof, daran erinnerte er sich noch gut, schienen sich alle – das heißt, die paar, die gekommen waren, der Pfarrer eben und die wenigen Freunde der Familie – der Absurdität der Situation bewusst zu sein. Dem gleichen kleinen Trauerzug an das noch frische Grab zu folgen, dieselbe Gruft zu öffnen, einen mit dem vorherigen in jeder Hinsicht identischen Sarg (das billigste Modell aus schlichtem Tannenholz) hinabzulassen. Zu der Zeit war er noch keine zwanzig, war noch minderjährig. Nicht das geringste Einkommen in Aussicht, nur den elterlichen Sparstrumpf und die Lebensversicherung. Dazu noch sein Studium an der Veterinärhochschule von Maisons-Alfort und Maryse, seine jüngere Schwester, für die er sorgen musste ...

»Sie müssen jetzt stark sein«, sagte Rocca am Telefon, mit zweiundzwanzig Jahren Abstand dieselben Worte, die der Pfarrer an jenem Tag auf dem Friedhof zu ihm gesagt hatte (damals war seine Schwester die schwache Frau, und noch davor, während Papas zweijährigem Siechtum, war es Mama gewesen: sein ganzes Leben lang hatten Frauen seine Unterstützung gebraucht). »Sie müssen Verantwortungssinn beweisen, Jean-Christophe, das ist eine schwere Aufgabe. Claude versucht, sich zu finden. Sie hat sich verloren. Wer sich verloren hat, braucht Barmherzigkeit. Und Liebe. Ich versuche ja, mit ihr zu sprechen, weil sie mir vertraut. Aber man muss ihr Zeit geben.«

Und wieder hatte er gespurt. Zusätzlich zu all diesen Jahren der Geduld, all diesen Jahren der Ergebenheit, hatte er ihr noch einmal drei Monate gewährt. Drei Monate!

Vom 10. Oktober, an dem sie gegangen war, bis zu jenem schrecklichen 31. Dezember, als sie – mein Gott! – unter dem Einfluss seiner leidenschaftlichen Briefe schließlich doch zurückgekehrt war, ja – aber nur, um ihm endgültig das Herz zu brechen.

Drei Monate auch, in denen er alles Mögliche und Unmögliche getan hatte, um den Ängsten seines Sohnes zu begegnen. Was hatte er nicht alles versucht, nicht alles erklärt, ohne dass er selbst verstand, was los war! »Mama ist verreist.« »Mama kommt bald wieder.« »Mama ist krank, sie ist in der Klinik.« Aber bei einem neunjährigen Kind hat die Frühreife ja etwas Heimtückisches – was für eine Intelligenz! Da wird einem ganz mulmig.

Wortkarg, fast gleichgültig, mit starrem, neutralem Blick sitzt er da, der Kleine, und beobachtet einen, macht ein Gesicht, als sähe er nichts, er hat ganz klar die großen dunklen Augen seiner Mutter, einen Blick wie Stein und schwarzes Wasser, forschend, anklagend – und auf einmal platzt diese Ruhe, in den unpassendsten Momenten bekommt er plötzlich seltsame Anfälle, schmeißt mitten beim Essen wütend seinen Teller um, schleudert das Brett, auf dem man ihm gerade Schach beibringt, durch die Gegend – und was hat man ihm eigentlich getan? Was hat man nun schon wieder falsch gemacht? Das fragt man sich noch, da schlägt er auch schon die Augen wieder auf, seelenruhig wie zuvor, blanke, klare, schwarze Pupillen schauen unter den langen, fast weiblichen Wimpern hervor und erwarten wer weiß was … Glauben Sie, das wäre einfach? Jeden

Morgen, jeden Abend etwas finden, was man einem Neunjährigen sagen kann, wenn die Mutter weggegangen ist einem so sensiblen, so, sagen wir, beunruhigenden Kind. Glauben Sie, das wäre leicht?

Ja, gut: In jener schwierigen Phase, nachdem Claude gegangen war, hatte sich Jean-Christophe ein wenig hängen lassen. Er hatte das Bedürfnis gehabt, sich manchmal von seinem Sohn zurückzuziehen – er gab es ja zu! Der Junge und er, zu zweit ganz allein in einem Zweiundzwanzig-Zimmer-Haus! Jede Nacht Seite an Seite im Doppelbett, weil der Kleine Angst hatte, allein zu sein, und es vorkam, dass er in regelrechten Panikattacken fast wie ein Schlafwandler umhergeisterte. Am nächsten Morgen war er dann ebenso stumm, ebenso ungerührt, wie er nachts unruhig gewesen war. Der wollte sich über einen lustig machen! Er war wie ein Gespenst, der Bengel, vom bösen Geist besessen! Vielleicht war es da doch ganz normal, dass der Vater ab und zu die Nerven verlor, oder?

Er hatte es sich zur Gewohnheit gemacht, sich abends, wenn er aus der Klinik kam, in seinem Arbeitszimmer einzuschließen. Oben, weit weg von seinem Sohn. Allein. Das half ihm, durchzuhalten. Dann, wenn er sich in der kurzen Zeit vor dem Abendessen in der Stille zu sammeln und ein Minimum an Ausgeglichenheit zu erlangen suchte, schrieb er die Blätter voll, die er am nächsten Tag an seine Frau schicken würde – adressiert an die Roccas, so lächerlich, so erniedrigend es auch sein mochte.

Er ertrug es nicht, beim Schreiben dieser Briefe gestört zu werden, er sperrte seinen Sohn ins Kinderzimmer ein, am anderen Ende der Villa, mit einem Buch, dem Fernseher, egal was – er schloss ihn während dieser Arbeit ein, und er schrieb, so viel er konnte. Einen Brief pro Tag. Manchmal zwei, wenn ihn mitten in der Nacht die Sorge, er habe etwas Wichtiges vergessen, aus dem Bett trieb.

Noch ein Brief heute, meine Liebste.

An seinem Schreibtisch sitzend, den Montblanc-Füller fest in der Hand, brachte er auf dem linierten Block mit zarter Schrift enge, dicht gedrängte Buchstaben zu Papier.

Gestern Abend habe ich mir die Sendung über das Verliebtsein angesehen. Der Lohn der Liebe besteht in der Liebe selbst – das war die Quintessenz. Es gab Interviews mit jungen Leuten, die erzählten, wie sie sich kennengelernt haben und was sie vom Leben erwarten. Ich musste an uns 1972 denken: Weißt Du noch, in dem Jahr habe ich zum ersten Mal »meine Liebste« zu Dir gesagt. Du fandest dieses Wort übertrieben. All das liegt so fern! Ich würde Dich so gerne noch Baby nennen, wie in unserer ersten Zeit! Aber nun bist Du nicht mehr die kleine Studentin von damals, sondern eine Frau. Dennoch, Du bist meine Liebste und wirst es immer bleiben. Trotz Deines schlechten Benehmens lässt Du mein Herz noch höher schlagen, und ich liebe Dich.

Nun ja, das war nicht gerade … Ein bisschen kindisch, sicher. Ein bisschen lahm. Man musste eben berücksichtigen, wer sie war. Eine Frau in psychiatrischer Behandlung. Eine Frau, die das Leben nie wirklich verstanden hat, den Kopf in den Wolken, total unreif, mit ihr spricht man nicht wie mit einer Erwachsenen. Man muss sich auf ihr Niveau herablassen.

Wenn Du wüsstest, wie sehr Du mir fehlst und unserer ganzen kleinen Familie auch, schrieb er für Charles-Édouard, der am anderen Ende des Hauses eingeschlossen war.

Du weißt, dass ich für Gespräche immer offen gewesen bin, ich habe immer zu Deinem und unserem gemeinsamen Wohl gehandelt. Natürlich gab es einiges, was bei mir nicht in Ordnung war, aber ich hatte Dir ja versprochen, mich zu ändern. Und umgekehrt hast Du mir oft gesagt, Du möchtest gesund werden, weil Du gemerkt hast, dass Du psychisch krank bist. Das heißt, wir müssen beide daran arbeiten, uns zu bessern. So werden wir einander wiederfinden, und ich werde wieder lieb zu Dir sein, und wir werden nie wieder über die Zeit von 1982 bis 1990 sprechen, die unser finsteres Tal war.

Dann legte er den Füller beiseite, verließ festen Schritts sein Arbeitszimmer und ging durch die Villa, um Charles-Édouard, seinen 1982 gezeugten Sohn, zu befreien.

Er nahm ihn bei der Hand, führte ihn in die Küche, um das Abendessen zu kochen. Ein Stückchen Lachs, ein paar Pommes, oder auch Steaks, Salat aus der Plastiktüte oder Fertigsuppen: wenn Maria, die Putzfrau, keine Zeit zum Kochen gehabt hatte, mussten sie sich mit so etwas begnügen – Schnellgerichte für Junggesellen, die sich bemühen, das Fehlen einer Frau wettzumachen. Sie aßen schweigend, die beiden Verlassenen, Vater und Sohn, ein paar Dutzend Meter von Schwiegermamas Wohnung entfernt; durch die Fenster konnten sie hinter dem Tennisplatz die

Silhouette der alten Dame sehen, die allein an ihrem Tisch vor dem Fernseher saß.

Während des Essens stellte Jean-Christophe seinem Sohn ein paar Standardfragen nach seinen Leistungen in der Schule, und Charles-Édouard gab mit geradezu aufreizend schwacher Stimme ebensolche Standardantworten.

Manchmal kippte der Junge seinen Teller aus, stieß sein Glas um oder wer weiß was, andere Male tat er nichts dergleichen.

Wie oft er seinen Sohn in dieser Phase wegen irgendeiner Lappalie hungrig ins Bett geschickt hatte, an die er sich am nächsten Morgen selbst nicht mehr erinnerte, lächerliche Vorfälle. Die er sich vorwerfen würde, ja, aber zu spät! Zur Vergeltung hatte sich der Kleine dann immer schon verdrückt, um bei seiner Großmutter zu frühstücken, und die Alte ließ es sich nicht nehmen, den Jungen gegen ihn aufzuhetzen, ihn so zu manipulieren, dass es Claude zugute kam!

Ich durchlebe eine Hölle, seit Du fort bist, hatte er geschrieben. Dabei war ihm selbst nicht immer klar, worin diese Hölle eigentlich bestand.

Aber siehe da, am Ende der dreimonatigen Leidenszeit war Claude – bezwungen, wie er glauben wollte, durch seine Macht und sein hartnäckiges Schreiben – nach Hause zurückgekehrt. Der Kleine war außer sich vor Freude.

Eine magische Erscheinung, die langsam die Tür geöffnet hatte, das war Claude. Sie hatte ihre Reisetaschen neben der Garderobe abgestellt, ihren Mantel ausgezogen, ihn in aller Ruhe aufgehängt und dann so selbstverständlich, als wäre sie morgens erst gegangen, eine Runde durchs Wohnzimmer und die Küche gemacht, während Vater und Sohn, von ihrem Glanz erstarrt, ihr wortlos zusahen. Die beiden hatten den Morgen damit verbracht, für diesen Anlass den Tannenbaum zu schmücken. Es war der 31. Dezember. Seit Anfang des Monats hatte Jean-Christophe sich in seinen Briefen pausenlos für ihre Sache eingesetzt – vor allem für die des Kleinen! Wie sollte man sich auch vorstellen, nicht wahr, dass Claude es übers Herz bringen würde, während der Feiertage wegzubleiben? Wo sie doch schon den 24. versäumt hatte ...

An jenem Abend hatte Maryse aus Reims angerufen, wo sie inzwischen wohnte. Ihre einfallslosen Weihnachtswünsche, die durch den Hörer dringenden Schreie glücklicher Kinder, ihre Erinnerungen an Weihnachten im Familienkreis, als die Eltern noch lebten: all das brachte ihn tatsächlich zum Weinen. Ein ganzer Heiligabend in Tränen, allein mit Charles-Édouard! Aber das war vorbei, Schluss mit diesem Leiden. Vergessen und vergeben. Claude war zurück! Sie war da! Bewunderte mit ihnen die weihnachtlichen Lichterketten! Lächelte beim Anblick der sorgfältig eingewickelten Geschenke (außer einer großen Flasche ihres Lieblingsparfüms und neuen Ohrringen hatte er ihr eine illustrierte Anthologie mit Liebeslyrik gekauft, und dann noch – aber das war die große Überraschung, die er sich für später, in der Verschwiegenheit ihres Schlafzimmers, aufhob – drei Tickets erster Klasse für eine Kreuzfahrt in der Karibik). Und als sie schließlich Charles-Édouard rief, wie stürzte der Kleine sich in ihre Arme! Sie hielten sich so lange umschlungen – Claude weinte vor Erschütterung! –, dass Jean-Christophe, um die Stimmung zu entspannen, es für richtig gehalten hatte, dem ein Ende zu setzen. »Na, na, da bleibt für mich ja nichts übrig, wenn ich das recht sehe«, hatte er gescherzt, den am Morgen noch schnell besorgten Champagner in der einen und zwei Gläser in der anderen Hand. Ausnahmsweise durfte an diesem Abend sogar der Kleine die Lippen in die prickelnden Bläschen tunken. Es gab ein gemeinsames Essen mit Schwiegermama, dann einen Anruf bei Maryse und ihrem Mann, mit den besten Wünschen fürs Neue Jahr – und diesmal kamen die Freudenschreie aus dem eigenen Haus. Um Mitternacht hatte man sich umarmt, Schwiegermama hatte sich in ihre Gemächer zurückgezogen, und sie hatten Charles-Édouard ins Bett gebracht, nicht ohne ihm zu versprechen, dass er seine Geschenke am nächsten Morgen in aller Frühe öffnen dürfe. Dann waren sie Seite an Seite nach oben gegangen ins eheliche Schlafzimmer, und wer hätte ahnen können, was dann geschah?

Er hatte die Tickets für die Karibik in einen Umschlag gesteckt und den Umschlag auf Claudes Kopfkissen gelegt, beschriftet mit ein paar Zeilen aus *Septemberwind*, einem von Claudes Lieblingschansons, zu dem sie damals, als Frischverliebte, endlos getanzt hatten:

Liebe mich wie damals im Septemberwind / Warte nicht und komm solang / Die schönen Tage sind / Bleibe hier mit mir ein ganzes Leben lang.

Darunter hatte er seine Unterschrift und einen selbstfabrizierten Satz hinzugefügt (immer in dem Bemühen, sie zu verstehen): *Darling baby I love you and give you my life for ever, Jean-Christophe.*

Während er sich im Badezimmer auszog, in den Pyjama schlüpfte und sich die Zähne putzte, hielt er den Blick unauffällig auf Claudes Bild im Spiegel des Medizinschränkchens gerichtet und wartete gespannt auf den Augenblick, wenn sie das Bett aufschlug, um unter die Decke zu kriechen, und entdecken würde, was dort lag ... Erinnerte sie sich an die Zeit, als sie regelmäßig zu einer Stippvisite nach Las Vegas, zu einem Überraschungsausflug nach Kapstadt geflogen waren? Ja, sie würden wieder die Anden erkunden! Die Vulkane von Guadeloupe besteigen, wieder nach China reisen!

»Was ist denn das?«, fragte sie, als er gerade das Wasserglas an die Lippen hob, um sich den Mund auszuspülen.

Die Augen auf sie (auf ihr Spiegelbild) gerichtet, hatte er sich Zeit gelassen mit dem Spülen, hatte zwei- oder dreimal ausgespuckt, während sie las, bevor sie den Umschlag öffnete, und hatte das Glas auf dem Email des Waschbeckens abgestellt.

»Das? Ach, das ist vielleicht, hm, ich weiß auch nicht, ein Geschenk vom Weihnachtsmann vielleicht, zu unserer Versöhnung ...«

Reglos und lächelnd, mitten im Zimmer in seinem Schlafanzug. Sie, langsam den Kopf schüttelnd, betrachtete schweigend die Tickets.

Drei Wochen Karibik, vom 8. bis 30. März. Mehrtägige Aufenthalte auf Kuba, in der Dominikanischen Republik, auf Guadeloupe, in Port-au-Prince. Jeden Abend Cocktails und Karaoke, Einführungskurse in das Speerfischen, Salsa, die Küche der Antillen.

Als er merkte, wie sich eine Erektion durch den Stoff seines Pyjamas abzeichnete, hatte er auch unter die Decke kriechen müssen. Ganz nahe bei ihr, neben ihr. Ja. Sie war da. Mit ihrem lockigen Haar, ihren großen schwarzen Augen, ihrem Muttermal an der rechten Schulter, mit der Wärme ihres Körpers – er konnte sie umarmen, wenn er wollte.

»Sag mal, Jean-Christophe«, sagte sie, während sie zusah, wie er sich im Bett einrichtete, »das war doch ziemlich mühsam all diese Jahre, oder?«

»O ja«, lächelte er. »Das finde ich auch! Wir haben es uns ganz schön schwer gemacht!«

»Es war furchtbar. Ich konnte dich einfach nicht mehr ertragen ...«

»Wir haben es uns schwer gemacht«, wiederholte er, während er den Arm um ihre Schultern legte und mit der anderen Hand nach ihrer Brust tastete – etwas ungeschickt wahrscheinlich, etwas grob vielleicht, aber nur aus Mangel an Gewohnheit. »Zwei so leidenschaftliche Charaktere wie wir, da fliegen zwangsläufig die Funken ...«

»Tags war ich deprimiert und nachts konnte ich nicht schlafen. Unentwegt musste ich dich darum bitten, dass du mich in Ruhe lässt ...«

»Und außerdem sehr wenige Freunde. Wenn du es recht bedenkst, hatten wir sehr wenige Freunde ...«

»Habe ich etwas anderes von dir verlangt? Nur, dass du

mich in Ruhe lässt, das war alles. Aber du, du hattest nichts Besseres zu tun, als mich am Schlafen zu hindern …«

»Tja …, nicht gerade komisch das alles, meine Claude … Aber es ist vorbei, Liebling, es ist vorbei!«, fügte er im Tonfall eines Vaters hinzu, der die bösen Träume seiner Kinder verscheuchen will. »Das neue Jahr hat dich zurückgebracht, und ab jetzt, 1. Januar 1991, ein Uhr morgens, ist es vorbei! Schluss damit, Klammer zu, wir fangen noch einmal bei null an!«

»Dieser Groll zwischen uns …«

»Natürlich, darum bist du ja gegangen, ich verstehe …«

»Darum bin ich *zurückgekommen*«, korrigierte sie.

»Wie du meinst!«

»Weil ich dich sehen wollte.«

»Ich wollte dich ja auch sehen. Weil ich, stell dir vor, meinerseits auch sehr viel nachgedacht habe über das alles. Und alles, was geschehen ist – weißt du was? Ich glaube, also, wie soll ich sagen, ich glaube, das war vor allem, weil wir uns unbedingt beweisen wollten, dass wir uns nicht lieben, so war das in Wirklichkeit. Weil, wir lieben uns ja, Claude. So ist es doch: Wir lieben uns, aber wir wollen uns hassen«, schloss er, stolz auf seinen Fund, während sie ihn mit jenem Ausdruck musterte, den Frauen haben, wenn sie sich zu dem Versuch herablassen zu verstehen, was man ihnen gerade sagt, bevor sie das Hoffnungslose dieser Anstrengung einsehen und in die Höhen ihrer eigenen Gedanken zurückkehren.

»Ich habe also beschlossen«, verkündete sie, »dass ich dir nicht mehr böse bin …«

»Ich verzeihe dir auch!«

»... und dass ich ein neues Leben beginnen werde.«

»Genau das will ich auch! Genau das wollte ich sagen: ein neues Leben!«

»Ich werde die Scheidung einreichen.«

Das war wie in einem Traum gewesen, eine Situation, von der man weiß, dass sie unmöglich ist – wie damals mit Maryse, vierundzwanzig Jahre zuvor beim Verlassen des Krankenhauses an jenem Tag in der grellen Julisonne, als Mama gerade eben gestorben war: Maryse neben ihm auf dem Bürgersteig, er, der sie in die Arme nehmen wollte, es aber nicht konnte, sich ums Verrecken nicht rühren konnte, die geringste Bewegung hätte ihn an jenem Tag umgebracht, erstickt unter dem Gewicht seiner Knochen.

Ein ganzes Leben lang, bleibe hier mit mir ein ganzes Leben lang.

Er brüllte. Er hörte sich »Nein!« schreien. Er wollte Claude mit beiden Händen an den Schultern packen, schütteln, sie ins Gesicht schlagen, über sie herfallen, sie vergewaltigen. Doch er tat nichts dergleichen. Absolut regungslos in der Stille, brachte er nur ein Gestammel hervor.

»Was, was redest du denn da?«, war alles, was er herausbekam. Ihm wurde speiübel, so schrill klang ihm seine eigene Stimme in den Ohren.

»Aber es würde sich doch nichts ändern, wenn wir uns scheiden lassen, weißt du.«

»Nein«, stieß er hervor, bemüht die aufkommende Panik zu unterdrücken. »Nein, nein, nein ...«

»Wir würden uns weiterhin sehen, das schließt Gefühle doch nicht aus.«

»Nein«, wiederholte er, jetzt mit mehr Entschiedenheit. »Nein und noch mal nein!«

»Die Ehe, das war eine solche Last. Tu dies, tu das, schließlich ist man verheiratet, da muss man auf so vieles Rücksicht nehmen … Das war es, was uns fertiggemacht hat …«

»Aber ehrlich, worauf musst du schon Rücksicht nehmen?«

»Mir hat es jedenfalls gereicht, mich hat es fertiggemacht, das kann ich dir sagen.«

»Nichts hast du zu beachten, nicht mit mir! Aber auch rein gar nichts! Das ist total … Du redest Unsinn, Claude! Du weißt es genau! Wieder mal solche Ideen, die dir jemand in den Kopf gesetzt hat! Das bist nicht du! Das sind die anderen, dein Psychiater, die Roccas … Lauter Idioten, die uns den Erfolg neiden, du weißt es genau!«

Und die Mentalität der Leute hier durfte man auch nicht unterschätzen. Diese Stadt konnte Erfolg nicht mehr ertragen! Diese Stadt, die der Côte d'Azur jahrelang ihren Glanz verliehen hatte, konnte sich selbst nicht mehr ertragen. Nichts als Denunziationen, Gerüchte, Bespitzelung!

»Jetzt versuchen sie, dich gegen mich aufzubringen. Dich von unserer Familie zu trennen. Sie kennen deine Schwächen … Aber dein Leben ist hier, Claude! Es ist hier, bei mir! Du hast einen Mann, der dich liebt, und wir haben ein Kind zusammen, das uns braucht, uns beide …«

»Was weißt du denn schon davon?«

»Wovon?«

»Was weißt du davon, dass wir ein Kind haben?«

»Na, hör mal … Das ist ja was ganz Neues! Das ist ja das Allerneuste!«

Da sie jedoch nichts hinzufügte und sich damit begnügte, ihren starren Blick auf ihn zu richten, fuhr er fort:

»Gibt es nicht einen gewissen Charles-Édouard in diesem Haus, falls du es vergessen haben solltest?«

»Ich habe nichts vergessen, ich habe nichts vergessen …«

Erneutes Schweigen.

»Mein armer Jean-Christophe«, hatte sie dann mit sanfter Stimme gesagt, die vom bösen Funkeln ihrer Augen Lügen gestraft wurde. »Du lebst im Nichts.«

»Und was soll das nun wieder heißen, sag mal ehrlich?«

»Es soll heißen, dass du blind bist. Dass du keine Ahnung hast, was bei dir zu Hause vor sich geht. Deine Frau und dein sogenannter Sohn? Was weißt du davon? Waren wir für dich je etwas anderes als dein Inventar? Und bei dem Leben, das wir geführt haben, wie kannst du überhaupt sicher sein, dass du Charles-Édouards Vater bist? Wie kannst du das nur glauben?«

Und damit hatte sie, der Wirkung ihrer Worte gewiss, das Licht ausgeknipst und ihm den Rücken zugedreht.

Er hatte die ganze Nacht gegrübelt, sich Fragen gestellt. Eine ganze Nacht gelitten! Aber glauben Sie, er hätte Claude deswegen geweckt? Glauben Sie, er wäre brutal geworden gegenüber einer Frau, von der er wusste, dass sie in psychiatrischer Behandlung ist? Natürlich nicht!

Obwohl, am Morgen hatte er nicht ohne ein gewisses Misstrauen beobachtet, wie sie aufstand. Es war jedoch nichts passiert. Sie hatte ihre Koffer nicht wieder gepackt. Sie hatte ihn nicht beschimpft. Sie war Charles-Édouard gegenüber nicht abweisend gewesen. Im Gegenteil. Sie hatte an jenem Morgen für alle drei das Frühstück gemacht; an den folgenden Tagen war sie pünktlich um halb zehn in die Praxis gestürmt, wo sie sich immerhin seit drei Monaten nicht mehr hatte blicken lassen, und hatte bis abends gearbeitet, was Jean-Christophe überhaupt nicht verstand. Was hatte sie? Was wollte sie damit erreichen? Was sollten diese Wechselbäder? Jeden Tag nach der Arbeit nahm sie sich noch die Zeit, fürs Abendessen einzukaufen, war rechtzeitig zu Hause, sie aßen gemeinsam vor den Fernsehbildern der Irakkrise, hörten die Erklärungen von Lech Wałęsa, der gerade Staatsoberhaupt Polens wurde … Anschließend brachte sie den Kleinen ins Bett und legte sich dann zu Jean-Christophe ins Doppelbett, wo sie beide einigermaßen ruhig einschliefen, wenn auch ohne sich zu berühren und ohne miteinander zu reden.

Kein Wort der Erklärung.

Hatte sie wirklich von Scheidung gesprochen? Hatte sie seine Vaterschaft in Frage gestellt? Hatte es diese Diskussion tatsächlich gegeben? Oder war es nur eine neue Strategie, um ihn zu verunsichern?

Also hatte er wieder angefangen, ihr zu schreiben. Kleine Zettel oder ganze Briefe. Erklärend. Argumentierend. Seite um Seite bemühte er sich, eigens für sie, die Art ihrer Beziehung zu vertiefen, sie zu verstehen und sich ihrem Niveau anzupassen. Sie fand beispielsweise die Ehe zu belastend? Sie empörte sich über den Druck der Konventionen? Sie wollte über Freiheit sprechen? Na gut, nur zu, sprechen wir über Freiheit!

Jede organisierte Gesellschaft bringt Zwänge mit sich, schrieb er. *Wenn Du Deine Freiheit haben möchtest, musst Du auch bereit sein, sie der allgemeingültigen Moral entsprechend einzuschränken. Zum Beispiel: Deine Mutterrolle. Jüngstes Beispiel: Du hast dich bis jetzt geweigert, unsere Kreuzfahrt in die Karibik zu besprechen. Dabei müsste ich angesichts der Daten Vorbereitungen treffen. Was soll ich machen? Ich persönlich glaube, dieser Urlaub würde uns allen außerordentlich gut tun, er gäbe unserem Sohn Gelegenheit, eine schöne Zeit mit seiner Mama und seinem Papa zu verbringen. Ich bitte Dich, denk darüber nach.*

Er schrieb diese Briefe zwischen den Behandlungen in der Praxis und verteilte sie anschließend zwei Wochen lang mit schöner Regelmäßigkeit im ganzen Haus. Er steckte sie unauffällig in die Handtasche seiner Frau, legte sie beiläufig auf den Tisch im Salon, auf den Küchentisch, ja, sogar in die Schublade für Claudes Unterwäsche. *Dein Dich liebender Ehemann, der seit zehn Jahren darauf wartet, die Frau seines Lebens wiederzufinden. Ich verzeihe Dir alle Schandtaten der Vergangenheit, wie Du mir hoffentlich verzeihst, wenn ich Dir gegenüber verständnislos gewesen sein mag,* und so weiter und so fort. Er brachte darin, so gut er konnte, seine gewohnte Zuversicht und Selbstsicherheit zum Ausdruck, und aus diesem Grund schrieb er in diesen Briefen auch nicht, dass er Angst hatte. Von seiner Furcht, bestätigt zu bekommen, was er in jener Nacht verstanden zu haben glaubte, und seiner Angst vor dem, was Claude ihm sonst noch sagen könnte, schrieb er nichts. 3. Januar: *Meiner Gemahlin, die mir einen Sohn geschenkt hat – ich liebe Euch beide, Jean-Christophe.* 5. Januar: *Könntest Du Charles-Édouard Dienstagnachmittag bitte vom Katechismusunterricht abholen? Der Vater deines Kindes, immer noch in Dich verliebt, Jean-Christophe.* 8. Januar: *Du wirst, wie ich, bemerkt haben, dass unser Kind etwas ausgeglichener geworden ist, seit Du wieder hier bist und es seine Familie um sich hat. Meinst Du nicht, wir sollten immer so leben?*

Sie antwortete nicht.

Sie antwortete nicht, obwohl jeder seiner Briefe zwischen den Zeilen dieselbe Frage, dieselbe panische Hoffnung enthielt. Sie antwortete nicht, und auch er thematisierte seine schriftlichen Botschaften nicht, so dass diese zwei Wochen ihm im Rückblick wie eine Art Atempause erschienen. Eine scheinbare Heiterkeit, die ihren deutlichsten Ausdruck in ihrer beider verstärktem Bemühen um Aufmerksamkeit für Charles-Édouard fand. Sie trafen sich zu ihrer gemeinsamen Überraschung vor der Schule, um den Kleinen abzuholen, wenn der Unterricht beendet war, sie rissen sich darum, ihn die Schularbeiten abzufragen, telefonierten jeder für sich im Abstand von einer Viertelstunde mit dem Kindertherapeuten, um sich nach den Fortschritten des Jungen zu erkundigen, sie überboten einander mit Karamellriegeln und Geschenken, stellten abends bei Tisch in einer ebenso perfekten wie lächerlichen Inszenierung Lächeln und Entspanntheit zur Schau.

Sie antwortete nicht, nein, aber am 12. Januar fand Jean-Christophe in seiner Post eine Benachrichtigung des Briefträgers über ein Einschreiben mit Rückschein, das zur Abholung bereitlag. Es stammte von einem gewissen Robert Solal, Rechtsanwalt, der sich als Claudes Vertreter im laufenden Scheidungsverfahren ausgab.

Was für ein Verfahren? Es gab kein Verfahren!

Jean-Christophe hatte unverzüglich nach seinem Füller gegriffen und, zack, zack, drei Briefe verfasst.

Den ersten, eine einfache handschriftliche Mitteilung, hatte er, dieses Mal gut sichtbar, auf das Frisiertischchen im Schlafzimmer gelegt, damit sie ihn möglichst bald zur Kenntnis nahm.

Meine Liebste,

heute habe ich das Schreiben Deines Anwalts bekommen und verstehe nicht, was das soll. Ich bitte Dich inständig, keine Entscheidung zu treffen, solange Deine psychotherapeutische Behandlung nicht abgeschlossen ist, Du bist nicht dazu in der Lage. Du würdest damit unsere Familie zerstören und vor allem das ohnehin labile Gleichgewicht unseres Sohnes. Zu alledem, wie auch zu den Fragen, die ich mir seit unserer Diskussion in der Nacht vom 31. auf den 1. bezüglich Charles-Édouard stelle, scheint mir ein Gespräch unter vier Augen unbedingt notwendig, und ich möchte es gern führen, sobald Du mit separater Post meine Vorschläge zu einem gemeinsamen Leben erhalten hast.

Ein Vater, der nicht länger in Ungewissheit leben kann,
Dein Ehemann
Jean-Christophe

Die besagten Vorschläge wurden am selben Tag in Form zweier getrennter Briefe per Einschreiben mit Rückschein aufgegeben. Eines dieser Schreiben war eine Art feierliche Erklärung, in der Jean-Christophe die drei folgenden Punkte »beglaubigte«:

1. Ich möchte, dass meine Gattin alle Vorkommnisse der Vergangenheit als verziehen betrachtet, sofern sie mir ihrerseits verzeiht.

2. Ich akzeptiere, falls sie es wünscht, eine vorübergehende Trennung bis zum Abschluss ihrer psychotherapeutischen Behandlung.

3. Ich liebe meine Gattin und möchte wieder normal mit ihr zusammenleben, sobald sie es wünscht.

Ausgestellt nach bestem Wissen und Gewissen,
Jean-Christophe Cottard

Das andere Schreiben schließlich, in absichtlich neutralem Ton verfasst, enthielt dennoch eine implizite Drohung:

Claude,

ich muss Dich über die Aufstellung unserer jeweiligen Einkommen im Jahr 1990 für die demnächst fällige Steuererklärung informieren. Du wirst ausrechnen müssen, welche Abgaben im Zusammenhang mit Deiner Berufstätigkeit auf Dich entfallen, wobei selbstverständlich Deine tatsächliche Anwesenheit in der Praxis bis zum Zeitpunkt Deines Ausbleibens zugrunde gelegt wird, also ein Drittel der Vollzeit (gegenüber hundertzwanzig Prozent, die auf mich entfallen, wie Du weißt). In der beigefügten Abrechnung findest Du alle Einzelheiten zu dem von Dir zu erstattenden Betrag. Ich erwarte Deinen Scheck bis Ende des Monats, zumal die Tickets für die Antillen, wenn ich daran erinnern darf, sehr teuer waren.

Jean-Christophe

Den folgenden Tag verbrachten sie zusammen in der Tierklinik, sie fuhren zusammen nach Hause, nahmen zusammen mit Charles-Édouard das Abendessen ein – und keiner erwähnte die Briefe.

Sie legten sich im selben Bett schlafen, jedoch so weit voneinander entfernt wie möglich. Und in der Stille der Nacht wachte Charles-Édouard wie gewohnt um drei Uhr morgens auf, das Laken wieder einmal von unfreiwilligem Harnfluss durchnässt.

Es geschah erst am Abend des 15., sie lagen schon im Bett und waren kurz vor dem Einschlafen. Er hatte Claude gefragt, was sie von seinem Angebot halte. Sie habe es Maître Solal gegeben und sei nicht scharf darauf, darüber zu diskutieren, sagte sie, aber in einem so verächtlichen Ton, dass er diesmal nicht an sich halten konnte. Von rasender Wut gepackt, stürzte er sich auf sie. Sie versuchte es zunächst mit passivem Widerstand, aber da er sie weiter bedrängte, stieß sie ihn heftig ans Fußende des Bettes. Ohne zu wissen, was er tat, ging er zum neuerlichen Angriff über, umklammerte mit einem Griff, gewaltsam, ihre Hände und warf sich mit seinem ganzen Gewicht auf sie.

»Ich bin dein Ehemann! Ich bin dein Ehemann, ich habe das Recht dazu! Es ist mein Recht!« Sie wehrte sich mit aller Kraft, fauchte, strampelte mit den Beinen, dass Laken und Decken auf dem Boden landeten, schrie »Nein!«, schrie »Fettes Schwein!«, schrie »Mistkerl! Drecksau!« Trotzdem war es ihm irgendwie gelungen, sie unter sich gequetscht zu halten, während er sich die Hose herunterzog. Und da, erst da hatte er gemerkt, in welchem Zustand er sich befand. Doch während er, die Augen auf sein hoffnungslos schlaffes Glied gerichtet, entgeistert feststellen musste, welch sinnlosen Kampf er kämpfte und wie gänzlich unfähig er war, in sie einzudringen, nutzte sie seine Verwirrung, riss sich ruckartig los und packte ihn plötzlich mit beiden Händen an den Geschlechtsteilen. »Sieh dir das an! Sieh dir das an, armseliger Trottel! Miststück du, dreckige Fettsau du, für was hältst du dich eigentlich!« Ihr groteskes Abbild im Spiegel über dem Frisiertischchen. Jean-Christophe, der sich vergeblich zu entwinden suchte, während sie unter schallendem Lachen an seinen Genitalien zerrte. »Claude! Au! Hör auf, Claude! Lass das! Hör endlich auf damit! Hör auf!« – »Sieh hin! Sieh dich an! Wie alt du bist! Wie hässlich! Nicht mal ficken kannst du! Was bildest du dir ein? Schon seit Jahren hast du keine Frau mehr! Und dein Sohn! Du hast keinen Sohn! Hast nie einen gehabt, wenn du's wissen willst!«

Ja, *so* hatte sie es ihm gesagt.

Neun Jahre lang eine Dauerbeziehung mit diesem Gluckstein? Schon bei ihrer ersten Flucht – Roccas Worte am

Telefon, Nächstenliebe, christliche Barmherzigkeit, Verständnis, der ganze Scheiß, von dem er sich hatte einlullen lassen –, schon während dieser neunzig Tage und neunzig Nächte, darunter ausgerechnet der Heiligabend, den er und Charles-Édouard weinend allein vor der selbst gebastelten Krippe verbracht hatten, hatte sie, die kleine Heilige, anstelle des Weihnachtsbaums den beschnittenen Schwanz von Gluckstein geschmückt … Oder doch nicht?

Ehrlich gesagt, wusste er nicht recht, ob er ihr glauben sollte. Er wusste, dass sie Liebhaber hatte, einige kannte er, *jeder* kannte sie. Aber *das*? Eine neunjährige Beziehung mit einem Penner, dessen Sohn Charles-Édouard sein sollte? Selbst für jemand so Gestörtes wie Claude war das ein bisschen happig. Sie behauptete, Abraham habe sie sofort verführt, sie habe an nichts gedacht, keinerlei Vorsichtsmaßnahmen, und als sie schwanger war, sei sie in Panik geraten. Möglich – *alles* war bei ihr möglich –, aber unwahrscheinlich. Außerdem kam ihr Geständnis reichlich spät, genau rechtzeitig, um ihn zur Scheidung zu bewegen …

Nachdem Claude in jener Nacht das Haus verlassen hatte – immer noch lachend war sie aufgestanden, hatte Hose, Pulli und Mantel angezogen, drei Blusen in eine ihrer ewigen Taschen gesteckt und zum zweiten Mal die Tür hinter sich zugeknallt, ohne dass er auch nur versucht hätte, sie zurückzuhalten –, war er auf dem Bett liegen geblieben, unfähig, sich zu rühren. Im Grunde war die Frage: Wollte er ihr glauben? Nach einiger Zeit war er aufgestanden und ins Kinderzimmer hinübergegangen, wo der

Kleine schlief. Er hatte sich vor dem Bett auf einen Stuhl gesetzt, um die schattenhaften Umrisse des Kindes zu betrachten, dessen Züge er im Dunkeln nicht erkennen konnte. Wollte er ihr glauben? Und warum nicht?

Warum nicht?, sinnierte er dort sitzend, bis der Morgen dämmerte. Warum eigentlich nicht den Gedanken zulassen, dass der Kleine nicht sein Sohn war? Ja, warum nicht dem nachgeben, was *beruhigend* daran war? Keinen Sohn mehr zu haben, keine Familie, sich von allen Verpflichtungen zu befreien, die er zu früh eingegangen war, weil er glaubte, seine Pflicht tun zu müssen. Die Umrisse des schlummernden Kindes – im Dunkeln konnte das irgendjemand sein. Im Dunkeln konnte *er selbst* irgendjemand sein. Er brauchte es nur zu beschließen. Sie konnte gelogen haben, ja, aber er konnte wählen, ob er diese Lüge glauben wollte. Warum hatte er eigentlich geheiratet? Warum hatte er ihn unbedingt gewollt, diesen verdammten Knirps – wenn er ihn nicht einmal gezeugt hatte? Um glücklich zu sein?

Ein glückliches Leben! Wissen Sie, was ein glückliches Leben in seiner Kindheit bedeutete? Nichts anderes, als sich beim Metrofahren in den gelben Wagen genau in der Mitte des Zuges zu setzen! In den Wagen, zu dem selbst während der Stoßzeiten der Zutritt verboten war, auch wenn drei Viertel der Plätze darin nicht besetzt waren, wie er feststellen konnte, wenn er sich nach Luft schnappend mit seinem Papa in den überfüllten roten Wagen gleich dahinter quetschte und sie, erstickt von Schweißgeruch und billigem Parfüm, sahen, wie die Passagiere der ersten

Klasse, die in dem anderen Wagen wie im Museum Zeitung lesend auf freien Holzbänken saßen und nichts von dem wahrzunehmen schienen, was um sie herum vor sich ging. Ja, dort fing es an, das Glück: jenseits der Scham. In diesem unerreichbaren Wagen. Und er gelangte nie dorthin. Bald werden wir ein eigenes Auto haben, unseren Fernseher und, wer weiß, vielleicht sogar ein Häuschen auf dem Land. Die langen Strände von Rio de Janeiro vom Balkon des *Copacabana* aus, das Afrika der Farbfotos in Illustrierten, die er auf dem Küchentisch ausbreitete, zur großen Entrüstung von Mama, die in *Paris Match* ein Bild von Königin Elisabeth beim Besuch eines afrikanischen Dorfplatzes entdeckte. »Also, das ist ja …, also ehrlich, da hört sich doch alles auf!« Sie protestierte, während die beim Gemüseputzen abfallenden Schalen mit empörtem Nachdruck auf den Seiten einer alten *France-Dimanche* landeten: »Die Königin von England zusammen mit halbnackten Wilden abzubilden!« Er freute sich über diese Provokationen. Und am Ende rang er ihr sogar ein Lächeln ab, wenn er ihr die Reisen in ferne Länder beschrieb, die er in ein paar Jahren unternehmen würde, jetzt, wo die Gesellschaft wirklich modern wurde, wo der Fortschritt winkte, wo alle – sobald bestimmte Traditionen abgeschafft, bestimmte Konventionen sogar von den Zeitungen angeprangert wurden und die jungen Leute etwas lockerere Sitten annahmen – endlich beginnen würden, ein *normales* Leben zu führen. Ein Leben ohne Armut. Ein befreites Leben, ohne Krebs, ohne Geschichte: das war der Fortschritt! Das Ende der Tragödie.

Das Ende des Stalag. Keine sklerotischen Rückenwirbel mehr, keine Ängste, die einem auf den Magen schlagen. Die Medizin entwickelt sich jeden Tag weiter. Die beste Regierung ist diejenige, die den Menschen Mittel zum Glücklichsein verschafft. Bald werden wir unser eigenes Haus haben! Im Dunkeln erinnerte sich Jean-Christophe an jene Jahre, jene Jahre der Hoffnung, und er weinte. Hin und wieder regte sich der Kleine. Mitunter schien ihn ein Traum zu quälen und er stöhnte, dann beugte sich Jean-Christophe von seinem Stuhl aus über ihn. Wie sollte er es ihm erklären, diesem Sohn, der vielleicht nicht sein Sohn war? Alles, was ich wollte, war unser Glück!

Und jene Sonntage im Frühling, an denen er mit seiner Mutter in den wegen des Ereignisses für Autos gesperrten Straßen von Maisons-Alfort das Defilee der Garde Républicaine bewundern ging! Die Reiter, mochte man meinen, zogen an ihnen vorbei, als sähen sie nichts, aufrecht, in traditioneller Haltung, so hoch zu Ross, dass seine Mutter den Kopf in den Nacken legen musste, um sie zu betrachten. Die in der Sonne blitzenden Helme, die rot-goldenen Sättel auf den stampfenden Hengsten, das gezückte Schwert (genau wie in *Rot und Schwarz*, ihrem Lieblingsfilm mit Gérard Philipe, den sie sechs Mal gesehen hatte)! Entlang der dicken Kasernenmauer am Boulevard Leclerc gegenüber dem inzwischen stillgelegten Bahnhof erreichten die Soldaten bald die Kreuzung, wo der Zug vor dem Schild des *Petit Caporal*, des Café-Hotels, nach rechts in Richtung Seine abbog und sich unter dröhnendem, dann im Morgenlicht verebbenden Hufeklappern entfernte, während er mit seiner Mutter nach links zu den Marktständen weiterging. »Tierärzte werden wie Billigausgaben von Ärzten angesehen«, legte Jean-Christophe los, während seine Mutter ihren Einkaufskorb mit Porree, Zwiebeln und Schweinehachsen füllte. »Und das nur, weil sie keine Helme und keine Uniformen haben! Aber weißt du was, sieh doch mal, na?« Er zog sie am Arm, zwang sie, den Kopf zu wenden, um auf der anderen Straßenseite hinter dem Denkmal für die Gefallenen von 1939–1945 die Gebäude der Veterinärhochschule zu betrachten, wo er ab dem nächsten Jahr zu studieren hoffte. Die Mauern grenzten an die der Garde Républicaine. »Also hör mal«, protestierte sie lächelnd, im Grunde glücklich über sein Ungestüm, »mach mal langsam, du siehst doch, dass ich einkaufe!« Während sie das Wechselgeld vom Metzger einsteckte, erzählte er, wie die Veterinärhochschule von Maisons-Alfort dank Napoleon I. zur einzigen kaiserlichen Schule erster Klasse geworden war. »Dekret vom 15. Januar 1813, dass du's weißt!« Er kannte den Artikel vierzehn darin auswendig, und unwillkürlich durchfuhr ihn vor lauter Stolz jedes Mal ein kleiner Schauer, wenn er ihn seiner Mutter aufsagte. *In Zukunft wird niemand mit der Versorgung unseres kaiserlichen Gestüts betraut, so er nicht das Diplom erster Klasse erworben hat.* Erster Klasse! Erster Klasse! Er wirbelte um sie herum und ruderte begeistert mit den Armen: Die Gründerväter der Schule, ja, das waren Kerle! Godine der Jüngere, 1806 Professor des Gestüts – er hatte den ersten Hengst gekauft, eingetragen auf den Namen Le Conquérant, und das will was heißen!

Girard Senior, stellvertretender Inhaber des Lehrstuhls für Anatomie im Jahr 1794! Lazare-Émile Regnier! Chabert! Barthélemy der Jüngere! Ach, Barthélemy der Jüngere! Sein Liebling, sein Vorbild! Aber Achtung, nicht zu verwechseln mit Barthélemy dem Älteren, dem von der Grande Armée zwischen 1807 und 1813, nein ... (»Hör auf, Jean-Christophe, hör auf! Mir wird ganz schwindlig von all deinen Geschichten ...«) Barthélemy der Jüngere, das war der, der 1812 am Russlandfeldzug teilgenommen hatte. Und 1813 an der Völkerschlacht bei Leipzig. Und er war sogar für einen Orden vorgeschlagen! Jawohl, Madame! Und seine Klinik, die war am Boulevard Saint-Germain, dass du's weißt! Und was hat er behandelt? Die Tiere der Aristokraten! Und Mama hörte ihm zu, während sie nebenbei ihre halbe Stange Weißbrot kaufte, das war ihr lieber als ein Baguette, dasselbe Gewicht, aber billiger, und in der Bäckerei merkte niemand was (»es geht um's Prinzip, auch wenn man nicht viel hat, hat man doch seinen Stolz«).

Die Gestalt des kleinen Charles-Édouard stieß einige Schluchzer aus, wälzte sich herum. Im Dunkeln bekam Jean-Christophe seine Decke zu fassen, zog sie über die Brust des Kindes hoch. Mein Gott, was hatte er nicht alles versucht, was hatte er nicht alles *retten* wollen! Natürlich hatte er nicht verhindern können, dass seine Mutter starb. Ihr Haar war weiß geworden, ihr Rücken krumm, der Krebs wucherte weiter, und als Jean-Christophe fertig war mit seinem Vorbereitungsjahr (er hatte als Jahrgangsbester abgeschnitten!), hatte er nur acht Monate nach dem Tod des Vaters seine Mutter begraben müssen. Aber seinen Traum hatte er nicht begraben. Und unter allen Städten Frankreichs hatte er Nizza ausgewählt, um ihn zu verwirklichen – die Stadt des Italien-Feldzugs. Mit den historischen Uniformen der Haudegen Napoleons in den Vitrinen der Bar des *Negresco* samt verstaubten Dreispitzen und echten Gewehren von damals. Das *Negresco*, das Wahrzeichen Nizzas.

Wie oft hatte er in seiner Vertretungszeit beim alten Doktor Mairal, bevor er seine eigene Praxis bekam, auf dem Weg in die Tierklinik einen Abstecher zum *Negresco* gemacht. Wenn möglich parkte er den Wagen direkt vor dem Hotel. Er stieg aus und blieb eine Weile reglos stehen, betrachtete die Autos in der Sonne, die Palmen an der am Meer entlang führenden Straße, die Schritte der Passanten gleichsam verflüssigt von der Hitze und dem Licht ... Eine Landschaft, wie geschaffen für dieses Hotel – wie geschaffen für *ihn* in diesem Hotel. Für ihn, den noch blutjungen Mann voller Ambitionen auf der Promenade des Anglais, dem französischen Beverly Hills; ihn, der mit einstudierter Lässigkeit den Flügel der Drehtür anschob, um gleich darauf die Eingangshalle unter dem Klacken seiner damals modernen eisenbeschlagenen Absätze zu betreten; ihn, dessen Mutter sich zehn Jahre zuvor kaum getraut hatte, wegen des städtischen Weihnachtsbaums für bedürftige Familien die getäfelten Räume des Rathauses von Maisons-Alfort zu betreten: Ist das zu glauben? Er, der sein Herzklopfen bezwang und sich in einen der großen Ledersessel in der Bar des *Negresco* sinken ließ, während seine Augen, die noch von der Helligkeit geblendet waren, sich nur langsam an das samtige Halbdunkel des Lokals gewöhnten. Der ohne zu erröten, ohne sich von den wenigen anwesenden Gästen oder vom Personal beobachtet zu fühlen, mit dem Finger über die vertrauten Zierleisten des Bücherschranks mit den alten gebundenen Büchern strich, der, seinen italienischen Espresso in Händen, mit gelassenem, verträumtem Blick die barocken Motive der Tapisserien und die napoleonischen Uniformen bewunderte, als wären sie sein Eigentum. Der schließlich bezahlte – mit Geld, das genauso gut, genauso viel wert war wie das eines Rothschild! In aller Ruhe zog er die Ledermappe aus der Innentasche seines Jacketts und ließ den großen Schein, den er entnahm, zwischen den Fingern knistern, ehe er ihn mit herrischer Geste dem Ober hinhielt, sorgfältig darauf bedacht, in eine andere Richtung zu blicken, bis er sein Wechselgeld zurückbekam, um es dann – Mann, mit was für einer Gebärde! – einzustecken. Danach fuhr er auf direktem Weg zur Praxis des alten Dr. Mairal.

Und dort stellte er sich zwischen zwei Terminen oft seine zukünftige Klientel vor: reiche Amerikanerinnen, die eigens hierher flogen, um ihn zu konsultieren, italienische Grafen in der Sommerfrische, so voller Bewunderung für sein medizinisches Können und seine vornehme Zurückhaltung, dass sie ihn zu privaten Soireen ins Casino einluden. Er wurde internationalen Stars vorgestellt, sogar Grace de Monaco! »Mein lieber Jean-Christophe«, sagte Grace zu ihm, »ich werde nie mehr einen anderen Tierarzt aufsuchen, wirklich, Sie sind ein Künstler!« »Das ist zu viel der Ehre, Fürstin«, erwiderte er mit lauter Stimme im menschenleeren Sprechzimmer, den prüfenden Blick auf sein Spiegelbild über dem Kamin gerichtet, nicht ohne Selbstironie, gewiss, aber auch ein wenig nachsichtig mit sich. Wenn dann die reale Kundschaft eingetroffen und von Raymonde, der Sekretärin des alten Mairal, um etwas Geduld gebeten worden war, eilte Jean-Christophe wieder an den Mahagonischreibtisch, nahm den Chefsessel ein und sammelte sich einen Augenblick, die Unterarme reglos auf dem gegerbten Leder der Schreibunterlage, wo Mairals Rezeptblock lag, in dieser Machtposition. Er dachte an Claude. Er dachte an seine Schwester. An seine verstorbenen Eltern, an seine Zukunftsperspektiven, an die Jahre der Entbehrung, die er durchgemacht hatte. Schließlich drückte er auf die Sprechanlage, und seine Stimme zerriss die gedämpfte Stille der Praxis: »Der Nächste bitte, Raymonde.« Das hieß erwachsen sein. Das hieß ein Mann sein. Das hieß *Verantwortung* tragen.

Und das hätte er eines Tages an seinen Sohn weitergeben wollen. Wenn er einen gehabt hätte. Hatte er einen Sohn?

Oh, dieser alternde Mann, der er geworden war, der im Schlafanzug mitten in der Nacht im Stockdunkeln am Bett eines schlafenden Kindes saß, das vielleicht und vielleicht auch nicht seines war – hin und her gerissen, ob er sich wünschen sollte, dass es seines war, und wie er sich von der eisernen Maske, unter die er sein Dasein gezwängt hatte, befreien sollte. Dieser etwas kindische, nun ja, sicher auch etwas lächerliche Mann mit seinen Träumen vom einfachen Glück und dem unbedingten Willen zum Erfolg, im Grunde war er aber doch rührend, dieser Mann, dessen einziges Lebensziel darin bestand, treu zu sein und ein stabiles, glückliches Heim zu gründen, dieser herzensgute Mann, der gefallen wollte, der sich vorbehaltlos der Rekonstruktion jener Kindheit widmete, die ihm zwischen den Fingern zerronnen war. Dieser Mann zerrte bei Tagesanbruch seinen Sohn mit Gewalt aus dem Bett, um ihn zu seiner Großmutter zu schleifen, und schrie, während das Kind zu ihren Füßen lag, einer perplexen Mama Berger ins Gesicht: »Sagen Sie ihr, dieser Hure, dass ich mit ihrem Bastard nichts zu schaffen habe! Soll sie kommen und ihn abholen, ich habe nichts damit zu schaffen!« Dieser Mann, der etwas später am selben Tag in seiner Klinik auftauchte, alle Termine absagte, seine Sekretärin nach Hause schickte, schloss sich in seiner Praxis ein, und nachdem er seine Instrumente bereitgelegt hatte – Skalpell, Betäubungsspritze, Verbandmull, Nadel und Faden zum Vernähen –, beging er jene Tat, von der er selbst nie genau wissen sollte, warum er sie beging – die entschlossenste Tat, die ein Mann begehen kann, die Tat, die mich sprachlos machte, als ich etwa sieben Jahre später anlässlich seines Prozesses wegen Kindesmords zum ersten Mal von ihm hörte: Dieser Mann ließ seine Hose herunter, spritzte sich ein Betäubungsmittel ins Glied, ergriff das Skalpell, mit dem er seit seinem Studienabschluss so viele Tiere operiert hatte – seit er jenes Diplom erlangt hatte, das ihn zu einem der höchst geachteten, kompetentesten und fähigsten Tierärzte seines Jahrgangs machte –, dieser Mann trennte sich mit einer Reihe kleiner Schnitte, die unglücklicherweise nicht so perfekt gelangen, wie er es sicherlich gewünscht hätte, die Vorhaut ab.

Warum tat er das? Er fand den Mut, sich die lange Injektionsnadel in den Penisansatz zu stechen, spürte, wie sie in die Vene eindrang, wie die anästhesierende Flüssigkeit sich ausbreitete. Er sah beim Zurückziehen der Spritze das Blut an der Nadel. Er setzte die Klinge an seine Haut. Es war alles andere als einfach gewesen, weil er sich in einer schlechten Position befand, weil das aus seinem Glied schießende Blut ihn daran hinderte, genau zu sehen, und weil seine Hand wider Willen doch zitterte. Aber er hatte es getan. Er tat es, dann warf er den zerfetzten Hautlappen in den Abfall. Er legte ein Stück Mull auf, um die Blutung zu stillen, und nähte sich anschließend, wahrscheinlich etwas schwankend, selbst, Stich für Stich, methodisch, stach langsam die Nadel in die verletzte Haut, wobei rund um die Eichel wohl noch einiges Blut geflossen sein muss.

Er legte sich einen Verband an und machte sich so, nach Einnahme von zwei Schmerztabletten, auf den Rückweg – auf den Weg zu seinem Haus, seinem Traum, diesem verlassenen Traum von zweiundzwanzig Zimmern, in dem er fortan allein leben würde, allein mit einem illegitimen Sohn und seinem bis zur Unkenntlichkeit verstümmelten Geschlechtsteil.

Er wechselte den Mull am Morgen, er wechselte den Mull am Abend. Zweimal täglich nahm er die blutbefleckte Kompresse ab, entblößte die noch frische Wunde und das geschwollene, veilchenblau und gelb verfärbte Glied mit der blutigen Dornenkrone aus ungeschickt vernähten Fäden rund um die Eichel. Nachts lösten der um die Wunde geknotete Verband und die Nahtpunkte zusammen eine mehrstündige, schmerzhafte Erektion aus, die er ohne Aussicht auf Erleichterung und ohne jede Lust erduldete; tags urinierte er in stoßweisen einzelnen Spritzern, die alles besudelten; und wenn er sich, nachdem er die Hose wieder geschlossen hatte, hinsetzte, spannte der Stoff so empfindlich, dass es sich anfühlte wie Stacheldraht um sein Glied. Warum hatte er das getan? Oft spürte er in den ungelegensten Momenten, mitten auf der Straße oder in der Sprechstunde, etwas Feuchtes an der Stelle und bekam Angst, der Verband könnte sich gelöst haben, die Wunde finge wieder an zu bluten, aber es war nur etwas unkontrolliert abgegangener Urin. Zu Hause betrachtete er im Spiegel diesen bizarren Penis, nackt und schutzlos. Und das sollte *er* sein? Warum hatte er das getan?

Wie konnte er jener Mann sein, der, als er nach dieser einsamen Betrachtung aus dem Zimmer kam, seinem Sohn die Armbinde mit dem Hakenkreuz umband, die er noch am Tag seiner Selbstverstümmelung aus einigen im Schrank gefundenen Vorhangresten angefertigt hatte?

An dem Morgen seiner Selbstverstümmelung, nachdem er bei seiner Schwiegermutter eingedrungen war und ihr – man konnte es nicht anders nennen – Charles-Édouard vor die Füße geworfen hatte, war Madame Berger vor Empörung sprachlos gewesen. »Es gibt Dinge, die sagt man nicht! Also wirklich, das tut man einfach nicht! Erst recht nicht vor dem Kleinen!«, hatte sie ihm ein paar Stunden später, diesmal in seinem Salon, wo sie jeder an einem Ende des Tischs vor einer Tasse Kaffee saßen, bitterböse vorgeworfen.

Den Blick auf die blinkenden Lichter des kahlen Tannenbaums gerichtet, hatte Jean-Christophe ihr zugehört, schwindlig vor Übermüdung und ohne ein Wort herauszubringen, während sie erzählte, wie sie Charles-Édouard erst einmal, um den armen Kleinen zu trösten, höchstpersönlich mit einer großen Tasse heißer Schokolade und einem Toast hatte päppeln müssen, wie sie dann geredet hatte, geredet und geredet, bis sie selbst nicht mehr weiter wusste, nur um das Kind vergessen zu machen, was es soeben gehört hatte. Bastard! Charles-Édouard sei leichenblass gewesen, habe dicke Tränen in den Augen gehabt! Und schließlich habe sie auch noch höchstpersönlich auf die Straße gehen müssen, im Morgenmantel durch die Kälte, den ganzen vereisten Hang hinauf, denn irgendjemand musste den Kleinen ja zum Schulbus bringen.

»Haben Sie etwas von ihr gehört?«, hatte Jean-Christophe statt eines Kommentars gefragt, als sie endlich schwieg.

»Von wem? Von Claude? Nein, natürlich nicht.«

»Sie ist wieder weg, wissen Sie. Sie ist wieder gegangen.«

»Ja, ich weiß, ich habe gestern Abend das Auto gehört. Aber ist das ein Grund für Sie, sich so aufzuführen?«

Das Blinken des Tannenbaums durchsetzte sein Schweigen. Er war sich bewusst, ihr nichts sagen zu können, was sie verstanden hätte.

»Er ist ein Bastard«, zischte er nur.

»So etwas sagt man nicht, Jean-Christophe, das ist nicht gut, und es tut Ihnen selber weh.«

»Mir weh tun …!« Er hatte höhnisch gelacht. »Wie konnte sie das bloß tun? Wie konnte sie nur? Ihre Verrücktheiten die ganze Zeit, das nimmt kein Ende, verflucht noch mal!«

»Das stimmt, sie war immer schwierig, das kann man wohl sagen.«

»Man macht, man schuftet, man versucht, für alle das Beste rauszuholen, und die ganze Zeit lang …«

»Schon als ihr Vater noch lebte, hatten wir eine Menge Probleme mit ihr.«

»Sehen Sie sich das an!« Er zeigte auf den Tannenbaum. »Sehen Sie sich das an – diese Schlampe! Auch noch direkt nach den Feiertagen …«

»Na, na. Sie waren doch immer vernünftig für zwei, ich erkenne Sie nicht wieder.«

»Am Ende schmeiße ich noch alles hin, wissen Sie. Am Ende setze ich mich ganz allein ins Ausland ab. Das hat sie dann davon!«

»Haben Sie sich in den letzten Tagen denn so heftig gestritten, oder was ist los?«

»Eben überhaupt nicht! Überhaupt nicht! Ich hatte eine Kreuzfahrt in der Karibik gebucht, da liegen die Tickets noch!«

»Jetzt hören Sie mal zu, Jean-Christophe, Sie müssen

sich zusammenreißen: Ich kann den Kleinen nicht bei mir behalten, das ist unmöglich mit meiner angegriffenen Gesundheit!«

»Und was, glauben Sie, geht mich das an? Klären Sie das mit Claude! Sie meint offenbar, sie könnte ihren Bastard einfach in meiner Obhut lassen, aber das kommt nicht in Frage, nein!«

»Es passt nicht zu Ihnen, so zu reden, Jean-Christophe. Ich sage es Ihnen ehrlich, das passt nicht zu Ihnen. Er ist Ihr Kind, der Kleine, und darauf kommt es an. Es ist mein Enkel und Ihr Kind. Sie sind derjenige, der es gewollt hat. Alles andere ist egal. Sie haben Claude dazu überredet, es zu behalten. Was spielt der Rest für eine Rolle?«

»Sie verstehen nicht. Sie verstehen es einfach nicht.«

»Sie dürfen sich nicht so gehen lassen, wissen Sie. Sie sind doch ein verantwortungsbewusster Mann, Jean-Christophe, geben Sie nicht auf.«

»Und was soll ich tun? Was kann ich tun, in dieser Lage? Was bleibt mir übrig?«

»Zeigen Sie dem Jungen, dass Sie sein Vater sind. Benehmen Sie sich normal, wie ein Mann, dann wird sie zurückkommen, Sie werden sehen. Sie kommt immer zurück.«

Also hatte er beschlossen, das Kind bei sich zu behalten. Nur hatte er sich vorgenommen, ihn nach *seinen* Methoden zu erziehen. Diesmal ohne Rücksicht auf Claudes Wunschvorstellungen. An jenem Tag hatte er sich, nachdem Mama Berger gegangen war, ein wenig hingelegt, um nachzudenken und sich auszuschlafen. Als er erwachte, stand sein

Entschluss fest, und er war in die Klinik gefahren und hatte sich die Vorhaut abgetrennt. Wieder zu Hause, hatte er unter der Wirkung der Schmerzmittel noch einmal zwei Stunden geschlafen. Nachmittags, als er allmählich wieder zu sich kam, hatte er die Hakenkreuz-Armbinde gebastelt, bevor er seinen Sohn von der Schule abholte.

Was ihn antrieb, als er mit zurückgewonnener Ruhe und Autorität dem Jungen die Swastika um den Unterarm band, bevor er die Gymnastikübungen überwachte, zu denen er Charles-Édouard jeden Abend in der Hoffnung zwang, ihm das Bettnässen abzugewöhnen, wusste er selbst nicht so genau. Nein, er handelte rein intuitiv. Es gab eine Art Gleichgewicht, das zwar sogar ihm selbst nicht ganz offenkundig war, aber dennoch ein Gleichgewicht zwischen der Verletzung, die er sich selbst hatte zufügen müssen, und dem Zeichen, mit dem er Charles-Édouard jetzt ausstaffierte. Es war beruhigend, fast mystisch, die Frucht einer tiefen Logik, die er nicht erklären konnte. Ebenso beruhigend und logisch wie das Ritual der Liegestützen und Bauchmuskelübungen, dem er sich selbst neben dem Kleinen im Salon unterzog, wobei er die Anzahl der Bewegungen täglich steigerte, bis einer von beiden, meistens das Kind, nicht mehr konnte.

Als er klein war, hatte er selbst an ähnlichen Anfällen unfreiwilligen Harnabgangs gelitten wie Charles-Édouard heute – und hatte nicht auch er sich damals, unter der Ägide seines Vaters, zu einem harten, qualvollen sportlichen Training durchringen müssen? Zum ersten Mal hatte er zeigen müssen, was er für ein Kerl war. Eigentlich hatte es ihn gar nicht gestört, genügte es doch, das Laken öfter zu wechseln, basta, das war es übrigens, was Mama ihm immer gesagt und was sie gemacht hatte, jedenfalls bis zu seinem zwölften Lebensjahr. Sicher wäre es so weitergegangen, hätten die Ärzte sich nicht eingemischt. Wäre nicht dieser Idiot von Kinderarzt gewesen, der das Wort aussprach, das ihn, wenn nicht zu einem Kranken, so doch mindestens zu einem Außenseiter machte, anders als seine Kameraden, und das aus dem einzigen lächerlichen Grund, dass er ungefähr alle zwei Tage, manchmal auch etwas häufiger, morgens in nassen, leicht stinkenden Laken erwachte. Enuretiker. War das wirklich so schlimm? Verdiente es so viele heimliche Beratungen zwischen seinen Eltern, und dann zwischen seinen Eltern und dem Doktor? Verdiente es, dass sein Vater ihn auf Anraten des nämlichen Kinderarztes jeden gottgewollten Sonntag auf den Fußballplatz schleifte, um ihn, wie es hieß, »abzuhärten«? Grotesk! Zumal Papa schon vor der Entdeckung seiner Krebskrankheit mehr oder weniger invalide gewesen war und seit dem Stalag kaum noch laufen konnte. So war es dann jedesmal, wenn er Jean-Christophe bei der Hand nahm, damit der Junge Fußball spielte, eine regelrechte Folter gewesen. Jean-Christophe musste vor den Augen seines Vaters herumrennen, nur dem Vater zu Gefallen, obwohl der selbst Sport *hasste*! Und er rannte und rannte – getrieben von dem väterlichen Wunsch rannte er! Er rannte, und seine Füße stolperten über den Ball, er hätte weinen mögen! Unfähig zu irgendeiner spielerischen Leistung! Unter dem Druck seiner Altersgenossen, die ihn wegen seines Ungeschicks nicht ausstehen konnten – »Gib ab! Gib ab!«, »Los, schieß ihn rein!« –, mit der gekünstelten Begeisterung seines Vaters im Rücken – »Zeig's ihnen! Schieß, Jean-Christophe! Lass dich nicht unterkriegen! Sei ein Mann!« – schoss er in Panik den Ball schließlich in das Tor seiner eigenen Mannschaft!

Sei ein Mann.

Der Sohn rannte für den kranken Vater, weil dieser glaubte, rennen mache seinen Sohn gesund.

Wenn ihn Zweifel an seiner Vaterschaft erfassten, trugen Charles-Édouards Enurese und seine momentane Nervenschwäche in gewisser Weise zu Jean-Christophes Beruhigung bei. Jeder Liegestütz, jede gemeinsame Übung brachte die beiden einander näher, genau wie das Hakenkreuz am Arm des Kindes den Sohn mit dem beschnittenen Vater verband. Jeden Morgen fuhr er in die Klinik, und jeden Abend holte er seinen Sohn von der Schule ab. Jeden Morgen brachte Mama Berger Charles-Édouard zur Bushaltestelle, nicht ohne ihm vorher die Armbinde abzunehmen, die Jean-Christophe ihm jeden Abend wieder umband. Doch sechs Jahre später, im November 1997, als der Prozess gegen ihn eröffnet wurde, waren Cottards eigene Unterarme umschlossen – nicht mit einer Armbinde, sondern mit Handschellen, an denen der Justizwachtmeister ihn in den Verhandlungssaal führte.

So ist er mir zum ersten Mal erschienen. Im Hof des Gerichts von Nizza, auf meinem Fernsehschirm vor dem Bett, in dem ich Trübsal blies, zeigte er unentwegt sein seltsames Lächeln. Anwälte, Polizisten, Gerichtsdiener, Journalisten, alles bewegte sich hektisch im Blitzlichtgewitter durcheinander, die von den Menschenmassen blockierten Polizeiwagen stauten sich. Aber er blieb ruhig, im zugeknöpften Tweedanzug, mit über der tadellos sitzenden Krawatte erhobenem Kinn, gehorsamer Sohn, verantwortungsvoller Vater, guter Bürger, fleißiger, seiner Rolle bewusster Schüler, richtete hinter der eckigen Brille unentwegt einen zufriedenen, entspannten Blick auf das alles, so wenig betroffen, dass man glauben konnte, er käme gerade von einem Essen mit gutem Wein und guten Witzen. Nur seine Hände, in Handschellen vor dem Körper, erinnerten den aufmerksamen Zuschauer daran, dass er wegen Mordes angeklagt war.

Die Verweisung an das Schwurgericht beruhte auf dem Geständnis, das Claude an einem Nachmittag im Mai 1991 in einem Zimmer der Villa in Gairault heimlich mit dem Tonband aufgenommen hatte. Nach blutigen Offenbarungen hatte sie ihm erlaubt, ihren Rock hochzuheben, und er war in sie eingedrungen. Das heißt, mehr oder weniger. So gut er konnte in seinem Zustand. Bei der Gelegenheit trug sie einen schwarzen Strumpfhalter. »Ich hätte einen roten anziehen sollen, das wäre angebrachter gewesen.« Und nach diesem nüchternen Kommentar hatte sie den in ihrer Handtasche versteckten Recorder zur Polizei gebracht, samt der Kassette, auf der seine Schilderung des Mordes an ihrem Kind aufgezeichnet war. Er habe es erwürgt, gestand er. Mit einem Gürtel. An jenem Abend des 20. März 1991, drei Monate nach dem Weggang seiner

Frau und seiner wüsten Selbstbeschneidung, waren sie beide, nachdem der Junge das Schachbrett umgeschmissen hatte, in Wut geraten, sie hatten miteinander gerungen, er hatte Charles-Édouard die Kehle zugeschnürt, den Leichnam dann im Kofferraum des Autos verstaut und war durch die Nacht gefahren bis zu einer einsamen Stelle in den Bergen hinter Nizza, wo er ihn verscharrt hatte.

Das zumindest waren die Umstände, wie sie von der Presse berichtet wurden, aber sechs Jahre später, beim Prozess, stritt er natürlich alles ab. Sein Geständnis? Ein Rollenspiel, behauptete er jetzt. Er hatte irgendwas erzählt, in der einzigen Absicht, seiner Frau zu gefallen – und der gewaltsame Tod ihres Sohnes schien ihm dem zu entsprechen, was sie hören wollte. So seltsam das klingen mochte. Sie war eben nicht ganz normal, verstehen Sie? Seine eigene Version lautete schlicht, in Wirklichkeit habe ein israelisches Kommando Charles-Édouard im Auftrag des jüdischen Liebhabers Gluckstein entführt. Jawohl. Und jetzt befinde sich das Kind irgendwo in einem religiösen Kibbuz unweit von Jerusalem. Cottard und sein Anwalt, Maître Jean-Ernest Pinard, hatten einen Privatdetektiv namens Roger Macera angeheuert. Macera war auf Claudes Spuren nach Israel gereist und hatte unter größten Anstrengungen Informationen aufgetan, Zeugen gefunden – Einheimische, die bereit waren, vor Gericht zu beschwören, dass der Kleine sich im Juli 1993, also zwei Jahre nach seinem angeblichen Tod, mit seiner Mutter in Mea Shearim, dem orthodoxen Viertel, aufgehalten habe.

Egal, wie aberwitzig und unglaubwürdig diese Geschichte erscheinen mochte, stützte sie sich doch auf eine unbestreitbare Tatsache: Es gab keine Leiche bei diesem Verbrechen. Nach Cottards Geständnis hatten die Gendarmen die Suche nämlich wieder aufgenommen, hatten entlang der Straße nach Lucéram zu beiden Seiten alles umgegraben, aber vergeblich. Es wurde nie eine Leiche gefunden, die die Anklage untermauert hätte. Cottards Verteidiger schlug Profit aus dem fehlenden Beweis. 1991 hatte er sogar eine Freilassung seines Mandanten erwirkt, der daraufhin mit Macera auf den Spuren des Phantomkindes nach Israel gereist war. Aber auch dort kein Charles-Édouard: Er schien sich in Luft aufgelöst zu haben.

Für mich jedoch, der ich das alles von meinem Bett aus verfolgte, war der Mord eindeutig. Die Augen des Kindes, seine offensichtliche Angst auf den zwei oder drei Fotos, die aus der jüngsten Zeit vor seinem Verschwinden stammten und durch die Presse gingen, ließen keinen Zweifel daran, was geschehen war. Was die Leiche anging, so hatte ich zu der Frage ebenfalls eine Theorie. Logisch, unwiderlegbar, sagte ich mir immer wieder, den Blick auf den Fernsehschirm gerichtet. Wie entsorgen Veterinäre die Kadaver jener Tiere, die sie einschläfern müssen? Und darum hat ihn auch nie jemand gefunden. Cottard hat ihn verbrannt. Eingeäschert in einem dieser Verbrennungsöfen, die zu den Gerätschaften von Tierärzten gehören. Der Zweifel an seiner Vaterschaft war ihm unerträglich, er hat das Kind verurteilt, hat die Leiche seines jüdischen Sohnes im Ofen verbrannt. Hier, in Frankreich, kurz vor Anbruch des 21. Jahrhunderts. Fantastisch! (frohlockte ich.) Und darum kann er trotz Handschellen ein unschuldiges Lächeln aufsetzen: Da jede Spur von dessen Erdenleben getilgt ist, ist sein Sohn in seinen Augen nicht einmal mehr ein Opfer, sondern schlichtweg gar nichts mehr. Nichts als Leere, eine Abwesenheit. Nur ein Name, ein lächerlicher übrigens, Charles-Édouard. Ein Name für ein leeres Grab. Ein Name für alle denkbaren *Projektionen*.

Oder für deren Gegenteil. Jude oder nicht. In Israel oder nicht. Verbrannt oder nicht. Ungewissheit oder Unschuldsvermutung.

Doch ich, auf der anderen Seite des Bildschirms (eine Komponente der französischen Hysterie), fühlte mich schuldig. Und ich hatte mich mit meinen eigenen Projektionen – meinen eigenen Leichen, meinem eigenen Prozess auseinanderzusetzen. Den laufenden Fernseher mit den Cottard-Bildern vor dem Bett, im Gewühl meiner Decken, zwischen aufgeschlagenen Büchern und Medikamentenschachteln, vollgestopft mit Actifed und Beruhigungsmitteln, verfolgte ich das alles nur halb, da ich innerlich mit einem anderen Todesfall beschäftigt war: Ich kam gerade vom Friedhof, von der Beerdigung meines Onkels.

Welkes Laub auf den Gräbern, kalter Regen auf den Schultern, Schluchzen – ich wurde von der ganzen Familie beschimpft. Zur Begrüßung hatte eine Cousine mich sogar angebrüllt. Durch eine gespielte Umarmung hatte ich verhindert, dass sie mich schlug. Ihre Arme umschlingend hatte ich sie an mich gedrückt, obwohl ich die leise Befürchtung hegte, sie würde mich ins Ohr beißen, aber sie begnügte sich damit zu weinen, und ihr Schrei klang in mir nach.

Das Verbrechen? Mein letzter Roman. Seit er erschienen war, hatte einer meiner Cousins mich als »Lump« beschimpft, mein Bruder als »Schmarotzer«, meine Cousine als »Mörder«. Auf meinem Anrufbeantworter häuften sich die Nachrichten, aber ich war zu deprimiert oder zu masochistisch, um sie zu löschen. Und der einzige, von dem ich gern etwas gehört hätte, der einzige, dessen Meinung zu meinem Buch mich interessierte, da ich über ihn geschrieben hatte – mein Vater –, sprach nicht mehr mit mir; am Telefon stammelte meine Mutter etwas von »Schande«, bevor sie auflegte.

Na schön, sagte ich mir, als ich meinerseits auflegte, ich nehme an, das ist so etwas wie ein Erfolg. Wenn auch nicht gerade der, den ich mir erhofft hatte, als ich zu schreiben begann. Wie alt war ich damals, vierundzwanzig, fünfundzwanzig Jahre? Damals war ich meiner selbst so sicher! Ich hatte schon seit acht Jahren den Kontakt mit dem Elternhaus abgebrochen und wohnte in einem Keller, der als Dienstbotenzimmer hergerichtet war. Dort verbrachte ich Stunden damit, alles zu lesen, was mir in die Hände fiel, und schrieb Seite um Seite in Erwartung der an Intelligenz und Schönheit nicht zu überbietenden Meisterwerke, die ich unweigerlich eines Tages veröffentlichen würde – und in der Zwischenzeit nahm ich, um zu überleben, das Geld eines Betrügers an, dem ich als Strohmann diente.

Mein erster Verleger, mein Mentor, mein Freund: der

Mann, dank dem ich schon damals im Gefängnis hätte landen können. Edgar Navon. Rumäne und Jude, um die fünfzig, klein, gedrungen, Bürstenschnitt, graue Augen. Er besaß vier Verlagsgesellschaften, alle mehr oder weniger bankrott, alle mehr oder weniger untereinander aufgekauft, und alle mit Sitz im zweiten und dritten Stock eines heruntergekommenen Hauses zwischen der Metrostation Strasbourg – Saint-Denis und der Rue Montmartre, direkt über einem indischen Restaurant, dessen zwei riesige Wasserpfeifen den Eingang mit ihrem unechten Gold schmückten.

In Erwartung des Ruhms arbeitete ich in diesem Viertel zwanzig Stunden pro Woche an der Kasse eines Burger King, um die Miete für den Keller zu bezahlen (ich wäre eher gestorben, als meine Eltern um irgendetwas zu bitten). Eines Abends war Edgar vorbeigekommen und hatte für sich und seine beiden jugoslawischen Assistenten drei Hamburger, drei Pommes und drei Bier bestellt. Wir waren uns auf Anhieb sympathisch, er war Verleger, ich hatte ihm anvertraut, dass ich schrieb, und kurz darauf, noch in derselben Woche, war ich auf seine Einladung in sein Büro gekommen. Hatte schon damals für mich alles schlecht angefangen? Oder musste man noch weiter zurückgehen? Ich erinnere mich, dass er mich ein paar Minuten in einem Korbsessel warten ließ, vor einem Tischchen aus demselben Material mit einem Bonsai darauf. Es gab noch weitere Zwergbäume zwischen den Bücherreihen auf den Regalen, und alles war in eine Atmosphäre von Krieg und Heiterkeit getaucht. Er empfing mich in Jeans und Kampfjacke. Ich sehe noch seinen strammen Oberkörper im Sessel versinken und seinen metallischen Blick hinter der runden Nickelbrille vor, glaube ich, echter Zuneigung funkeln, als er mit tiefer Stimme und rollendem R fragte: »Nun? Wovon wollen wir denn heute träumen?« Hinter den japanischen Rollos konnte man die weinroten Schilder des Theaters gegenüber schimmern sehen. Überall im Umkreis spuckten Reisebusse ihre Fracht an Touristen vor billigen Hotels aus, in deren Hinterstuben Konkurse, Zimmerdiebstahl oder Brände ausgeheckt wurden, um die Versicherungssumme zu kassieren. Ein Stück weiter, jenseits der Porte Saint-Denis, warteten müßige Pakistaner, mit einem Auge auf die unerreichbaren Nutten schielend, am Straßenrand auf Aufträge der Hersteller von Konfektionskleidung. Und wir rauchten unsere Wasserpfeifen und bastelten im Traum Bücher aller Art: die schönsten Romane, literarische Revolutionen, neue Philosophien oder Kosmologien.

Wir sprachen über Hegel, über die Quantenmechanik, über Solarsysteme und das *Prinzip Hoffnung*, während die von Juden aus dem Quartier du Sentier unter der Hand betriebenen Afro-Friseursalons direkt unter unseren Fenstern Dreadlocks, Entkrausungscremes und Bleichmittel zur Schau stellten; Friseusen ohne Papiere, aus dem Senegal oder aus Nigeria, ließen sich manchmal gegen vage Versprechungen zum Essen einladen. In den letzten Bistros an den Boulevards stand lauwarmes Bier auf den Tischen, und das Auktionshaus Drouot annoncierte auf Plakaten seine Versteigerungen. Doch in diesem Viertel war jeder sein eigener Auktionator. Mangos, Papayas, Fernsehgeräte, afrikanische Tücher, chinesische Tees, Kaschmir-Gewürze, Frauen, Kühlschränke, Raubkassetten aus Korea oder Indien, Briefmarken, Drogen, Zukunft: alles war zu verkaufen, nichts hatte einen Wert. Über diesem Königreich thronte Edgar Navon.

Ich nahm alles an, was er mir anbot. Literarischer Verlagsleiter, Verjüngungsspiegel, Genie in spe, Strohmann für finanzielle Machenschaften: sämtliche Rollen, ja, bis hin zu der des letzten verratenen Freundes auf einer Liste, deren Ursprung sich irgendwo im fernen roten Dunst von Bukarest verlor. Daher rühren wohl auch die blinde Maßlosigkeit meiner leer laufenden Ambitionen, meine Wut, mein ätzender Mangel an Selbstvertrauen, der Bruch mit meiner Familie – und ein ausgeprägter Hang zur Kriminalität.

Kurz bevor er mit der Kasse verschwand – und mich allein den Spürhunden von der Steuerfahndung aussetzte –, hatte Navon, um jeglichen Argwohn einzulullen, mein erstes Werk veröffentlicht. Wenn ich mich recht erinnere ein Essay über den Nihilismus in Europa und den jüdischen Messianismus – irgendwo muss ich noch ein Exemplar haben, erschienen in einer Auflage von tausend Stück, davon dreihundert verkauft. Eine Zahl, die ich anderthalb Jahre später – die Mühlen der Justiz mahlen langsam – liebenswürdigerweise von dem Kripobeamten erfuhr, der mich vernahm. Der grüne Bildschirm seines Computers in den trostlosen Räumen des Betrugsdezernats konfrontierte mich mit den Einzelheiten der Honorarbuchhaltung. Ich kehrte auf die Erde zurück: Diese Dokumente hatte ich nie gesehen. Und ob Sie es glauben oder nicht, ich war ganz schön erschüttert über die mäßigen Verkaufszahlen.

Damals, im großen Ausverkauf der achtziger Jahre, als auch alles, woran ich mich hätte festhalten können, allmählich zu Schleuderpreisen wegging: Kunst, Literatur, Ideen, Metaphysik, Identität, war ich unerfahren und hatte mich in Illusionen gewiegt, die *Wirklichkeit* hatte mich eingeholt. Aber jetzt, viele Jahre später – Edgar war seit langem in tropischen Gefilden, und die Bullen hatten sich beruhigt –, war ich wieder in den Schoß der Familie zurückgekehrt, inzwischen als reifer, verantwortungsbewusster Mann, jetzt torpedierte die gleiche Wirklichkeit erneut mein Schreiben. Und diesmal zeigte sie ihr wahres Gesicht: das des Todes.

Am 13. November 1997, vier Tage bevor am anderen Ende Frankreichs der Prozess gegen Cottard eröffnet wurde, mitten in dem Familienaufruhr um das Erscheinen meines letzten, gerade ausgelesenen Buches, hatte sich der Zustand meines Onkels, bei dem fünfzehn Monate zuvor Bauchspeicheldrüsenkrebs diagnostiziert worden war, dramatisch verschlechtert. Schon als er im Oktober ein erstes Mal in die Notaufnahme des Krankenhauses gebracht worden war, hatten die Ärzte eine Operation nicht mehr für sinnvoll gehalten und sich damit begnügt, die Morphiumdosis zu erhöhen, in der Hoffnung, die Schmerzen zu lindern. Aber an jenem Tag hatte nicht einmal das

Morphium gewirkt. Gekrümmt vor Schmerzen, die ihm den Leib zerrissen, hatte mein Onkel nach einer letzten, halb bewusstlosen Nacht im kränklichen Weiß des getünchten Krankenhauses unter den Tränen meiner Tante und meiner Eltern das Zeitliche gesegnet.

»Das Geheimnis, das Geheimnis …«, waren seine letzten gemurmelten Worte auf dem Totenbett. Das Geheimnis?, fragte ich mich noch, als ich drei Tage später, ganz ans Ende des Trauerzugs verwiesen, diesem im Bemühen um größte Zurückhaltung folgte. Er hatte es sein Leben lang bekämpft. Mein Onkel war ein Mann, der für Klarheit stand, für die Wahrheit im Detail – ein Ermittler. Schon seit den sechziger Jahren war er bekannt für Artikel und Bücher, die mittlerweile Klassiker geworden sind und an Journalismusschulen gelehrt werden. Welches Geheimnis war vor ihm sicher? Die Affäre Ben Barka? Enthüllt. Spaggiari? Erwischt. Klaus Barbie? Aufgespürt. Er hatte die Archive des Algerienkriegs geöffnet, Licht in das Verschwinden von Raoul Wallenberg gebracht – sogar die Dossiers des Mossad enthielten für ihn keine Geheimnisse mehr! Sein gesamtes Leben war eine Chronik Frankreichs hinter den Kulissen der Macht; und für uns Kinder, die wir ihm zuhörten, wenn wir uns zum Familienessen bei meinem Großvater alle um den Tisch im Wohnzimmer versammelten und lauschten, wie er, ein Lächeln auf den Lippen, Gedichte vortrug oder von seinen Nachforschungen erzählte – für uns war er ein Held. Ein Mann, der *schreibt*. Eine Mischung aus dem rasenden Reporter und Victor Hugo! Steht die Wahrheit nicht in den Büchern? Steht die

Moral nicht in den Büchern? Mein Onkel schrieb seine Werke unter einem französischen Pseudonym, und dieser geliehene Name, der von einem befreundeten Kinderbuchautor aufgegriffen wurde, war auch der Name des *Globetrotters*: Neunzehn Bände, erschienen in der Reihe *Rouge et or* und von der Familie gewissenhaft gesammelt, die wir, meine Cousins und ich, damals verschlangen. Wenn die äußere Beschreibung auch in keiner Weise übereinstimmte – denn der *Globetrotter* auf den kartonierten Umschlägen war ebenso groß, schlank und blond wie mein Onkel klein und kraushaarig. Stand die Wahrheit nicht in den Büchern? Der (fiktive) Name tilgte jeden Unterschied zwischen dem, was man war, und dem, was man zu sein träumte. *Der Globetrotter hilft den Unbestechlichen. Der Globetrotter in der Hölle von Tanezrouft!* Und an seiner Seite *wahre* Franzosen, geradewegs einem Netzwerk der Résistance entsprungen. Denken Sie nur an Mademoiselle Philomène, die mutige kleine Sekretärin. Oder an den ungehobelten, aber ach so beherzten Monsieur René, Leibwächter und Fahrer des »Feuerstuhls« – ein Sportwagen, ohne den der Globetrotter nicht das wäre, was er ist. Denken Sie an den miesepetrigen, aber treuen Inspektor Constant, der, immer zur Stelle, wie sein Name sagt, dem furchtlosen Reporter von seinem Büro am Quai des Orfèvres genau im richtigen Moment mit Schutz, Informationen und dem Respekt der Obrigkeit zur Seite springt.

Was glauben Sie, was ich mir dachte, als kleiner Junge von zehn Jahren? Ich auch! Ich werde später auch schreiben! Ich werde sein wie er! Intelligent, großzügig, geistreich und charmant (im Wohnzimmer meines Großvaters zeigte ein Foto ihn beim Händeschütteln mit Jimmy Carter). Einer, der alles versteht, von allen akzeptiert wird, ein unerschrockener Verfechter der Wahrheit im Kampf gegen die Mächtigen der Welt – und natürlich unbezwinglich. Zu jener Zeit, müssen Sie wissen, wurden in den Schulen zum Schreibenlernen noch Federhalter ausgeteilt. Bücher hatten etwas Heiliges. Besonders in einer Familie wie unserer, die im Schatten der Assimilation an die Republik groß geworden war, der die Schrift zugleich als soziales Sprungbrett und als Zuflucht diente. Meine Cousins, mein Bruder, ich selbst, mein Großvater, mein Vater, meine Mutter – jeder hatte auf seine Weise teil an dem, was meinem Onkel nicht nur durch seine realen Schriften, sondern auch in den ihn umrankenden Geschichten verliehen wurde: Wissen, Moral und Unsterblichkeit.

Und nun waren wir hier, achtundzwanzig Jahre älter. Um den Holzsarg versammelt, der aufrecht in der Seitenallee des Friedhofs stand, dem Novemberregen und der Kälte ausgesetzt, während eine Rede die nächste ablöste, und ebenso reglos wie der Leichnam des Helden vor uns verharrten wir – starr, die Hände über dem Bauch zusammengelegt.

Unsere Eltern waren alt geworden; meine Cousins, mein Bruder verheiratet, viele schon wieder geschieden; und ich, der ich mir meinen Kindertraum erfüllt hatte zu schreiben, aber den Preis dafür bezahlte. Mein Vater ging neben mir, mein literarisches Opfer, seiner Gewohnheit getreu am Rand der Gesellschaft. Tastenden Schritts, fern, fast schwebend trotz seiner neunzig Kilo, hatte seine ganze Gestalt etwas Entrücktes, und er hatte spontan auf eine Rede verzichtet, um die ihn ohnehin niemand in der Familie gebeten hätte. Abwesend bewegte er sich vorwärts, passiv, ein Zuschauer – wie ich ihn immer gekannt hatte. Und ich war anwesend in der Rolle des schwarzen Schafs – wie *er mich* immer gekannt hatte. Dass wir uns trotz allem, was uns trennte – trotz seiner Scham, seines Schmerzes, seines Zorns mir gegenüber –, so hier wiederfanden, am Ende des Trauerzugs, am äußersten Rand der Gemeinschaft – nein, so unlogisch war das nicht.

Der Geheimnistuer, der Komödiant, der Theatermensch, derjenige der beiden Brüder, der hinter den Kulissen sein Leben der Bühne geweiht hatte, dem Reich des Schauspiels und der Illusionen, während der andere Fakten aufspürte: das war er. Und so hatte ich ihn beschrieben, ungefähr dreißig Seiten lang, den Körper geschminkt für den allerletzten Akt, sein eigenes Begräbnis, an einem sonnigen Maientag – das musste sein, um jenen Verfremdungseffekt zu schaffen, der intelligenten Romanciers so wichtig ist … Du lieber Himmel, ich hätte mich ohrfeigen können! Ich hatte eine Satire geschrieben, und nun erschien die Beerdigung, die *wirkliche* Beerdigung – ebenso wirklich wie meine schlaflosen Nächte bei der Vorstellung, dort hinzugehen – wie ein Gegenbeweis meiner fiktiven Schilderung. Statt dass die Sonne schien, wühlten meine Füße in nassem Kies, die Bäume waren kahl, vom Wind zerzaust, es nieselte unaufhörlich. Kurz zuvor, am

Friedhofstor, hatte einer meiner Cousins mich rabiat zur Seite gedrängt, um vor mir durchzugehen, und dabei gezischt: »Ich glaube, wir haben uns nicht viel zu sagen, oder?« Was meinen durchaus lebendigen literarischen Toten anging, so sprach er nicht mehr mit mir, während sein Bruder, der einzige in der Familie, der mich ein wenig verteidigt hatte, gerade in die Erde gesenkt wurde.

Man ging am offenen Grab vorbei, jeder warf wahlweise eine Blume oder eine Handvoll Erde hinein. Mein Vater drückte Hände, stammelte unverständliche Worte, begann fast unter Tränen Sätze, die er unterwegs verlor. Und plötzlich, als ich vor ihm stand, fasste er mich bei der Schulter und richtete die blaue Abwesenheit seiner tiefliegenden Augen direkt auf mich: »Du kannst es dir nicht vorstellen«, sagte er in einem Zug (ein Rekord, seit zwei Monaten seine ersten Worte zu mir). »Wir waren zusammen, verstehst du? Im Krieg waren wir zusammen *versteckt*. Niemand außer ihm hat das mit mir erlebt.« Dann drückte er wieder stammelnd Hände – und ich war derjenige, der stumm blieb.

Überraschend war es eigentlich nicht. Mein Vater und sein Bruder gehörten zu jenen jüdischen Kindern, die während der Besatzung in christlichen Familien versteckt worden waren. Man hatte ihre Namen geändert, ihnen ein Kreuz um den Hals gehängt und sie auf dem Land in den Katechismusunterricht geschickt; sie mussten das Geheimnis hüten, eine Situation, die ich in meinem Buch ausgeschlachtet hatte. Doch bei meinem Vater, hatte ich geschrieben (und damit den Skandal ausgelöst), ging dieser

Sinn für das Geheime und für das Verheimlichen sehr viel weiter zurück. Schon bei seiner Geburt hatte der Tod seine Visitenkarte abgegeben.

Er war keine zwei Monate alt gewesen, als seine Mutter starb, hatte ich geschrieben, einer Sepsis erlegen, die sie sich kurz nach der Geburt zugezogen hatte. Sein Vater – mein Großvater – hatte dem Neugeborenen die Schuld an diesem Tod gegeben, hatte ich geschrieben, er hatte ihn verurteilt, ihn liegen und schreien lassen, sich geweigert, ihm die Windeln zu wechseln und ihn zu füttern. Mehrere Wochen vergingen, bis sich endlich eine Tante bereitfand, ihn zu sich zu nehmen und sich um ihn zu kümmern.

Einfach war er nicht gerade, dieser Mann, mein Großvater (hatte ich geschrieben), einer jener jüdischen Väter der ersten Generation, die so hart arbeiteten und so versessen darauf waren, es zu schaffen. Obwohl er sich des Preises, den es dafür zu zahlen galt, durchaus bewusst war, wollte er alles auf einmal: so kompromisslos sein, wie er es in seinem Innersten nun einmal unabänderlich war, *und* von allen akzeptiert werden, egal, welchen Widerspruch das bedeutete. Er floh vor der Unsicherheit, floh vor der Angst, die sein Erbe war, floh vor *seinem eigenen* Vater – das konnte ich verstehen! Diesem Vater, der, schon mit zehn Jahren verwaist, über die Straßen Europas geflohen war, um den Pogromen zu entrinnen (und so ging es vom Vater auf den Sohn, von Flucht zu Flucht, von Generation zu Generation, von Ablehnung zu Ablehnung – bis zu mir).

Ja, mein Großvater floh, dem Leben und dem Erfolg

entgegen, hatte ich geschrieben, aber der Weg dorthin im anbrechenden Jahrhundert, als die Sonne von den Schützengräben von Verdun erschüttert wurde und ihn die stiebenden roten Funken der russischen Revolution und der Erinnerung an die Pogrome verfolgten – dieser Weg hieß Tumult. Im 16. Arrondissement verteilte er, eine Blume im Knopfloch, den Stockdegen in der Hand, ein Charmeur und Kampfhahn – mindestens drei Duelle sagte man ihm nach –, revolutionäre Flugblätter. Obwohl unbeugsamer Kommunist, war er doch durchdrungen von bürgerlichen Idealen, obwohl kompromisslos, wechselte er, um besser akzeptiert zu werden, blitzschnell zwischen subversiven Versuchungen und dem Wunsch nach Assimilation. Eine Hand auf der französischen Flagge, die andere zur Faust geballt auf dem Banner der Weltrevolution, hatte er mit zwanzig Jahren, obwohl er als Freiwilliger bei der Armee diente, die rote Fahne auf dem Kasernendach gehisst und wurde dafür einige Monate in eine geschlossene Anstalt eingewiesen. Wieder frei, hatte er sich in die Ehe gestürzt – mit einer Jüdin natürlich, die er, der die Religion ablehnte, schon während ihrer Verlobung mit sämtlichen Schicksen betrog, die sich von ihm verführen ließen.

Sie war eine zarte, unauffällige Person, wahrscheinlich wenig geschaffen für eine mehrfache Mutterschaft. Aber er, dem Kinder als notwendiges Rüstzeug für seine Etablierung als Franzose erschienen, *wollte* mit aller Macht Kinder, die er sich nicht unbedingt *wünschte* – und prompt war seine Frau nach der zweiten Geburt gestorben. Sie war, *hatte ich geschrieben*, ehrenhaft für die Assimilation gestorben. In der Zwangsjacke der Anpassung erstickt. Zermalmt im Schraubstock des inneren Kampfs zwischen dem Wunsch meines Großvaters und dem Willen meines Großvaters. Musste ein solches Ereignis ihn nicht an seine eigene Zerrissenheit gemahnen? An die Tyrannei eines angestrebten und abgelehnten Ideals, in dem Konformität sich mit Selbstverleugnung und Rachegelüsten mischte?

Das alles, die Gewalt des ständigen Kampfs widerstreitender Wünsche und die daraus folgenden Schuldgefühle, hatten ihn, so meine Schlussfolgerung, dazu gebracht, die »Schuld« an diesem Tod auf den scheinbar Verantwortlichen zu schieben, seinen jüngeren Sohn – meinen Vater. Mein Großvater heiratete wieder, eine seiner Geliebten, keine Jüdin dieses Mal, und allmählich ging das Leben, wie man so sagt, weiter – bis zum Krieg.

Im Krieg, als man ihm zum Schutz vor den Vichy-Gesetzen gefälschte Papiere auf den Namen seiner Stiefmutter ausstellte, kam der Gedanke, auf dem Ursprung meines Vaters laste ein Verbrechen und er habe sein Leben gegen das seiner Mutter getauscht, wieder zum Vorschein. Auf dem Land versteckt, zeigte er bei Kontrollen die Papiere mit dem fiktiven Namen, der nicht jüdisch war, und man ließ ihn durch; dieser Name rettete sein Leben, aber zum zweiten Mal in seinem kurzen Dasein um einen hohen Preis, den einer Auslöschung. Die Wahrheit *über seine Mutter* zu sagen hätte Festnahme und Deportation bedeutet.

So fand die eingebildete Schuld ihre unerwartete Bestätigung in einer grausamen historischen *Realität*. Er war doppelt schuldig. Schuldig, als Jude geboren zu sein, und schuldig, geboren zu sein. Er versteckte sich nicht, um seine Existenz zu retten, nein, es war das Gegenteil: Er versteckte sich – wie er sich später, zu meinem wachsenden Unmut, bei uns zu Hause verstecken sollte –, weil das *in seinen Augen* alles andere als eine Möglichkeit des Überlebens, sondern vielmehr das Zeichen der Schuld war. Weil ein Wort zu viel zu sagen bedeutete, sich dem Schlimmsten auszusetzen. Das Gegenmittel war die Bestrafung. Sich zeigen hätte Auslöschung bedeutet.

Daher, folgerte ich, die Absenzen meines Vaters. Seine Zurückhaltung. Seine Zerstreuung. Niemals ein lautes Wort sagen. Niemals nein sagen. Keinen Konflikt mit irgendjemandem. Seine Steuern vorzeitig bezahlen. Schlaflose Nächte bei der geringsten Kontoüberziehung, dem lächerlichsten Strafzettel. Anpassung bis zur Auslöschung.

Gegen all das hatte ich in jungen Jahren angebrüllt – denn wie konnte *ich* einen so farblosen Vater haben! –, gegen all das hatte ich mich aufgelehnt. Bis hin zur Flucht. Bis hin zur Straffälligkeit. Bis zu Edgar Navon und den Steuerfahndern. Bis zum Schreiben eines satirischen Buchs schließlich, in dem ich nicht nur all das erzählte, sondern ihn am Ende sterben ließ.

»Im Krieg waren wir zusammen versteckt.« In diesem Augenblick, als er auf dem Friedhof diesen Satz aussprach – ich weiß nicht, ob es an der dramatischen Situation, der drückenden Ächtung meiner Familie lag, aber in diesem Augenblick begriff ich endlich, welche Gewalt ich ihm mit meinem Buch angetan hatte.

Wogegen hatte ich mich eigentlich aufgelehnt – seine Scherze, seine Tapsigkeit wie die eines dicken Bären, seine Unschuld? Es kam mir vor wie ein inszenierter Exorzismus angesichts der unbegreiflichen Verirrung, die sein Leben war. Angesichts des absurden und verwerflichen Glücks, überlebt zu haben. Warum nicht er? Ich wusste, das war es, was er an jenem Tag auf dem Friedhof dachte. Und er wartete auf jemanden, der ihm antwortete, jemanden, der ihm half, sich daran zu erinnern, dass er nicht schuldig war, jemanden, der ihm half zu vergessen. Aber niemand tat es, und am allerwenigsten natürlich dieser Sohn, der sich immer über ihn lustig gemacht hatte.

Nein, dachte ich, während ich eine Handvoll Erde auf den Sarg meines Onkels fallen ließ als Abschiedsgruß an den, dessen literarische Heldentaten ich als Kind verschlungen hatte. Nein, die Wahrheit steht nicht in den Büchern. Wenn ich bei meinem Versuch, die Familiengeschichte zu rekonstruieren, richtig gesehen hatte, konnte mein Vater die groteske Form der Erzählung nur als unnötigen und verletzenden Angriff auffassen; wenn dagegen alles nur erfunden war, wie die ganze Familie behauptete, einem perversen, spinnerten Gehirn (dem meinigen) entsprungen, dann war es sicher ebenso überflüssig und verletzend – aber darüber hinaus ausgesprochen hassenswert.

Auf dem Rückweg durch die Hauptallee des Friedhofs kam es zu einem jener lächerlichen Zwischenfälle, die bei Beerdigungen nie ausbleiben – und an denen ich, mit beißender Ironie, in meinem Buch nicht gespart hatte –, aber jetzt ging der Biss nur mir unter die Haut. Ich weiß nicht mehr, worum es ging. Wenn ich es wüsste, würde ich es wahrscheinlich gar nicht schreiben. Aber ich erinnere mich, wie einen kurzen Moment lang ein trauriges Lächeln das Gesicht meines Vaters erhellte: »Na, das ist doch was für dich, wie?«, sagte er. »Bei deinem Sinn für Humor. Wo du doch so ironisch bist. Das wirst du sicher in deinem nächsten Buch verwenden, wette ich!« Vor Erschütterung blieb ich stumm. »Wie es heißt, haben Sie auch eine Beerdigungsszene geschrieben?«, sprach mich kurz darauf während der letzten Beileidsbezeugungen eine vollkommen Fremde an, angeblich eine Freundin der Familie, die mir kräftig die Hand drückte und das allgemeine Empfinden zusammenfasste: »Mein armer Freund, Sie können nichts dafür! Sie dürfen sich auf keinen Fall schuldig fühlen!« Bis dahin war ich gar nicht auf die Idee gekommen. Am Ende dieses Nachmittags jedoch, als ich, in der Kälte und im Regen stehend, alle, ohne ein Wort sagen zu können, von dannen ziehen sah, war ich nicht mehr weit davon entfernt, mich für jede auf diesem Friedhof vergossene Träne persönlich verantwortlich zu fühlen, seit dort der erste Grabstein aufgestellt worden war.

Zum selben Zeitpunkt, da der Prozess gegen den Kriegsverbrecher Papon ein neues Licht auf die Geschichte wirft, erscheint es ganz besonders verabscheuenswert, wie ein nichtswürdiger, auf billigen Erfolg bedachter Nachfahre unserer Familie die Erinnerung schändet und diejenigen lächerlich macht, die Opfer schmerzlicher Ereignisse waren: seinen Vater natürlich, aber vor allem seinen Großvater, einen hochkultivierten Mann, ebenso großzügig wie mutig, was ihm die Ehrenmedaille der Résistance eingebracht hat. So begann der Artikel, den der bei Erscheinen meines Buchs zwei Monate zuvor zusammengetrommelte Familienrat gemeinschaftlich verfasst und an die Zeitungen geschickt hatte. Natürlich ist keine Redaktion auf die abstruse Idee gekommen, ihn zu veröffentlichen, und sicher wäre er in Vergessenheit geraten, hätte ich nicht mit absurder Beharrlichkeit darauf bestanden, ihn zu bekommen. Meine in Tränen aufgelöste Mutter hatte ihn mir unter dem Siegel der Verschwiegenheit geschickt, und jetzt lag er da, auf meiner Bettdecke, ein lächerlicher Urteilsspruch, zwischen Schachteln mit Beruhigungsmitteln und Büchern voller Eselsohren. So sehr ich mich auch dagegen wehrte, konnte ich ihn vom vielen Lesen schon auswendig. Und zu meiner Bestürzung verstand ich jedes Wort. Mit derselben Schärfe, mit derselben *Akzeptanz,* mit der mein Vater im Nachhinein einsah, warum sein Vater ihn für seine Geburt verdammt hatte.

Etwas anderes als ich wollte in meinem Innersten, dass ich schuldig war, und dieses Etwas war die Erinnerung. Früher hatte ich mit allen Fasern dagegen aufbegehrt, aber wohin hatte mich Schlaukopf dieser Wunsch nach Auflehnung geführt? Jahrelang hatte ich mich in einem Keller vergraben. Durch das Oberlicht sah man auf den Rasen. In meinem Souterrain schrieb ich Texte, die ich mich nicht zu beenden traute, die übrige Zeit trank ich Bier mit Edgar, der mir von Gershom Scholem erzählte, während er mich Schuldscheine unterschreiben ließ. Auf der Suche nach mir selbst hatte ich meine Zeit damit verbracht, vor mir wegzulaufen. Was dieses Buch betrifft, den Grund meines Verdrusses – war sein Autor trotz aller zwischen den Zeilen durchscheinenden Lust an der Provokation nicht wie diejenigen, die er aufs Korn nahm, überzeugt davon, an einem Ort zu leben, der nicht seine Heimat war, und ein erschlichenes Leben in feindlicher Umgebung zu führen?

Ja, ich lebte wie mein Vater: in panischer Angst vor den Auswirkungen, falls ich unglücklicherweise das Falsche sagte, den falschen Text schrieb oder mir die Feindschaft meiner Umgebung zuzog – aber im Gegensatz zu ihm wollte ich *sehen*, wie man beim Poker sagt. Sein Schweigen, sein Abwägen, seine Besonnenheit, seine Vorsicht waren bei mir Schreie, Zurschaustellung, Übertreibungen, Unbesonnenheiten. Ich war der offene Krieg seines Waffenstillstands, die Kehrseite seiner Absenzen, ich war die Offensive seines Fluchtwunsches, die Worte, die er nicht geschrieben, die Beschimpfungen, die er zurückgehalten hatte – das Es seines Über-Ichs, dort, wo keiner von uns er selbst war.

Jahrelang hatte ich den Punkt gesucht, von dem aus es kein Zurück mehr gibt. Gerade das, was nicht gesagt werden durfte, gerade das, was nicht getan werden durfte, gerade das, was mich in Gefahr bringen würde. Nicht, um mich davor zu bewahren, wie er es in meinen Augen bis zur Lächerlichkeit tat, sondern um mich, im Gegenteil, mit der gleichen Lächerlichkeit hineinzustürzen.

Glaubte ich zu Recht, dass ich all das, was mir seit Erscheinen des Buchs widerfahren war, auch insgeheim gewollt hatte? Ich hatte Zufälligkeiten manipuliert; fürchtete ich zu Recht, das alles sei ein Vorzeichen für etwas Tieferes und Ernsteres und unter bestimmten Bedingungen könne ich mir selbst gefährlich werden? Als ich nach Verlassen des Friedhofs allein in die Metro hinunterging, hatten auf dem Bahnsteig vier Kontrolleure, eskortiert von den Typen von der Sicherheit – Schlagstock und Pfefferspray am Gürtel, Diensthund mit Maulkorb bei Fuß –, meinen Fahrschein überprüft. An diesem Tag hatten sie mich gehen lassen. Zu Zeiten Navons, eines professionellen Schwarzfahrers, war keine Woche ohne Bußgeldbescheid vergangen. Als Strohmann hatte ich mich in voller Kenntnis des Risikos auf brüchiges Eis begeben, aber in einer Art fröhlichem Rausch. Und nun, mit achtunddreißig Jahren – was nun, da ich nicht mehr fliehen konnte, da mich alles, was ich immer abgelehnt hatte, mit seinem ganzen Gewicht erdrückte?

Am Ende dieser durchwachten, mit derartigen Grübeleien verbrachten Nacht dämmerte ich schließlich in eine Art Schlaf hinüber, aus dem ich erst am nächsten Abend von einer Mandelentzündung fröstelnd erwachte, mit so hohem Fieber, dass ich kaum noch bei Sinnen war. Also bereit für die Bilder vom Cottard-Prozess.

In die zerwühlten Decken versunken, die Blätter des offenen Familienbriefs mit meiner Verurteilung über das ganze Bett verstreut, zwischen aufgeschlagenen Büchern und

Medikamentenschachteln, fühlte ich mich zutiefst niedergeschlagen. Neben mir, mein einziger Trost, die Bücher von Danilo Kiš. Ich hatte vor vielen Jahren, als mein erstes Werk bei Navon erschienen war, anlässlich einer Vorstellung bei France Culture mit ihm vor dem Mikrofon gesessen – nur hatte ich damals von seinen Büchern leider keine Ahnung. Ich muss sagen, ich schwebte im siebten Himmel. Exaltiert stammelnd, gnadenlos ernst, so beeindruckt von meinem eigenen Rundfunkauftritt, dass es schier undenkbar war, auf irgendetwas anderes zu achten (knappe sechs Monate später sollte Edgars Flucht mich ziemlich brutal auf dem Boden der buchhalterischen Wirklichkeit landen lassen, aber bis dahin hätte Goethe persönlich vor mir stehen können, ich hätte ihn nicht beachtet). Von Kiš ist mir nur die Gestalt in Erinnerung geblieben. Groß, fast mager, langes, lockiges Haar, offener Hemdkragen. Und seine Energie, das auch. Nervös, schnell, konzentriert, körperlich – so, wie ich ihn später in seinen Schriften wiedergefunden habe …

Der Leser glaubt nicht mehr an Erfindungen, las ich an jenem Abend in einer Wachphase meines Dämmerzustands. *Alle aus dem allgemeinen ›Fernsehdorf‹ sind gleichermaßen überzeugt, daß es kein Geheimnis mehr gibt, daß Wissenschaft, Geschichte und Fortschritt alles gelöst haben … Der Schriftsteller entdeckt in der Wirklichkeit Erscheinungen, die so ungewöhnlich aussehen, daß keine schöpferische Phantasie sie erdenken könnte, die jedoch allein durch ihre Außergewöhnlichkeit* literarische *Tatsachen sind, weil die Wirklichkeit sie* verfremdet *hat.* Es war schon dunkel, mir war schwindlig – wahrscheinlich die Mischung aus Medikamenten und Antidepressiva. Und diese Sätze las ich gerade, als im elektrischen Blau des Fernsehers die Cottards in meinem Zimmer auftauchten. Nicht, dass ich ihnen im ersten Moment besondere Aufmerksamkeit geschenkt hätte. (Ich suchte nichts; wenn man schreibt, sucht man ja nichts, man lässt sich nur langsam von einer Geschichte einnehmen; sie sucht einen, und mit etwas Glück findet sie einen. Schreiben ist die Kunst der Ohnmacht, eine fast weibliche Angelegenheit, die Kunst, sich in Besitz nehmen zu lassen. Im doppelten Sinne des Wortes, wie ich sehr bald erfahren sollte.) An sich war die Geschichte ziemlich einfach, und die Umstände, die einen Kindesmord in einem bürgerlichen Haus möglich gemacht hatten, waren relativ gewöhnlich, nicht weiter interessant. Jeden Tag zerstörten Männer ihre Familien, weil ihr Traum vom sozialen Aufstieg, für den sie alles geopfert hatten, zusammengebrochen war – die Zeitungen waren voll von solchen Berichten. Aber die Cottards, verstehen Sie, lebten in meinen Augen auf der anderen Seite der Assimilation – auf der Sonnenseite. Geld, Grundbesitz, teure Autos, radikaler Nationalismus. Abstraktionen? Nicht ihr Ding. Sie gehörten nicht zu denen, die sich, wie unsereins, symbolisch mit Worten zerfetzen und dann wieder lachen. Sie brauchten etwas Konkretes, Handfestes, Materielles. Das waren seriöse Leute. Und wenn sie sich massakrierten, dann aber richtig. Nichts konnte sie aufhalten, das war offenkundig. Keinen Millimeter Distanz, kein Milligramm Humor. Das Bild, das sie von sich selbst hatten, war für sie die einzig vorstellbare Verkörperung des Gesetzes.

Und dann war da natürlich die Beschneidung, die Cottard an sich selbst vorgenommen hatte, und auch, wenn ich schon einmal dabei bin zu rekapitulieren, wie die ganze Geschichte für mich begonnen hat, dass nach dem gestorbenen jüdischen Vater meines letzten Buchs nun der *Anti*-Vater, ein Goi und ein Killer, in den noch unscharfen Umrissen dieser mörderischen Szenerie auftauchte.

Als ich zu schreiben begann, war es wie bei der Erkundung eines Archivs mit biometrischen Fotos in der Dunkelkammer der Personalausweise. Zwischen Cottards überbelichteter Identität und der unterbelichteten Identität meines Vaters steckte das Negativ eines verschwundenen Kindes von ungewisser Identität, das ein zweifelhaftes Erbe in sich trug.

Aber wo war ich in diesem Theater der feindlichen Väter? Hätte ich mir die Frage nur gestellt! Hätte ich mich nur nicht von Anfang an so blenden lassen! Hätte die *Wirklichkeit* nicht schon wieder und nun schon zum dritten Mal in ebenso vielen Büchern hinter den Kulissen ihre ganze unwahrscheinliche Banalität gegen mich aufgeboten ... Vielleicht hätte ich die Geschichte so zu Ende gebracht, wie es mir in meiner wochenlangen Einsamkeit vorschwebte; wahrscheinlich wäre wenigstens *etwas* dabei herausgekommen! Dann hätte ich mir die Verirrung erspart, um ein Uhr morgens in dieser verlassenen kleinen Straße im Norden Nizzas vor einer geschlossenen Synagoge Wache zu stehen, wie ich es drei Jahre später, in einer regnerischen Nacht des Monats März 2000, tun sollte. Aber da stand ich nun. Und da beginnt diese Geschichte, so wie ich nie die Absicht hatte, sie zu schreiben: Ich, im Regen, die Augen gebannt auf das erleuchtete Fenster in halber Höhe des Wohnhauses neben der Synagoge gerichtet, mit nassen Füßen in meinen viel zu dünnen Lederschuhen, die Hände in den Taschen des schnell noch über den Anzug geworfenen Regenmantels, nervös die sieben Seiten betastend, die ein Privatdetektiv mir kurz zuvor überreicht hatte.

In *Die Sanduhr,* dem dritten Teil seiner Familientrilogie *Der Familienzirkus*, zeichnet Danilo Kiš ein Porträt seines Vaters und zählt die Symptome einer ihm zufolge bei den osteuropäischen Juden endemischen Krankheit auf, der »Angstneurose«. Er nennt sie eine Art »gefährliche Hellsicht« (gefährlich für den, der sie verspürt natürlich).[1] Eine der Formen, wie sich dieses Symptom zeigt, beschreibt er folgendermaßen: Wenn die Angst am stärksten ist, *taucht der andere auf, entwindet sich qualvoll und zitternd meinem Hirn, denn ihm ist etwas Schreckliches zugestoßen, ein unheilvoller Gedanke hat sein Hirn entzündet ...* Nun, in einer ähnlichen geistigen Verfassung war ich an jenem ersten Abend einen Tag nach der Beerdigung, als ich sie flüchtig im Fernsehen gesehen hatte. Immer noch im schwarzen Kostüm, schob sie sich unauffällig ins Dunkle und verschwand in der Ecke des Bildschirms. In jener Nacht im März drei Jahre später, als ich sie zum ersten Mal »leibhaftig« sah, hatte sie sich nicht

1 Es handelte sich um eine prämonitorische Panik, die seinen Vater oft überfiel und deretwegen er in den dreißiger Jahren mehrmals in die Psychiatrie eingeliefert wurde. Dass ebendieser Vater weniger als zehn Jahre später, obwohl er wie durch ein Wunder den Pogromen in Novi Sad in Jugoslawien entgangen war, mit fast seiner gesamten Familie in Auschwitz verschwand, kann nur als das Ergebnis einer tragischen Koinzidenz betrachtet werden. Diese Art von Koinzidenz, diese Art von Verschwinden nennt Kiš »ein Schlüsselphänomen des 20. Jahrhunderts« – es ist zugleich der Kern seiner Literatur.

verändert. Immer noch dieselbe verschwommene Frau, dieselbe unscharfe schwarze Gestalt wie eine Concierge mittleren Alters. Der für jede Verführung unzugängliche, leicht gebeugte Körper und dieses Gesicht von einem seltsamen Grau, fast weiß, fast durchsichtig, wie der Leib eines Spanners, mit zwei panisch flatternden Flügeln am Grund der großen, leeren Augen – ja, ein Nachtfalter. Einer von denen, die man Acherontia, Leucania oder Saturnia pyri nennt, Admiral, Eulenfalter oder auch Schwärmer: Totenkopfschwärmer. Schrecklich vielleicht, aber ein seltsam harmloser Schrecken, beinahe unsichtbar und lächerlich – ein Insekt.

Wie ich sie kennengelernt habe. Nun, ich stand unter ihrem Fenster und sagte mir ständig wie ein Irrer: Dort wohnt sie! Ohne zu wissen, was ich mit dieser Information anfangen sollte, oder auch nur, was ich erwartete. Dort wohnt sie! Dort wohnt sie! Und ich war ebenso unfähig, das Haus zu betreten, wie wegzugehen und ins Hotel zurückzukehren. Dort wohnt sie. Im Schatten der Synagoge. Natürlich, wo sonst? Hinter jenem Fenster, im vierten Stock. Siehst du? Dorthin kam sie zurück nach der Verurteilung ihres Mannes (lebenslänglich, wovon mindestens zwanzig Jahre verbüßt werden müssen). Nach dem Verschwinden ihres Sohnes (ewiglich). Nach dem Tod ihres Geliebten (ebenfalls ewiglich: Er wurde weit draußen in der Engelsbucht aus dem Meer gefischt, dieser Gluckstein. Acht Tage nach seiner Anhörung durch den Richter im April 1993. Zufall, sagten Polizei und Logik – noch einer). Nachdem sie alles verloren hatte, nachdem sie sich vielleicht von allem *befreit* hatte, hatte sie dort Zuflucht gesucht. Die Nachtfalterfrau Claude Cottard. Bei ihrer Rückkehr aus Israel, wohin Roger Macera ihr gefolgt war. Ich hatte mich eine Stunde zuvor von dem Detektiv getrennt. Sein Bericht hatte mir diese Adresse sowie bestimmte biographische Angaben geliefert – wenig glaubhaft zwar, aber deswegen war ich ja hier. Und während ich da so stocksteif, fasziniert unter dem Fenster der Unwahrscheinlichkeit stand, sagte ich mir, nicht ich als Romanfigur, sondern der echte Verfasser des Romans, den ich vergebens zu schreiben versucht habe: Das ist *ihre* Straße; jeden Tag macht sie wahrscheinlich ihre Einkäufe im einzigen Lebensmittelladen des Viertels. Ein koscheres Geschäft natürlich, was sonst? In allem übertraf sie mich.

Die Wüste der Einsamkeit!, tönte das in Augenhöhe an der Tür angebrachte Plakat in der Ecke, wo ich mich anlehnte. *Die Wüste der Einsamkeit! In Frankreich wird sie von sechzehn Millionen Menschen bevölkert. ALSO: WÄHLEN SIE IHRE FREUNDE GUT AUS!* Genau das habe ich nie hinbekommen.

Es war der Werbespruch eines Partnerclubs für »junge Singles«. Ich stand im Dunkeln, gegenüber der Synagoge an die Tür gelehnt, um mich vor dem Regen zu schützen. Einige Fotos um mich herum zeigten eine Auswahl von lächelnden Mitgliedern, Leuten beiderlei Geschlechts, einträchtig beim monatlichen geselligen Couscousessen oder bei einem Grillabend. Aber im Augenblick war, abgesehen von mir, alles ruhig. In Claude Cottards Fenster im vierten Stock brannte Licht. Es regnete immer noch. Ein grauer Regen, der mich schon begrüßt hatte, als ich nur vierundzwanzig Stunden zuvor mit einer flammend Rothaarigen namens Virginie am Arm in Nizza angekommen war.

Wir waren seit einem Jahr zusammen, Virginie und ich, ich hatte jedoch aufgehört zu schreiben. Und sogar ein fast normales Leben angefangen – ich meine, ein Leben, wie Leute es führen, die nicht von Büchern und Fragen ohne Antwort besessen sind. Ich hatte also keinen speziellen Grund, in jener Nacht unter diesem Fenster zu stehen. Und doch war ich eben deswegen da. *Weil* ich aufgehört hatte zu schreiben.

Nicht, dass ich in den zwei vorangegangenen Jahren intensiver Arbeit Mühen gescheut hätte. Auf meinem Schreibtisch türmte sich eine lückenlose Dokumentation. Besuch der Schule in Maisons-Alfort mit dem Notizbuch in der Hand, Lektüre fundierter Bücher über den Beruf des Tierarztes, Recherche in Gerichtsarchiven, Erkundigungen bei den Anwälten: mein Onkel wäre stolz auf mich gewesen. Ich setzte mich mit den Tatsachen auseinander, das konnte man wohl sagen. Ich stellte mich der *Realität,* diesem Minotaurus in der Mitte des Labyrinths, durch das hindurch zu gehen jeder zeitgenössische Schriftsteller sich schuldig ist. Nur dass mein persönliches Labyrinth eine zusätzliche Windung hatte – die jüdische Komponente. In diesem Fall Gluckstein. Die berühmte »israelische Fährte«, die der Verteidiger im Prozess dargelegt hatte. Mit heimlichen Reisen nach Jerusalem und nachfolgendem Detektiv. Was hatte das alles mit jener intimen Chronik einer Ehe zu tun, die ich angelegt hatte? Ich hatte wirklich keine Ahnung. Das war wie ein Fremdkörper. Als hätte jemand anderes sich an meinen Computer gesetzt, um die Fortsetzung dieser Geschichte zu schreiben, ohne mich nach meiner Meinung zu fragen. Und um mich zu zwingen, wenn ich so sagen darf, darauf einzugehen.

Auch gefühlsmäßig, sofern der Ausdruck passt, entging mir etwas. Ich hatte mich in diesen zwei Jahren des Schreibens auf Abwege begeben. Verstrickt in eine absurde Liebesbeziehung mit einer amerikanischen Jüdin und New-Age-Priesterin namens Ramona Goldberg. Statt die Verbindung zu meiner Familie wieder aufzunehmen, war mir nichts Besseres eingefallen, um meine Schuld dem Erbe gegenüber abzutragen. Etwa einmal im Monat landete Ramona aus Arizona mit einem Cowboyhut auf ihren Locken bei mir, um die giftigen Ausdünstungen der Geister auszutreiben, die ihr zufolge die Straßen des Alten Europa heimsuchten. Mit neunzehn glühende Zionistin, mit zwanzig glühende Linksradikale, seit jeher glühende Feministin und seit dem Ende der achtziger Jahre glühende Anhängerin der Reinkarnation, ortete Ramona wie ein Indianer, der mit der Hand auf dem Erdboden die Spuren wilder Tiere verfolgt, auf spirituelle Weise die Tragödien der Geschichte. Unter dem Saint-Jacques-Turm wurde sie von bedrohlichen Wasserspeiern mit gespreizten Klauen angesprungen und in die Flucht geschlagen. Im Marais heischten die Gespenster der verschleppten Familien Tränen und Erinnerungen an frühere Leben. Auf der Place de l'Hôtel-de-Ville riefen die Scheiterhaufen der Inquisition Trancezustände hervor. Ramona erfüllte mein Wohnzimmer mit Weihrauch, heiseren Schreien, tiefen Seufzern, synkretistischen Tänzen, die auf die Navajos, die Tibeter und die Eskimos zurückgingen. Nachdem der Raum gereinigt war, näherte sie sich mir mit Akupunkturnadeln zwischen den Fingerspitzen, stach sie mir in die Beine, um mich zu entspannen, und wenn dann meine Energien geweckt waren, liebten wir uns. Eine Betätigung, die ich, wie man verstehen wird, unter diesen Umständen weniger genoss als sie. Wobei fraglich ist, ob das Wort »genießen« überhaupt auf ihren Zustand zutrifft, wenn sie in Tränen aufgelöst aus dem Orgasmus auftauchte oder mit Kommentaren wie diesem: »Es war wunderbar! Ich war auf einer großen sattgrünen Wiese, und überall waren diese singenden Kinder …«

Nach einer Woche in diesem Rhythmus stieg sie wieder ins Flugzeug Richtung Tucson, wo sie in ihrer Praxis für »Psychotherapie« von begeisterten Patienten erwartet wurde: Leukämie- und Aidskranken, Krebskranken im letzten Stadium, allen möglichen Sterbenden. Sie half ihnen, in glückseligen Trancezuständen dahinzuscheiden. Und unterdessen vertiefte ich, der König der Reinen Vernunft, mich jenseits des Atlantiks in die Geheimnisse des Cottard-Prozesses.

Was ich mit all dem beabsichtigte? Der Grund, weshalb ich Ramona ausgesucht hatte, nachdem ich ihr zufällig auf einer Straße in Paris begegnet war, drei Monate nach dem

Tod meines Onkels – drei Monate nach der Entdeckung der Nachtfalter-Frau auf meinem Fernsehschirm, unter deren Fenster ich mir jetzt die Beine in den Bauch stand (Ramona streifte an jenem Tag auf der Suche nach Nicolas Flamel durch die Straßen des Marais)? Ich wollte sie heiraten. Sie heiraten und ihr ein Kind machen, jawohl. Ein jüdisches Kind von einer jüdischen Frau, um mich so nicht nur mit der Familienvergangenheit zu versöhnen, sondern die Familie selbst zu versöhnen, sie vor ihrer eigenen Geschichte zu erretten. Dank mir. Was scherten mich die Nadeln, was scherten mich die Indianergesänge, das New-Age-Geschwätz? Ich musste *meine* Gespenster austreiben. Im Sommer 1998 waren wir zusammen durch die Wüste von Arizona gezogen, sie, um die Chancen einer Befruchtung zu erhöhen, mit einem am Gürtel befestigten Froschfötus direkt auf der Haut.

Doch bevor ich mich aufmachte, mein Glück in der Vaterschaftslotterie zu versuchen, hatte ich mich natürlich bei einem Rabbi angemeldet. Rabbi Mayesh, ein dicker Bärtiger türkischer Herkunft mit einem leutseligen, schläfrigen Lächeln. Am Ende eines etwa einstündigen Vorgesprächs hatte er mir einen Chirurgen genannt, und ich hatte mich beschneiden lassen.

Unter örtlicher Betäubung hatte ich vom Operationstisch aus an der Decke, in der Spiegelung des seidig glänzenden Anstrichs, das unscharfe Bild der chirurgischen Bewegungen beobachtet – mein unter den Scherzen der Krankenschwestern von Händen in Gummihandschuhen zerkleinertes Fleisch. Als man mich anschließend wieder zusammennähte, hatte der neben mir stehende Rabbi mich die rituellen Gebete nachsprechen lassen. Später, als ich in einem Flur auf der fahrbaren Bahre lag und auf den Pfleger wartete, der mich nach oben in mein Zimmer bringen sollte, hatte ich jede Menge Zeit, darüber nachzudenken: Stimmte das? Erkannte ich durch diesen »Beitritt zum Bund«, wie Rabbi Mayesh sagte, das Einigende zwischen meinem Vater und mir an, diesmal nicht mehr auf der Ebene der Angst, nicht mehr auf der Ebene des Sarkasmus, sondern endlich auf positive Weise? Auch wenn er es nie erfahren würde. Wie unvorstellbar allein schon diese Geste für ihn gewesen wäre … Wie viel die vorangegangenen Generationen unternommen hatten, um sich von diesen Traditionen zu befreien. Stimmte es, dass man wieder anknüpfen konnte?

Meine Eltern, hatte ich dem Rabbi in unserem Vorgespräch erklärt (und auch Ramona in den langen nächtlichen transatlantischen Telefonaten, die wir jedes Mal führten, wenn ein Geist sie um 2 Uhr morgens geweckt hatte), meine Eltern also hatten mir das Judentum erspart, weil es ihnen zupass kam – und weil es Karl Marx und Georges Marchais zupass kam. Aber ich konnte das ändern! Was beim Erscheinen meines Buchs passiert war, hatte das Eintreten einer Identitätskrise nur beschleunigt, bei der wahrscheinlich auch das Alter eine Rolle spielte. Ich ging auf die vierzig zu. Ich hatte noch keine Kinder. Die Generation vor mir verschwand allmählich. Und dann war da eine Sensationsmeldung mit antisemitischem Beigeschmack (Cottard), die zu Beginn des Jahres 2000 mein jüdisches Bewusstsein weckte. »Ihre Freundin ist natürlich auch Jüdin?«, hatte der Rabbi gefragt, woraufhin er mit über dem Bauch gefalteten Händen hinter seinem Schreibtisch sanft einschlief.

»Ja«, hatte ich nicht ohne Stolz geantwortet. »Ja, amerikanische Jüdin.«

In meiner Klasse der Jeschiwa – ich hatte mir seit meiner Beschneidung angewöhnt, einmal wöchentlich in die Jeschiwa zu gehen – waren die meisten Schüler zwischen zwanzig und vierzig. Mehr als die Hälfte bestand aus Juden meines Schlags, die den Wunsch hatten, »Teschuwa zu tun«, wie es sinnigerweise heißt, und die Übrigen waren teilweise erfahrene Religionsschüler und teilweise, zu meiner Überraschung, Christen, die den Wunsch hatten zu konvertieren. Wir waren vielleicht fünfzig. Der Saal irgendwo im IX. Arrondissement ähnelte den Klassenräumen meiner Kindheit, mit dem Unterschied, dass Rabbi Mayesh, der an einem Lehrerpult vor einer Tafel saß, an die er mitunter irgendeinen schwer zu behaltenden Namen oder die Buchstaben des hebräischen Alphabets schrieb, zumindest wenn er lange genug wach blieb, nicht den nationalen Lehrplan unterrichtete, sondern die Rudimente der Halacha. Und ich hörte zu. Hörte fromm zu. Meine Kippa auf dem Kopf, den Blick auf einen an der Wand hängenden gemalten Davidsstern gerichtet, um selbst dem Einschlafen zu widerstehen, aber ich hörte zu. Nicht ohne mich zu fragen, was ich da eigentlich trieb.

Denn was hatte das um Gottes Willen mit mir zu tun? Was hatte das zu tun mit mir und der Art, wie ich in meiner Kindheit die Tatsache erlebt hatte, Jude zu sein – wenn ich es überhaupt erlebt hatte? Was hatte das zum Beispiel mit den Kulissen des Theaters zu tun, in dem mein Vater spielte? Nach der Aufführung ließ er meinen Bruder und mich zwischen den Kostümen und der Schminke spielen und ließ uns Homer und Racine rezitieren – *nicht* die Liste der Generationen seit Adam! Was hatte das mit der Bibliothek im Wohnzimmer zu tun? Man betrat sie nie ohne Ehrfurcht; ihr Umfang unterschied uns sicherlich von den anderen Kindern in dem Vorort, in dem wir wohnten – aber es gab darin absolut keine Bibel! Was hatte das mit den politischen Diskussionen meiner Jugend zu tun? Weitschweifige, bissige Streitereien, in die das ganze widersprüchliche Gefühlsgemenge einfloss, das wir nicht ausdrücken konnten, und deren grobe, gallige Geschwätzigkeit mir weiterhin unendlich viel jüdischer erscheint als dieses glückselige Einssein, das die Schüler der Jeschiwa vereinte? Und was hatte all das mit Ramona zu tun?

War die *Identität*, wie mein Vater schon zu der Zeit wusste, als er die seine fälschte, um zu überleben, war die Identität je etwas anderes als eine Fiktion gewesen? Meine Anwesenheit in dieser Jeschiwa, dann einen Monat später in den Pueblos der Navajos, wo Ramona um nichts in der Welt die Regentänze versäumt hätte – war das alles nicht eine weitere *Schöpfung*? Eine literarische Erfahrung auf meine Kosten, nur etwas leibhaftiger? War das, was ich an Ramona liebte, die Tatsache, dass sie jüdisch war oder dass sie so offenkundig eine Romantikerin war? War das, was ich an meinem Vater liebte, das, was er war, oder das, was ich ihm *andichtete*? Wozu das Ganze? Wenn keine transzendente Wahrheit, keine höhere Instanz die Suche rechtfertigte und ihr einen Sinn verlieh, wozu das Ganze? Die Realität zu durchdringen – anderthalb Jahre später sagte ich mir das vor der Synagoge unter Claude Cottards Fenster noch einmal und versuchte mich selbst zu überzeugen –, das ist zwar die Aufgabe des Schriftstellers, aber es ist ein nutzloses Unterfangen. Die Realität, welche denn in den Zeiten der Reality Show? Was für mich, als ich jünger war, meinen Vater zu charakterisieren schien, war ganz einfach das allgemeine Los: das Langweilige, Mittelmäßige, Banale. Keiner ist der Mühe wert, jeder ist mit Leichtigkeit austauschbar, ersetzbar, in zwei wissenschaftlichen Sätzen und Schemata erklärbar. Es gibt keine Identität, und wie heftig mein Aufbegehren gegen diese schlichte Tatsache auch ist, es gibt niemanden, dessen Existenz man *ein Leben* nennen kann.

Was blieb von Edgar Navon, nachdem die Aura des Abenteurers verpufft war, die ich ihm in meiner Unerfahrenheit verliehen hatte, weil er illegal ohne einen Sou in Paris gelandet war, weil er Jude war und mich an meinen Großvater erinnerte? Ein Betrüger ohne Format. Was blieb von Ramona übrig, wenn man einmal die New-Age-Folklore beiseite ließ, zu der ihr Judentum noch einen in meinen Augen faszinierenden messianischen Touch hinzufügte? Eine allein lebende Frau, die im ehemaligen Bordell einer zur New-Age-Kommune verkommenen Minensiedlung im amerikanischen Westen billigen Schnickschnack aus Fuchszähnen anfertigte – eine Frau, die allein lebte und darüber verzweifelt genug war, um sich diese von Sterbenden bewohnte Fantasiewelt ohne Zukunft auszudenken. Und Cottard? »Ein Provinzfaschist«, Virginie zufolge, der ich die Geschichte erzählt hatte, nachdem sie bei mir eingezogen war und ich mich, zurück auf dem Planeten Erde, entschlossen hatte, die *Mesusa* abzuhängen, die Ramona mir ein Jahr zuvor geschenkt hatte.

Und was war mit mir? Da stand ich nun um ein Uhr morgens im Regen unter den Fenstern von Claude Cottard: zwischen Einzelfallbetrachtung und Verallgemeinerung, zwischen romantischer Ausschmückung und sachlicher Klarheit, zwischen zwanghaftem Erinnern und nicht weniger bedrückender Amnesie, zwischen Abenteuer und Normalität – auf welcher Seite von mir war ich wirklich *ich* selbst?

Auch in meinem Leben wusste ich offensichtlich nicht so recht, was ich mit dieser jüdischen Komponente anfangen sollte.

Seit einem Jahr hatte ich es gewissermaßen Virginie aufgebürdet, das Problem zu lösen. Ein Mädchen aus La Beauce, Verfasserin einer Doktorarbeit über weibliche erotische Poesie, deren BH-Größe 95 B betrug: Sie war das Gegengift gegen jede Angst, hatte ich mir gesagt, als ich sie bei der ersten Lesung erblickte, zu der ich nach meiner Rückkehr aus Arizona gegangen war. Nach einem Monat in der Wüste, in dem ich Ramona zusah, wie sie auf dem Höhepunkt den Mond ansprach, erwischte mich die pragmatische Sinnlichkeit, mit der Virginie das Leben im Allgemeinen und ihren Körper im Besonderen betrachtete, mit voller Wucht. Der kurze Rock über den langen, golden gebräunten Beinen war etwas ganz anderes als die buntscheckigen Kleider, die Ramonas Körper verhüllten; die klaren Rundungen ihres Busens, die Schultern, über die sich ihr rotes Haar ergoss, die weiten Nasenlöcher über dem trägen männermordenden Lächeln, das Fieber eines Blicks, in dem das allerkonkreteste Verlangen brannte – all das sprang mir ins Auge, und ich sagte mir: Um Himmels willen, die ganze verlorene Zeit! Ich sagte mir: Was du brauchst, um den Sinn für die Realität wiederzufinden, mein Junge, steht da vor dir.

So rational, wie Ramona es nicht war, so souverän im Leben, wie ich es nicht war, und natürlich kein bisschen jüdisch. Neunundzwanzig Jahre alt und nicht der Hauch einer mystischen Aufwallung beim Orgasmus. Keine, die während des Cunnilingus die Tür im Auge behält, um gegebenenfalls den Propheten Elias abzupassen. Nein: Virginie, das war Technik, Genuss, sorglose Lust. Und wie sollte ich bei derartigen Betätigungen mein Manuskript, meine unlösbaren Fragen, meine Notizen *nicht* ganz hinten in eine Schublade legen?

Judentum, Identität? »Durch die Beschneidung wird die Lustfähigkeit verzehnfacht, oder? Ich finde ihn jedenfalls sehr schön so. Und ich spüre ihn besser. Ich habe auch das Gefühl, dass er härter ist.« Das war Virginies einziger Kommentar zu dem Thema gewesen.

Eines Abends dann, nach zwei Monaten dieser Beziehung, hatte ich Ramona angerufen. Es hatte ein tränenreiches und gefühlvolles langes Gespräch gegeben, an dessen

Ende sie mir Lebewohl sagte, nicht ohne mir das Versprechen abzunehmen, alles zu tun, um sie später wiederzufinden, das heißt in meinem nächsten Leben – einen Eid, dem ich mich zu meiner eigenen Verblüffung zustimmen hörte, während ich mir gleichzeitig fest vornahm, alles zu tun, um mich nie wieder auf derart lächerliche Abenteuer einzulassen.

Eigentlich sollte es mir jetzt, mit wohlgefülltem Bankkonto und Virginie in meinem Bett, gelingen, meine Unaufrichtigkeit, meine Neigung zum Grübeln, mein Faible für abartige Figuren und meine geistige Unrast zu unterdrücken; sollte ich das zum Schweigen bringen können, was mein Wesen ausmachte, und stattdessen dem, was ich im Leben am wenigsten eingesetzt hatte – der *Vernunft* –, folgen, hatte ich jetzt, mit vierzig Jahren, endlich Gelegenheit, jenes Leben maßvoller Tiefe und wohlbedachter Oberflächlichkeit, das das Glück jedes angepassten Menschen bestimmt, zum ersten Mal zu bejahen.

Doch war ich dazu imstande? Virginie hätte nicht die halbe Nacht im Regen unter den Fenstern einer Psychopathin verbracht. Nein. Gewiss nicht. Sie hätte auch nicht gleich nach der Ankunft in Nizza Éliane Salszman angerufen, Glucksteins Vermieterin, seine Freundin. Seine einzige Vertraute, wenn man den Protokollen des Cottard-Prozesses glaubt. Aber ich hatte das getan. Und nur wenige Stunden bevor ich meinen Posten unter Claudes Fenster bezog, hatte ich den Hausflur mit dem abgeblätterten Putz des Wohnblocks entdeckt, in dem ihr Liebhaber gewohnt hatte. Der fleckige Anstrich an den Wänden, der blanke Draht der automatischen Treppenbeleuchtung, die ich eingeschaltet hatte, das abgestoßene Holz einer windschiefen Treppe, die nach oben führte, und der verbogene Schrott der Briefkästen, an denen manche Namen fehlten, andere unordentlich auf Schilder gekritzelt oder ausradiert waren …

»Tanzstudio Éliane Salszman, 1. Stock links.« Zwei mit blauem Filzstift aufgemalte naive Blumen umrahmten die Schrift. Ich war die Treppe hinaufgestiegen. »Suchen Sie jemanden?« Eine junge Frau war mir in einer auf den Treppenabsatz gehenden, halb offenen Tür gegenübergetreten. »Madame Salszman, bitte.« Sie hatte mit dem Kinn auf den Raum hinter der Tür gedeutet, ich war hineingegangen, eine Sperrholzwand trennte den Eingangsflur von dem Saal mit hellem Parkett, und an einer Wand war ein langer Spiegel für die Tänzer angebracht.

Um halb ein Uhr nachts, im Regen an die Türfüllung des Singleclubs gelehnt, den Kopf mit all dem angefüllt, was ich seitdem erfahren hatte, fiel es mir schwer, mir diesen Besuch, der doch erst am selben Morgen stattgefunden hatte, zu vergegenwärtigen.

Jetzt hatte der Regen aufgehört. Ein Hund blieb stehen, um an meinen Knöcheln zu schnuppern. Eine Frau dahinter warf mir im Vorbeigehen einen raschen, leicht beunruhigten Blick zu. Ich antwortete mit einem Lächeln, mit einer kleinen Handbewegung zu dem Plakat neben mir. *Nein zur Einsamkeit! Zu zweit lacht man über das, worüber man weint, wenn man allein ist.* Die Frau entfernte sich mit nervösen Schritten. Ich richtete den Blick wieder auf das Fenster; ich wartete.

Hinter dem heruntergezogenen langen Rollo war eine Silhouette aufgetaucht, vielleicht der Schatten eines Mannes. Wer? Sie hatte einen ihrer früheren Liebhaber bei sich aufgenommen, diese Claude Cottard. Vincent, den halbdebilen Halbclochard, Aushilfe beim städtischen Beerdigungsinstitut, nach allem, was ich gelesen hatte. Er transportierte Leichen. Noch so eine Sache ... Wie könnte man sich je so etwas *ausdenken*? Hatte er auch mit Glucksteins Leiche zu tun gehabt, als der mit aufgeweichter weißer Haut, von schwarzem Wasser und Luft aufgequollen, von den Krebsen angefressen aus dem Wasser gezogen worden war? Während des Prozesses waren in manchen Artikeln Blutergüsse am Kopf erwähnt worden. Andere, die sich auf den Obduktionsbericht stützten, stellten es anders dar, und die Polizei sprach von einem Unfall. Gluckstein wohnte in der Nähe des Blumenmarkts, man sah ihn oft im Hafen den Fischern beim Ausladen ihrer Boote helfen, er brachte die überschüssigen Fische ins Meer zurück und ging dafür bei jedem Wetter tief ins Wasser, und eines Tages hatte ihn eine Welle mitgerissen. Die Tierliebe, das leidenschaftliche Engagement für die Umwelt. Das war von Anfang an Abrahams Verderben.

Woher kam er?

Am selben Morgen hatte ich Virginie in den zerwühlten Laken des Hotelzimmers zurückgelassen und war unter einem schon dunklen, vom Wind zerfurchten Himmel, auf dem regennassen Pflaster und den Kadavern zertretener Tulpen und Rosen ausrutschend über den Blumenmarkt gegangen, um eine Antwort auf diese Frage zu finden. Ich war in seinem Viertel herumgelaufen und hatte versucht, ihn heraufzubeschwören – wie Ramona es wohl getan hätte, wäre sie noch Teil meines Lebens gewesen. Aber Ramona war in Arizona. Und zwischen Bett und Badewanne, von der langen Siesta zum Schaumbad, vertrieb Virginie sich in aller Seelenruhe die Zeit, während ich allein meinen Hirngespinsten von Nizza nachging.

»Und was wollen Sie über Abraham wissen?«, hatte Éliane Salszman mich gefragt und dabei die blonden Strähnen zurückgeschoben, die ihr über die Augen fielen, während ich mich neben sie setzte, nachdem ich ihr noch einmal den »Zweck« meines Besuchs erklärt hatte.

»Ich weiß nicht. Wer er war, was Sie von ihm erfahren konnten. Wie er ungefähr aussah … Was Sie wollen …«

Sie hatte eingewilligt und sich dann die ganze folgende Stunde ausschließlich auf ihre Tänzerinnen konzentriert. An den Wänden hingen Fotos von ihr, wie sie vor dreißig Jahren gewesen sein musste. Ein graziles, schlankes Mädchen in einem knappen weißen Tutu mit der Aussicht auf eine annehmbare Karriere, das sich eines Abends im Jahr 1978 auf der Bühne das Knie brach. Eine graziöse Ballerina, die sich in einen fetten humpelnden Walfisch verwandelt hatte. Ein aus den siebziger Jahren hinübergerettetes indisches Kleid über ihrem formlosen Körper (Ramona hätte es tragen können), auf dem Kopf ein Wust strohiger Haare, zwischen ihren dicken kaputten Beinen ein Stock. Sie schlug mit der Hand den Takt der Musik aus einem neben ihr auf dem Boden stehenden Recorder und gab von einem weißen Plastikstuhl am Fenster aus drei jungen Frauen, die an der Stange schwitzten, Befehle. Manchmal stellte sie den Recorder ab, erhob sich, um ihren Anweisungen Nachdruck zu verleihen, ging sogar so weit, eine Bewegung anzudeuten, bevor sie sich, erschöpft schnaufend, wieder hinsetzte. »Was halten Sie davon?«, fragte sie dann und zeigte auf ihre Elevinnen. Doch bevor ich etwas zu sagen fand, unterstrich sie mein Schweigen mit einem sarkastischen Nicken: Amateurinnen. Kleine Sekretärinnen, Hausfrauen und Mütter, die hierher kommen, wie man zum Fitness-Training geht.

Ich hatte so lange gewartet wie nötig, genauso wie ich jetzt unter den Fenstern von Claude Cottard wartete, während ich mir zum wiederholten Male sagte, es müsse eine weniger absurde Art und Weise geben, dem Erbe treu zu sein, eine weniger unmögliche Art und Weise, Jude zu sein, als meine. Aber ich kannte keine. Oder wenn ich eine kannte, überließ ich sie Alexandre Lévi.

»Jude sein heute?«, sagte er zu mir. »Das nennt sich schlicht und einfach ein Überschuss an Seele, Alter. Ein bestimmter Sinn für Moral. Wir haben vor drei Monaten ausführlich über das Thema berichtet.« Alex war ein Freund von Virginie. Beide gehörten zu jener Welt, die Edgar und ich einst entschlossen bekämpfen wollten. Die Welt der Cocktails, der Partys, der mondänen Intrigen und nichtssagenden Diskussionen, in der die Welt der Literatur mit hoffnungsloser Regelmäßigkeit immer wieder strandete. »Eine Welt der servilen kleinen Arschlöcher«, wütete

Edgar in der fernen Zeit meiner Jugend, während er gleichzeitig am Tisch des normannischen Herrenhauses, das er dank der mit meiner Unterschrift erschlichenen Kohle gekauft hatte, eine Flasche Wodka öffnete. Worauf er vor seinem in kindlicher Begeisterung erstarrten Strohmann eine Flut von Geschwätz vom Stapel ließ, auf dem einige vage, aber brillante Ideen über den Bankrott der europäischen Kultur, das verratene Erbe, das heilige Feuer trieben, natürlich ohne unser beider Platz im weltweiten Krieg für die Kunst zu vergessen. Auf der einen Seite die Revolution nach Baudelaire, Walter Benjamin (und uns), auf der anderen Seite das schamloseste Pariser Kulturgetue, die Kaviar-Linke, François Mitterand.

Wenn ich heute an ihn zurückdenke, sage ich mir, dass er genau das war, worauf ich gewartet hatte. Er hatte alles: die Kindheit bei den Zigeunern von Bukarest mit Kartoffeln als einziger Nahrung, die Jugend in den intellektuellen Untergrundmilieus der sechziger und siebziger Jahre, die Verbreitung von zwei oder drei Samisdat-Texten und Übersetzungen von Roland Barthes, die in der Folge seine Überwindung des Eisernen Vorhangs im Jahr 1978 erleichtert hatten, und dann, völlig abgebrannt, die illegale Ankunft in Paris. Und dann hatte Roland – wenn Navon von Barthes sprach, sagte er immer »Roland«, was mich ungeheuer beeindruckte –, Roland hatte also geholfen, ihn unterzubringen, sagte er mir. Du meine Güte, er hatte die ganze Crème de la Crème gekannt! Er hatte sich mit Philippe Sollers besoffen, hatte Lacan die Fresse poliert – oder umgekehrt –, er hatte Dolto herausgebracht, er hatte

Todorov verlegt und kannte die ganze Bande von *Tel Quel*! Er, der aus einer der schlimmsten Diktaturen hinter dem Eisernen Vorhang kam, hatte Beziehungen zu Leuten unterhalten, von denen zwei Drittel damals, als er mit ihnen verkehrte, total auf Marx und Mao standen? Ich war von allem, was er mir erzählte, viel zu verblüfft, um mir die naheliegenden Fragen zu stellen. Mich zu fragen, was vorgefallen sein mochte, damit Edgar in diesem verrufenen Viertel gelandet und so isoliert war, dass er die Dienste eines Schnösels wie mir in Anspruch nehmen musste – nein, das kam mir zu keiner Sekunde in den Sinn. Alles, was ich damals zu hören bekam, war eine Legende. Ein kleiner unabhängiger Verlag, niemandem etwas schuldig sein, die Randfiguren des »Systems« verlegen: das mitten in den achtziger Jahren? Gegenkultur in dieser Zeit des offen ausgelebten Zynismus? Wie hätte ich, der ich alles verneinte, dazu nicht ja sagen können?

Und er war Jude. Das von dem Geld der ersten Abgabe einer gefälschten Bilanz gekaufte Herrenhaus war nichts weniger als ein ehemaliges Kloster mit etwa vierzig Zimmern auf einer Klippe an der Küste der Normandie. Eine Ruine, aber unsere Festung. Dort verbrachten wir zusammen die Wochenenden und stellten die Schlachtpläne für unsere kommenden Eroberungen auf. Wir saßen hoch über dem Meer in leeren Zimmern mit dicken Mauern zu Tisch und verspeisten Meeresfrüchte. Als einziges Mobiliar die Matratzen, auf denen wir schliefen, die fünf riesigen Fernseher, die er unbedingt hatte anschaffen müssen, und nicht zu vergessen die Gewehre, Karabiner und Revolver, die er sammelte – Navon, seine Frau Véronique, eine verblühende Blondine, über die ich drei Jahre später von den Bullen erfahren sollte, dass sie heroinabhängig war, und ich, das aufrührerische Genie vom Dienst, wir bereiteten die europäische Renaissance vor! Mit dabei: Adorno, Scholem, Benjamin, Mitteleuropa, das Weltbürgertum! Wir würden die Literaturzeitschrift gründen, die alles änderte! Wir würden die Banken bestehlen, wie Orson Welles die Hollywood-Studios übers Ohr gehauen hatte! Wir würden verlegen, was sonst niemand zu verlegen wagte! Die neuen Goldmans. Die neuen Babels. Sämtliche Dissidenten der westlichen Welt. Wir würden es diesem müden Land zeigen, das nicht imstande war, seine Sklerose abzuschütteln, diese ganzen servilen Vollidioten mit ihrer furnierten, zur Frechheit unfähigen Sprache!

So peinlich es ist, das fünfzehn Jahre später zu gestehen, aber Alex war der allerbeste Repräsentant eben jener Kaste – und ich arbeitete für ihn.

Während Navon und ich den Aufstand des literarischen Ghettos planten, leitete Alex die wichtigste regierungsfreundliche Zeitung. Heute war alles natürlich weniger eindeutig, aber er blieb ein sehr gefragter Chefredakteur. Immer geschniegelt. Das lange schwarze Haar umrahmte seine Modelvisage, die von den Dinners im Restaurant irgendwie teigig geworden war, was allerdings seiner intellektuellen Aura keinen Abbruch tat und auch nicht seinen beneidenswerten Beziehungen zum Literaturbetrieb, obgleich er selbst unfähig war, auch nur ein einziges Buch zu lesen. Wenn in den Pariser Salons eine Neuerscheinung

Furore machte, steckte Alex bloß kurz den Kopf in mein Büro: »Taugt das was? Wovon handelt das, in ein paar Worten?« Dann habe ich ihn gebrieft. Ich schrieb ihm Spickzettel. Wenn etwas heiß diskutiert wurde, ließ er sich manchmal sogar auf einen Kaffee mitnehmen. Ja, Navon lag weit zurück, das Herrenhaus war von den Gläubigern übernommen worden. Was mich anging, so hatte ich meine Identitätskrisen und mein unvollendetes Buch hinter mir, und dank Virginie, die ihn mir vorgestellt hatte, schrieb ich jetzt für Alex über die Bücher der anderen, statt selbst etwas vorzulegen. Jede Woche sortierte ich die Bücher nach lesenswerten und solchen, die in die Kartons der Bouquinisten wandern würden. Literaturkritiker sein: was konnte man Besseres wollen? Das Leben eines »servilen kleinen Arschlochs«, wie Navon sagte, war nicht ohne Vorteile. Dieselben Privilegien wie die Schriftsteller, dieselben Cocktailempfänge – ohne die Angst. Ohne die Unentschiedenheit, ohne die Unzufriedenheit. Und ich hatte Geld. Nein, eine Existenz ist noch kein Leben. Und meine weniger als jede andere.

So ging die Zeit seit meiner Trennung von Ramona dahin, bis der Zufall es wollte, dass Alex mich nach Nizza führte. Weil er ein Mädchen von dort heiratete, eine Werbefachfrau namens Marie-France. Und Virginie und ich waren natürlich zur Hochzeit eingeladen. Das Fest fand genau in der Nacht statt, in der ich mir unter den Fenstern von Claude Cottard die Beine in den Bauch stand.

Das alles, weil ich mir nicht hatte verkneifen können, Éliane Salszman anzurufen.

In der Pause hatte Éliane den Recorder endgültig ausgemacht, und die Mädchen waren in den Umkleideräumen verschwunden. Immer noch ohne ein Wort hatte sie sich erhoben, war ans Ende des Studios gehumpelt, wo sie ein Weilchen in obskurem Gerümpel verschwand, aus dem ich sie mit einem Stück Papier in der Hand wieder auftauchen sah; sie brachte es mir und blieb auf ihren Stock gestützt mit einem traurig-stolzen Lächeln ein paar Schritte entfernt stehen. »So hat er ausgesehen«, sagte sie, und ich nahm das Foto. Der Regen trommelte gegen die Fensterscheibe direkt hinter mir, ich konnte das dumpfe Klatschen der wie Schlangen verknäulten Wellen unter dem schwarzen Gewühl der Wolken hören.

Es war ein Bühnenfoto. *Hair* lautete die Bildunterschrift. Es stammte aus einer Zeitung in Los Angeles, mehr oder weniger aus der Zeit, als Éliane ihr Kleid gekauft haben musste. Man sah einen jungen Mann mit muskulösem nackten Oberkörper und langen Beinen, die in einer weißen Hose gut zur Geltung kamen. Er hatte lange, ranke Arme, und seine von Siegen und Eroberungen glühenden schwarzen Augen waren auf das Publikum gerichtet. Ein Adonis. Ein Adonis, der zwanzig Jahre später vor der Küste von Nizza aus dem Wasser gefischt und von Vincent ins Leichenschauhaus gebracht worden war. Ich dachte: Worin besteht die Verbindung? Claude Cottards Liebhaber, dieser schlanke Körper mit den bis auf die Schultern fallenden schwarzen Locken? Abraham Zeev Gluckstein, der *Obdachlose*? Wirklich? Eine solch verführerische Aura, ein solches

Charisma, und er wählte dieses Leben, er wählte diese Concierge?

Irgendetwas stimmte da nicht. Wieder einmal stellte sich die Frage, auf die ich beim Versuch zu schreiben gestoßen war. Gluckstein stolperte, man wusste nicht genau, wie, in diese Geschichte hinein und mit ihm das Chaos: Claude, die keine Kinder wollte, schwanger, das fragliche Kind, verschwunden, er, verschwunden, ein Privatdetektiv in Israel, Cottard im Gefängnis. Woher kam dieser Gluckstein? Ein Rätsel. Niemand wusste, was ihn nach Nizza geführt hatte. Eines Tages im Juli 1980 war er aufgetaucht, im Hafen, mit seinem Rucksack, und er war geblieben. Er bettelte auf der Promenade des Anglais. Dann, als Éliane ihn in ihrem Studio übernachten ließ, versuchte er, ein bisschen zu arbeiten. Sozusagen. Indem er Heftchenromane schrieb, die nie jemand gesehen hatte. Bei schönem Wetter auf dem Balkon oder in der kleinen Küche nebenan tippte er seine Schmöker, schickte sie für einen lächerlichen Betrag, Éliane zufolge etwa siebenhundert Francs im Jahr, mit der Post an einen amerikanischen Verleger. Die übrige Zeit, nichts. Tanzübungen, Meditation, Siesta, Schwimmen im Meer. Ein paar Nebenjobs bei den Händlern auf dem Blumenmarkt, bei den Fischern, die ihre Boote im Hafen entluden … Nichts. Wie hatte dieses Nichts eine solche Katastrophe entfesseln können?

Sein Gegenspieler? Jahrgangsbester an der Hochschule für Tiermedizin, bei einem der schwierigsten Abschlüsse, die es gibt, wo er doch Waise und völlig mittellos war, ein Selfmademan und in weniger als zehn Jahren Multimillionär, verheiratet, Vater, verantwortungsvoll: Jean-Christophe Cottard. Wer verkörperte besser als er den Triumph des Willens und des Lebens über das Schicksal? *Er* stellte doch etwas dar! Nur dass seine Umlaufbahn plötzlich auf den in Brooklyn aufgewachsenen jüdischen Meteor aus Prag stieß, dieser Niemand, der kalifornischer Tänzer und dann Hippie geworden war. Meiner Ansicht nach war dieser Typ dafür geschaffen, Ramona zu begegnen, nicht Cottard, aber sie begegneten sich trotzdem – und das war das Ende.

Das alles schien einem Roman für antisemitische Propaganda der dreißiger Jahre entnommen, mit Gluckstein, dem *Schnorrer*, in der Rolle des *Deus ex machina*. Ich glaubte nicht daran.

Den drei Elevinnen von Éliane zufolge – sie saßen jetzt im Schneidersitz um mich herum und reichten einander das Bild dieses jüdischen Apolls weiter, den sie mit einem wehmütigen Lächeln betrachteten, während sie gleichzeitig ihre Kommentare abgaben –, ihnen zufolge also war Gluckstein ein charmanter, gebildeter Mensch, er konnte fünf Sprachen. Voll jugendlichen Überschwangs, ein wahrer Clown, nie um einen Witz verlegen und außerdem gefällig und sehr großzügig, immer hilfsbereit, kinder- und tierlieb ... Sehr gut. Aber das Ergebnis dieser Liebenswürdigkeit? Das Ergebnis dieses Humors, dieser ständigen Einsatzbereitschaft, die sie rühmten?, fragte ich mich beim Zuhören. Niemand hatte je etwas über ihn selbst erfahren. Keine Spur von Aggressivität und auch keine Spur von Privatleben. Das heißt? Auch eine Leerstelle? Noch eine?

Noch einer von diesen abwesenden Vätern? Noch einer von diesen undurchdringlichen Vätern, die sich hinter ihrer Unschuld verstecken? Sollte die *Abwesenheit* das einzig reale Element dieser ganzen Geschichte sein, die einzige Übereinstimmung zwischen den Tatsachen und dem, was ich geschrieben hatte? Die Abwesenheit wie ein Sog, der die überhitzten Gemüter all jener anzog, die sich für diesen Mordfall interessierten, ich eingeschlossen …

»Abraham hat nie von sich selbst gesprochen, wissen Sie«, fasste Éliane zusammen, während ich mir, das Foto immer noch vor Augen, Fragen stellte. »Vor allem von ihr, Madame Cottard, hat man nichts gewusst. Manchmal hat sie ihn hier mit dem Kleinen abgeholt, und sie gingen sonntags zu dritt spazieren, so hat man es schließlich begriffen. Weil er sonst eben sehr verschwiegen war. Aber dadurch, dass die Ähnlichkeit so augenfällig geworden war, konnte man sie nicht mehr übersehen. Die gleichen Kraushaare, die gleiche Gesichtsform. Und dann das Lächeln. So ein Lächeln ist wie eine Signatur.«

»Wusste er es? Ich meine, der Kleine? Wusste er, wer sein Vater war?«

»Das kann ich nicht sagen. Aber es schien mir nicht so, nein, ich glaube eigentlich nicht.«

Ich stellte mir vor, wie der Junge dieses Tanzstudio hier betrat, schüchtern, an der Hand seiner Mutter. Wie hatte sie ihm den Mann wohl vorgestellt? Als Freund der Familie? Onkel Gluckstein, der Clown? Immer einsatzbereit, aber nur am Wochenende? Das war die andere Frage, auf die ich gestoßen war – oder vielmehr eine andere Facette derselben Frage: was aus Charles-Édouard geworden wäre, wenn er gelebt hätte. Er wäre jetzt achtzehn. In dem Alter hatte ich die Tür meines Elternhauses hinter mir zugeschlagen. Wie hätte sich der Sohn dieses Vaters, der vor lauter Sanftmut unsichtbar wurde, aus der Affäre gezogen? Welchen seiner beiden Väter hätte er überhaupt gewählt, welche seiner beiden Wahrheiten? Über welche Hypothese hätte er sich definiert? Hätte er versucht, dem Lebensentwurf Glucksteins nachzueifern, und wäre, in Anerkennung seiner geheimen Herkunft, Jude geworden? Oder hätte er sich, was mir wahrscheinlicher vorkommt, erzürnt über die Verleugnung und voller Hass auf diesen Vater, der ihn vernachlässigt hatte, zu Jean-Christophe Cottard geflüchtet, wäre er mit ihm einer der faschistischen Parteien beigetreten, die den Süden verpesten? Es gibt keinen Weg, es zu erfahren, eben das hat man ihm genommen, indem man ihn verschwinden ließ: die Möglichkeit zu wählen. Aber andererseits: welche Wahl hatte er überhaupt? Das Dasein dieses Kindes war von Anfang an beschädigt … Und ich dachte an die schwierigen Väter, an die Söhne, deren Revolte zu immer noch mehr Gewalt führt; ich dachte an das verpfuschte Leben meines Vaters und an mein verpfuschtes Leben – an alle verpfuschten Leben, alle Leben sind verpfuscht und jedes Erbe ist hohl. Es gibt keine Väter, es gibt nur Söhne; Söhne, die auf der Suche nach einem Zeichen in Palästen umherirren, Palästen, die so verlassen sind wie die zweiundzwanzig Zimmer des Hauses Cottard.

Und was war mit den hektisch von Jean-Christophe angehäuften Insignien – den unter großen Anstrengungen erworbenen materiellen Besitztümern, dem Geld, dem sozialen Status? Nichts davon hatte nach dem Weggang seiner Frau genügt, nichts davon war in seinen Augen legitim genug erschienen, um ihn vor der Bestrafung zu schützen – der Bestrafung des Vaters, *der er verzweifelt versucht hatte zu sein,* an dem Sohn, *der er nie aufgehört hatte zu sein.* Das war meiner Ansicht nach des Pudels Kern. Die Unmöglichkeit, ein Vater zu sein. Die Unmöglichkeit, ein Mann zu sein und daran zu glauben. Nicht eine Sekunde lang war er so naiv gewesen zu glauben, Gluckstein sei der Vater des Kindes. Nicht deswegen hatte er es getötet, sondern aus dem *umgekehrten* Grund. Weil er meinte, der Junge sei sein Sohn. Und er hatte die Leiche nicht in den Ofen geworfen, weil das Kind Jude war – eine viel zu einfache Hypothese –, sondern weil er es, zumindest in seinen Augen, *nicht* war. *Weil Charles-Édouard alles war, was ihm von sich selbst geblieben war, alles, wogegen er wüten konnte, alles, was ihm geblieben war, das er zerstören konnte.*

Mit einem Wort, Cottard hatte sich für sein eigenes Scheitern im Leben bestraft. Und er hatte das getan, weil er endlich begriffen hatte, dass die einmal umgestürzte Welt der Väter nicht wiederhergestellt werden kann. Außer in karikierter Form. In pathologischer Form. Und man begibt sich damit in ein Niemandsland, aus dem jede Genauigkeit, jede Identität ausgeschlossen sind und wo alles Mögliche passieren kann, ich wusste ein Lied davon zu singen. Sich selbst unglaubwürdig vorkommen, ist das nicht die einzige Art, man selbst zu sein – der einzige Zugang zu einem selbst? Aber er hatte nicht die notwendige Kraft dazu – zu gojisch für die Unglaubwürdigkeit, hatte er die Nerven verloren.

Dieser Mord war im Grunde nichts anderes als ein Selbstmord. So betrachtet, wurde die jüdische Komponente – mit ihren eigenartigen Begleitumständen aus Selbstbeschneidung, Hakenkreuz, Privatdetektiv, Nachforschungen in Jerusalem – allerdings vollkommen unnötig. Es war überflüssig. Es konnte ja sein, dass Gluckstein *nicht* Charles-Édouards Vater war, sondern nur ein Lockmittel – aber von wem und wozu ausgelegt? Ein Lockmittel, auf das Cottard sich entschlossen hatte hereinzufallen, weil die mutmaßliche jüdische Abstammung des Kindes es ihm vielleicht leichter machte, zur Tat zu schreiten (immerhin las er als Student *Mein Kampf*, das durfte nicht *gänzlich* unberücksichtigt bleiben). Jedenfalls war es mir nie gelungen, den Bericht über dieses Ereignis und das, was mich daran zuallererst interessiert hatte, unter einen Hut zu bringen. Und sogar jetzt, drei Jahre später, sah ich immer noch keine logische Verbindung zwischen der von Cottard erlebten inneren Tragödie, die ihn zu dem Mord gebracht hatte, und der konkreten *Form*, die dieses Verbrechen annahm – wenn es überhaupt stattgefunden hatte –, seinem *Stil*: der jüdischen Komponente, die wahrscheinlich nebensächlich war, ohne die jedoch nichts geschehen wäre.

Auch wenn Cottard das, was er allein erlebt hatte, bis zum gewalttätigen Ausgang in seinen Traum eingesponnen wahrnahm, erschien dieser Traum deswegen nicht weniger von jemand anderem manipuliert, von außen und mit einem klar definierten Ziel; jemand anderer als ich hatte diese Erzählung entwickelt – und zwar in eine Richtung, der ich mich nicht entgegenstemmen konnte, genauso wenig wie ich in der Lage war, diese Erzählung zu kontrollieren.

Als ich aus Élianes Haus kam, ließ der Regen nach, und so ging ich langsam die in grünliche Monotonie getauchte Promenade entlang. In der Ferne blinkten die Leuchtreklamen der Pizzerien, Fast-Food-Restaurants, falschen Italiener mit vergeblicher Dringlichkeit um die lächerliche Pracht des *Negresco* herum. Im Jardin Albert Ier saßen, im Schutz einiger dürftiger Bäume, schwatzende Rentner unter dem gelben Schild des Casino Ruhl. Familien in verwaschenen Jeans, gierige Münder, aggressiver und labiler Frohsinn, einarmige Banditen, staubiges Ambiente. Gegenüber das Meer unter einem niedrigen Horizont gab den Nato-Stützpunkten an der italienischen Küste, die die Grenze abriegeln, Deckung; alles wirkte unecht, alles wirkte alt und tot.

Zehn Jahre zuvor gingen die Akteure dieser Tragödie noch alle auf diesem Bürgersteig hin und her, sie waren real, sie waren gegenwärtig. Aber jetzt? Jetzt nicht, dachte ich bei mir. Natürlich nicht, nichts von all dem hat Bestand, das ist ein anderes Buch, eine andere Geschichte. Gluckstein fällt aus dem Rahmen. Er ist für Jean-Christophe Cottards sehr einfache und sehr klassische Geschichte nicht *notwendig*. Die Geschichte eines x-Beliebigen um dich herum in der stillen Verlassenheit dieser Promenade. Eines x-Beliebigen, der frustriert und unglücklich genug war, aggressiv und verzweifelt genug, um blindwütig, gegen jede Vernunft, der Hässlichkeit einen Sinn geben zu wollen – dem Leben einen Sinn geben zu wollen, auf die Gefahr hin, alle in die Katastrophe zu führen.

In den drei Monaten vom Weggang seiner Frau bis zum Verschwinden seines Sohnes hatte er zwar aufgeregt gewirkt – wie auch nicht? –, aber er war noch zuversichtlich, er glaubte, die Katastrophe könne vermieden werden. Und Bernard kam er bei ihren gemeinsamen Mittagessen zweimal in der Woche genauso robust, geistig gesund und entschieden vor wie immer.

Bernard, Bernard Rossi war Jean-Christophes bester Freund – sein einziger Freund. Sie hatten sich kennengelernt, als Cottard Vertretungen für Mairal gemacht hatte, als er sich in den Kopf gesetzt hatte, ein Haus an der Côte zu finden, und Bernard noch der anonyme Makler der großen Immobilienagentur war, die Papa Berger empfohlen hatte.

An einem Junimorgen im Jahr 1980 hatte Jean-Christophe sein Büro betreten – ein zwei mal drei Meter kleines Zimmer, das nichts hermachte, aber die durch das Fenster hereinflutende Sonne wog einiges auf –, und während sie sich jeder auf einem ungemütlichen Stuhl gegenübersaßen, hatte Cottard erklärt, was er suchte, und Rossi hatte mit einem Augenzwinkern gleich alles verstanden. Er hatte bloß eine Schublade geöffnet – und hopp!

»Ich habe vielleicht etwas für Sie«, hatte er mit diesem feinen Lächeln gesagt, das Jean-Christophe bald so vertraut werden sollte. »Aber es ist ein bisschen eigenartig.« Er hatte eine Pause gemacht. »Voilà«, hatte er hinzugefügt und endlich die Akte aufgeschlagen und die Fotos herausgenommen. »Ein wunderschönes Haus. Die Stadt hat es vor zwei, drei Jahren beschlagnahmt und will es loswerden.« »Und wo ist der Haken?«, hatte Jean-Christophe gefragt. »Na ja, wenn es Sie nicht stört, einem Betrüger nachzufolgen …« Von wegen! Das Haus, ein ehemaliges Gehöft, war für einen Ausländer, wohl einen Libanesen, dessen Namen niemand behalten hatte, nach der neuesten Mode wieder hergerichtet worden; er hatte sich am Ende in Luft aufgelöst, ohne je einzuziehen oder ein Zehntel dessen zu bezahlen, was er schuldete, weder den betroffenen Firmen noch der Stadt, mit der er anscheinend Geschäfte gemacht hatte. Im Hintergrund spielten unklare politische Beziehungen hinein – die sie nichts angingen, hatte Bernard mit einem Insider-Lächeln kommentiert: Für sie war nur der außergewöhnlich niedrige Kaufpreis von Belang; außerdem stand er in Verbindung zu einer Bank, die bereit war, die Transaktion zu einem sehr günstigen Zinssatz zu finanzieren.

Im besten Viertel von Nizza, nicht weit vom Privathaus des Bürgermeisters – wie konnte man da widerstehen? So war es gekommen, dass Jean-Christophe und Claude fünf Jahre nach ihrer Heirat nach Gairault zogen, ins nobelste Viertel der Stadt. Bernard hatte das mit einer Entschiedenheit, Energie, guten Laune und Entspanntheit vermittelt, wie Jean-Christophe sie bei niemandem erlebt hatte – außer bei sich selbst. Kein Wunder, dass ein Typ von solchem Format es im Leben so schnell zu etwas gebracht hatte!

Im Gegensatz zu Jean-Christophe war Bernard nicht sehr groß, und doch drehte jeder sich um, wenn er mit der Aktenmappe in der Hand, kraftvollen Schritts, leise eine kleine Hitmelodie pfeifend, jeden Morgen mit munterem Gruß und voller Tatendrang die Tür aufriss, ansteckend dynamisch, auf schnelle, raffinierte, aber präzise Art beredt, Anzüge von Boss und gepunktete Fliegen tragend. Im Restaurant rauchte er Havannazigarren, im Büro trug er eine Brille – die er überhaupt nicht brauchte, aber das seriöse Aussehen, das sie ihm verlieh, erleichterte unstreitig seine Verhandlungen. Er unterschrieb spektakulär hohe Schecks mit einem Füllfederhalter, dessen Größe umso weniger den Blicken entging, als seine Kappe ständig aus der Tasche seines Jacketts ragte; er war in Jean-Christophes Umfeld der erste, der sich Mitte der achtziger Jahre eines Filofax zu bedienen wusste; und seit jener Zeit barg auch der Computer keine Geheimnisse für ihn. Sein Erfolgsrezept? Informiertheit, Schnelligkeit, Energie. Er hatte sich schon 1983 in die Agentur eingekauft, die schnell eine der bekanntesten der Stadt werden sollte. Beschäftigte er nicht *mindestens* ein Dutzend Angestellte in der Avenue Jean-Médecin? Und dabei kam er aus bescheidenen Verhältnissen. Sein aus Italien eingewanderter Vater hatte nur eine kleine Werkstatt ohne viel Umsatz am Boulevard Carnot, seine Mutter arbeitete nicht, er selbst hatte lediglich eine Ausbildung als Buchhalter gemacht. In den achtziger Jahren überstiegen seine Jahreseinkünfte – das ließ er nur zu gern durchblicken – vierhunderttausend Francs, und zu seinen Kunden gehörten etliche der honorigsten Unternehmen der Innenstadt.

Zu jener Zeit hatte Bernard sich sogar ein kleines Segelschiff gekauft – Jean-Christophe verdankte ihm seine Einführung in den Segelsport. Er hatte in Beaulieu-sur-Mer in Höhenlage ein außergewöhnliches Anwesen erworben, dessen Charme von Mireille, seiner reizenden Ehefrau, einer munteren, heiteren Wasserstoffblondine, noch vergrößert wurde, die eine bemerkenswerte Hausfrau war (ganz im Gegensatz zu Claude). 1983 war er auch Mitglied des Lions Club geworden und verpasste nie ein Dinner. Er hatte angefangen, Tennis zu spielen (Jean-Christophe hatte seinen Tennisplatz nicht zuletzt für ihn bauen lassen), spielte Golf und spekulierte an der Börse (Jean-Christophe verdankte ihm seine ersten Aktiengewinne).

Wie hätte er von Bernard nicht angetan sein können? Die beiden Freunde ergänzten sich ausgezeichnet. Sie luden sich gegenseitig zu Barbecues im Garten ein, und während sich die Frauen in der Küche trafen, dachten sie sich gemeinsame Projekte aus, eine Idee nach der anderen, ein ununterbrochener Redefluss, Mann, das sprudelte nur so! Sie hatten 1985 sogar in Betracht gezogen, gemeinsam eine Mine in der Nähe von Kapstadt zu kaufen. Rossi kannte da unten einen Unternehmer, der hin und wieder nach Nizza kam. Man muss schon sagen, diese Stadt, die bot ungeheure Gelegenheiten! »Wen du wählst oder wen du nicht wählst«, sagte Bernard oft, »das ist hier völlig wurscht.

Was hier zählt, ist Potenz. Du musst zeigen, dass du potent bist, das will man hier. Verstehst du? Das ist wie beim Poker. Wer viel setzt, gewinnt auch viel.«

Seit nunmehr fast zehn Jahren trafen sie sich auf Bernards Anregung hin zweimal pro Woche bei demselben diskreten Italiener im Cimiez-Viertel ganz in der Nähe des Musée Matisse. Die Enoteca, so hieß das Lokal, reservierte für sie stets denselben Tisch, dicke Sessel am Fenster mit Blick auf eine Landschaft aus Villen, Oleander und Kolonnaden, mit verschwiegenen Parks, wo Pinien Mäuerchen aus schweren Steinen überragten. Vor den Fenstern schwere Vorhänge, auf dem Tisch silberne Gedecke, Kristallgläser; livrierte Kellner brachten ihnen Teller, auf denen Tomatenscheiben kunstvoll um den Mozzarella angerichtet waren, über den mit der Präzision eines Goldschmieds das diskrete Gold des Olivenöls gegossen worden war. Im Hintergrund tönten samtig gedämpfte Gespräche und umgaben jeden ihrer Sätze mit einer besonderen Aura von Macht. Jenseits der Fensterscheibe standen Luxushotels, deren Fenster, acht von zwölf Monaten blind, die Heiterkeit der im Schritttempo über die leere Corniche rollenden Mercedeslimousinen reflektierten. Ja, natürlich liebte Jean-Christophe all das, was sonst? Hatte Bernard ihn nicht hier in den hiesigen Markt für zeitgenössische Kunst eingeführt? Jean-Christophe hatte 1984 in seiner nagelneuen Praxis nicht ohne Stolz seine ersten Kunstwerke präsentiert. Konnte man hier nicht mitunter wichtigen Persönlichkeiten aus den besten Kreisen begegnen wie zum Beispiel Jean Oltra, dem Vorsitzenden des städtischen

Festkomitees, oder Lucien Salles, ebenso treuer Stellvertreter von Jacques Médecin und Direktor der Oper von Nizza, dem Bernard manchmal die Hand geschüttelt hatte? All das war jetzt vorbei. In diesem Frühjahr 1991.

Die Stadt war enthauptet. Der Bürgermeister höchstselbst, der Mann, dessen Familie seit zweiundsechzig Jahren die Geschicke des Ortes lenkte, der Mann, der Nizza die herrlichsten Lichter, die rauschendsten Nächte, das internationale Renommee verschafft hatte, der Mann, der so zielstrebige junge Leute wie Jean-Christophe dazu brachte, in der Stadt leben zu wollen, die er geschaffen hatte, der Bürgermeister hatte die Flucht antreten und in Uruguay untertauchen müssen! Und niemand ließ sich mehr in der Enoteca blicken. Die Stadt erlebte gerade ihren Niedergang. Und Jean-Christophe, der mit Bernard an seinem Stammtisch saß, während sein mullumwickeltes Glied sich allmählich von der Selbstbeschneidung erholte, konnte draußen vor dem Fenster in der eisigen Januarluft, die still die träge dahinziehenden Auspuffwolken schluckte, am Horizont die Dächer der Altstadt an der Engelsbucht sehen, wo seine Gattin sich in irgendeiner Bruchbude von einem Penner bespringen ließ …

Wie war es mit ihnen nur so weit gekommen?

Jean-Christophe hatte sich eines Morgens, erzählte er Bernard, in dieses Viertel begeben, dort, wo Gluckstein wohnte, wie er wusste – in diese dreckigen Gassen, die vor Touristenkneipen und lauten Bistros strotzten. Dort, wo pseudo-folkloristische Lokale sich nach und nach flächendeckend ausgebreitet hatten. Dort, wo unter Plastikaushängeschildern unfreundliches Gesindel vulgären Gästen gepanschte und verkochte Gerichte servierte, lärmenden ausländischen Touristen, die von nichts eine Ahnung hatten und brav nach der Rechnung verlangten – diese Schwachköpfe! Dort, wo man die besondere Architektur bewunderte, das schon, die Wäscheleinen, die zwischen den Fenstern gespannt waren, ja, die ockergelben Fassaden, ja, die geschichtsträchtigen Portiken, ja. Aber man hütete sich, dahinter zu blicken! Die Obdachlosen nahm man nicht wahr. Man sah die Schlägertypen der Ariane-Gegend nicht und auch nicht die über Italien illegal eingewanderten Araber, die in diesen Gebäuden Unterschlupf finden, um ihre schmutzigen Geschäfte zu betreiben.

Wie war es mit ihnen nur so weit gekommen?

Bereits im Hochsommer 1986 hatte er, sagte er zu Bernard, in diesem Viertel nach Claude suchen müssen, bei ihrer allerersten Eskapade. Er erinnerte sich noch gut daran! Er hatte nämlich eine der widerlichen Schwellen dieser Häuser überschritten, die die Touristen bequem von außen bewundern. Er war nämlich in die Hunde- oder Menschenscheiße getreten, die zwischen den Pflastersteinen steckte. Er hatte nämlich die Tonnen gesehen, aus denen stinkender Müll quoll, die schmierigen Hofmauern! Und er hatte Stufe um Stufe der baufälligen Treppe bestiegen, notdürftig von einem Gerüst gestützt, das jederzeit einzubrechen drohte, und war durch den Flur gegangen, der zur besetzten Wohnung führte, dort wo Claude mit einem mickrigen Dealer zusammenhauste, den sie weiß Gott wo aufgegabelt hatte! O ja!

Und was tat er wohl an diesem Tag, sagte er zu Bernard, nachdem er – aus einem reinen dummen Reflex heraus – angeklopft hatte? Mit einem Schulterstoß schlug er die Tür ein. Stürmte einfach diese Bruchbude! Wie ein Orkan! Ein Zyklon! Und Claude drückte sich entgeistert an eine Wand, starrte ihn an, ohne ein Wort herauszubringen. Ha! Ha! Und wer war jetzt wohl Herr der Lage? »Was ist denn das für ein Saustall, verdammt! Was ist das für ein Drecksloch!« Dann sah er sich in aller Ruhe um, vollkommen souverän. Auf den ersten Blick hatte er alles erfasst! Zwei total verkommene Räume, sagte er zu Bernard. Seit mindestens fünf Tagen war die Dusche verstopft. Und was hatten sie darübergelegt? Eine umgedrehte Plastikwanne! Sie trieb auf dem fauligen, mit dreckigen Haaren und Blut vermischten Wasser, es war zum Erbrechen. »Weil sie ja«, sagte er zur Bernard, während er die dampfenden Ravioli auf seinem Teller anschnitt, »weil sie nichts mitgenommen hatte, als sie so Hals über Kopf davonlief, nicht einmal das Nötigste, verstehst du? Obwohl sie … na ja, nicht einmal einen Tampon hatte sie dabei … und so floss es direkt ins, kurzum, sie wuschen sich nicht, keinerlei Körperpflege, nichts …« Da lebte sie also mit diesem Karim, einem jungen Typen, von dem sich später herausstellte, dass er *Drogen* verkaufte, war das zu fassen? Dass er frisch aus dem *Gefängnis* kam? Sie hatte jeden Halt verloren! »Die Kleider eine Woche lang nicht gewechselt, und sie hat nicht einmal angerufen, kein einziges Mal!«, sagte er zu Bernard. »Sie nahm kaum etwas zu sich.« Das war das erste Mal, dass er sie in einem solchen Zustand sah. »Ihre Depressionen war ich gewohnt, aber dass sie eines Tages abhaut, konnte ich mir nicht vorstellen. Jedenfalls nicht so, vor allem nicht an so einem Ort mit so einem Typen. Bei mir hat es ihr nie an Geld gefehlt, verdammt, bei mir hat es ihr nie an irgendwas gefehlt! Als sie ein Schwimmbad wollte, hab ich ihr eins bauen lassen! Als sie nur noch halbtags arbeiten wollte, hab ich das so hingebogen, dass es klappte, obwohl es mir überhaupt nicht in den Kram passte, das kannst du mir glauben!«

Während er sprach, goss er sich etwas Wein ins Glas. Ein italienischer Wein, sündhaft teuer, ein toskanischer Wein, rot und leuchtend floss er aus dem zarten Karaffenhals aus geschliffenem Kristall und klang dabei wie eine Fontäne.

Was Karim betraf, nahm er für Bernard den Faden wieder auf, der hatte natürlich nichts unternommen, um Claude zurückzuhalten, das hatte er sich nicht getraut! Er hatte bloß ein paar Einwände gestammelt, die Jean-Christophe mit zwei schallenden Ohrfeigen erstickte – »Das Echo hättest du mal hören sollen!« Dann schleifte er Claude am Arm auf die Straße hinunter – »Und das war's auch schon! Basta!«

»Danach haben wir versucht zu klären, was da eigentlich vorgefallen ist, gemeinsam mit ihrer Mutter, als wir wieder zu Hause waren, haben versucht, das zu verstehen. Wir haben einen Familientherapeuten aufgesucht. Wir haben einen Paartherapeuten aufgesucht. Wir haben sogar einen Sexologen aufgesucht, stell dir das mal vor! Und dann hat Claude schließlich mit ihrer Psychotherapie angefangen.« Das half aber nicht wirklich. Es gab weitere Liebhaber, etliche. »Irgendwann hatte ich mich fast, wie soll ich sagen, fast damit abgefunden. Kein Wunder, immerhin hat sie jedes Jahr zwei Selbstmordversuche unternommen, seit wir hier wohnen. Allerdings nicht so richtig ernsthaft, immer die gleiche Masche, du weißt schon, das Schlaftablettenröhrchen so platziert, dass es ihrer Mutter oder mir ins Auge fallen muss, und dann wird ihr der Magen ausgepumpt, die Tränen fließen ... das alles nur, um anderen das Leben schwer zu machen. Dachte ich jedenfalls ...« Dabei hatte die ganze Zeit ein Liebhaber im Verborgenen die Strippen gezogen! Das war sie also, das war die Erklärung! Abraham Zeev Gluckstein! Das war der Schlüssel zu allem. Wenn Charles-Édouard der Sohn dieses Dreckskerls war, wenn sie es von Anfang an gewusst hatte, ergab das eine gewisse Logik: Von Schuldgefühlen zerfressen – letztlich vom Bewusstsein, dass sie ihn, Jean-Christophe, betrogen hatte, ihren Verbündeten, ihren Geliebten, ihren Ehemann –, starb sie langsam vor sich hin. Sie hatte sich selbst bestraft!

An diesem Morgen in der Altstadt, sagte er zu Bernard, hatte er an einer Ecke des Blumenmarkts diskret Stellung bezogen und ihn gesehen. Er hatte *sie beide* gesehen. Zunächst ihn: Ein großer, hagerer Mann von etwa fünfzig Jahren, den Kopf mit einer langen krausen Mähne bewachsen, die Schultern von einer Kampfjacke bedeckt, während seine Beine in ausgewaschenen Jeans steckten. Mit der gewohnten Nonchalance war er die Straße entlang geschlendert, dazu das dämliche kleine Lächeln, mit dem er alle Welt begrüßte, um dann schnell wieder hinaufzugehen mit vier ofenfrischen Croissants aus der Boulangerie. Und das um zehn Uhr vormittags. Jean-Christophe war vor der Tür des kleinen Wohnhauses stehen geblieben, in der Kälte und ohne zu wissen, was er tun sollte, aber er konnte sich nicht vom Fleck rühren. Er hatte Rachepläne ausgebrütet. Wer war dieser Kerl überhaupt? Dieser Kerl, der in ihrem Eheleben für Zwietracht sorgte, für Unversöhnlichkeit, Verlogenheit und Hass – ohne sich jemals, *jemals* offen zu zeigen! »Als was würdest du das denn bezeichnen? Ist das vielleicht keine Hinterhältigkeit?« Dass er ein drogensüchtiger, abstoßender Penner war, gehörte zum Muster, das man von Claude kannte. Dass dieser Kerl aber die ganze Zeit über, neun Jahre lang, Tag um Tag klammheimlich und wohlweislich an den Grundfesten seines Glücks rüttelte … Kein Wunder, dass Claude anschließend in Depression versank! Kein Wunder, dass sie sich *verändert* hatte! Anderthalb Stunden lang hatte er auf offener Straße Selbstgespräche geführt. Hätte er an dem Tag seine Knarre dabeigehabt … Aber wer tritt da plötzlich wieder aus dem Wohnhaus? Die beiden! Die Turteltauben! Arm in Arm! Ohne sich im Mindesten zu verstecken! Die glücklichen Eltern von Charles-Édouard, wie es scheint! So ein hübsches Paar! Und er, sagte Jean-Christophe zu Bernard, wusste nicht, warum er, statt wie in Karims Fall sieben Jahre zuvor einzugreifen, sich damit begnügt hatte, ihnen zu folgen. Er wusste nicht, warum er sie unauffällig beschattet, sie beobachtet, sich dem Schmerz ausgesetzt hatte – und das eine ganze Weile lang! Er war hinter *seiner Frau* hergelaufen! (Mit seinem notdürftig verbundenen und noch eiternden Glied, was er Bernard jedoch verschwieg.) Er hatte gesehen, wie sie *ihren Liebhaber* küsste! Er hatte gesehen, wie sie Gemüse kaufte, das sie am Abend bestimmt für ihn zubereiten würde. Er hatte gesehen, wie sie sich mit ihm auf der Terrasse einer kleinen Kneipe niederließ, in der Wintersonne, und seelenruhig Tee trank. Und sich dabei mit ihm unterhielt. Und sie hatte bezahlt, diese Schlampe! Sie hatte alles bezahlt, diese Kuh! Wie oft, aber wie oft wäre er ihnen fast an die Gurgel gesprungen! Wessen Kohle war das wohl, die sie da mit ihm auf den Kopf haute, verdammt? Scheiße! Nach allem, was Jean-Christophe für sie getan hatte? Nach allem, was er für *ihn* getan hatte! Aber ja: Auch ihm hatte er aus der Not geholfen! (Klar, Jean-Christophe half jedem, er war der König aller gutmütigen Trottel!) Diesem Arsch hatte er 1984 einen Job verschafft. Der war damals froh. »Und das ist nun der Dank. So bedankt man sich eben bei den Israeliten, indem man sich einfach bedient! Sie nehmen nicht bloß das Geschenk, sondern noch einen tüchtigen Nachschlag!« – »Immer mit der Ruhe«, antwortete Bernard mit beschwichtigender Geste und einem leicht verschämten Lachen, das für ihn typisch war. »Beruhige dich. Wir sind schließlich im Restaurant.« – »Wie ist es mit uns nur so weit gekommen, verdammt? Kannst du mir das erklären?«

Bereits 1979 hatte Claude damit begonnen, streunende Katzen aufzunehmen. Daran erinnerte er sich bis heute. Damals wohnten sie noch in Maisons-Alfort. Als er wieder einmal eine Vertretung für Mairal in Nizza übernommen hatte und zufällig einen Tag früher als vorgesehen nach Hause zurückkehrte, hatte er sein früheres kleines Büro betreten, das in seiner Abwesenheit von Claude betreut wurde. Er staunte nicht schlecht, als er dort sage und schreibe fünfzig Straßenkatzen entdeckte, die sich auch auf das Wartezimmer verteilten. Als er sah, in welches Chaos *seine allererste Praxis* versunken war: überall Katzen, fast alle in jämmerlichem Zustand, ausgehungert, mit abgerissenem Fell, völlig verwildert! Aber sie fühlten sich offensichtlich wie zu Hause und spielten mit der Büroeinrichtung. Claude hatte sich zu rechtfertigen versucht: »Ich kann einfach nicht anders. Wenn ich sie auf der Straße sehe, machen sie einen so unglücklichen Eindruck!« Und dann drückte sie weiter auf die Tränendrüse, während er, so ruhig wie nur möglich, erklärte: »Wir können uns doch nicht das ganze Elend dieser Welt aufbürden! Damit haben wir nichts zu schaffen! Wir müssen unsere eigene Existenz aufbauen! Weißt du eigentlich, wie viel diese Praxis kostet?« – »Um uns herum gibt es so viel Leid!«, entgegnete sie. »Schau sie dir an, die Ärmsten! Wie soll man sich bei diesem Anblick mit dem eigenen kleinen Leben begnügen! Man kann doch nicht immer nur an sich denken!« Zwei Jahre später ging es ihr in Nizza nicht anders. Bloß waren die Katzen durch Männer ersetzt worden. Der Übergang war übrigens nahtlos verlaufen: Ihren ersten Liebhaber Gluckstein hatte sie beim Tierschutzverein kennengelernt.

»Claude«, sagte er zu Bernard und fixierte dabei den

Kuchen, den ihm der Kellner mit samtener Diskretion hinstellte, »Claude hat Tiere immer geliebt, das stimmt. Das muss man ihr lassen. Das Leiden anderer hat ihr immer zugesetzt.« Schon zu Studienzeiten in Maisons-Alfort wurde ihr im ersten Jahr schlecht, wenn sie nur an die Handhabung von Versuchstieren dachte. »Es ist furchtbar«, schluchzte sie, »all diese unschuldigen Wesen!« Er nahm sie in die Arme, um sie zu trösten. »Na, na, Claude! Es sind doch nur Tiere. Es ist nicht weiter schlimm. Du darfst es dir nicht so zu Herzen nehmen, mein Engel.« – »Aber wir sollen sie behandeln! Wir sollen uns um sie kümmern …« – »Sie leiden aber nicht so, wie Menschen leiden, Claude. Und wenn man ihnen eine Spritze gibt, spüren sie gar nichts, sie schlafen einfach ein …« Sie war ja so empfindlich in diesem Jahr, seine kleine Puppe! »Weißt du, ich habe sie auch dafür geliebt«, sagte er zu Bernard. »Sie lehnte sich so stark gegen diese Gesetzmäßigkeiten auf … Wir haben tiefgründige Gespräche geführt über den Wert des Lebens, über das Gute, das Böse …« Wie hätte er damals ahnen sollen, in welche Richtung sie sich entwickeln würde? Eine solche Sensibilität, die einer solchen Pathologie Vorschub leistete. Ihre Verweigerung. Ihre Einsamkeit. Ihre geheimnisvolle, faszinierende *Hilflosigkeit*. Ja, genau dafür hatte er sie geliebt.

Von diesem ersten Tag an, dem 8. November 1972, als er sie zum ersten Mal sah, er hatte gerade Bereitschaftsdienst im AStA-Büro und schloss die Projektbeschreibung eines von Royal Canin gesponserten Kulturaustauschs zwischen der Veterinärhochschule von Maisons-Alfort und der Universität von Lima in Peru ab, als sie plötzlich in Begleitung von drei anderen jungen Mädchen den Raum betrat.

War sie damals verrückt? War sie tobsüchtig? Keineswegs! Zerbrechlich, sanft und verloren, das war sie.

Die jungen Mädchen, die gerade erst ihr Studium in Maisons-Alfort aufgenommen hatten und sich vor weiteren unumgänglichen Mutproben fürchteten, wollten ihn um Schutz und Unterstützung bitten. Er wusste, was das bedeutete, sagte er zu Bernard: Hundeohren, Tierköpfe, die man in seiner Büchertasche entdeckte – die Liste der Schikanen war endlos. Er hatte es selbst erlebt, wie alle anderen auch. Die Mädchen, die damals eine winzige Minderheit bildeten, traf es allerdings besonders hart. Drei seiner vier Besucherinnen schrien geradezu (eine von ihnen hatte gerade einen Eimer Exkremente auf den Kopf abbekommen, als sie unter einem Fenster durchging, und war in Tränen aufgelöst), und er musste ihnen versprechen, alles in seiner Macht Stehende zu tun, was immer das in Wirklichkeit heißen mochte. (Denn obwohl er sich bereits im letzten Studienjahr befand und aufgrund seiner AStA-Zugehörigkeit über alle Ereignisse an der Hochschule bestens Bescheid wusste, war sein Handlungsspielraum zu begrenzt, um eine jahrhundertealte Tradition außer Kraft zu setzen.)

Trotzdem hatte er am folgenden Tag Claude zu sich gerufen, das stillste der vier Mädchen, um ihr zu sagen, dass alles geklärt sei.

Reglos, wortlos stand sie vor ihm und hörte zu, musterte ihn mit diesem undefinierbaren Blick, der ihr schon damals eigen war, so streng, so konzentriert, dass sie abwesend schien. Er sagte ihr, sie habe nichts mehr zu befürchten. Immerhin sichere er ihnen seinen persönlichen Schutz zu. Sollte eine von ihnen etwas brauchen – ja wirklich, egal was –, könne sie jederzeit bei ihm anklopfen. »Wo kommen Sie her?«, fragte er dann. »Sie sind nicht von hier, Ihrem Akzent nach zu schließen.«

»Aus dem Süden, ich komme aus dem Süden. Aus Nizza.«

»Ach so, und ich dachte ... Und Sie sind ganz neu hier, ganz fremd?«

Sie zuckte mit den Achseln: »Es ist doch sowieso überall das Gleiche, und was die Leute angeht ...«

»Eigentlich habe ich Sie das gefragt, weil Sie, na ja, eher wie eine Einzelgängerin wirken ...«

»Tatsächlich? Ja, kann sein, ich weiß auch nicht ...«

»Gestern haben Sie keinen Mucks gemacht«, fügte er nach einer Weile hinzu. »Man hat Sie gar nicht gehört.«

»Kann sein«, wiederholte sie, nach wie vor reglos.

»Und sonst«, sagte er dann, »haben Sie sich hier schon einen *Vater* gesucht, für Ihre Doktorarbeit?«

»Einen was?«

»Einen *Vater*.«

In Maisons-Alfort war das nämlich die Bezeichnung für die Ehemaligen, die den Studierenden bei der Vorbereitung ihrer Doktorarbeit halfen; im Jahr der Disputation musste sich jeder Student einen *Vater* suchen, der ihn nach allen Regeln der Kunst einführte – ein alter

Brauch, der auf die kaiserliche Epoche der Hochschule zurückging.

»Nein«, sagte Claude, »noch nicht. Ich habe sowieso keine Ahnung, worüber ich schreiben soll, die Doktorarbeit ist im Moment so …«

»Ja, dafür ist es noch etwas zu früh, ich weiß. Es wäre mir aber ein Vergnügen, diese Aufgabe, wie soll ich sagen, wahrzunehmen, wenn Sie … so weit sind, natürlich. Ich glaube, dass ich mich besonders gut dafür eigne. Und zwar«, fügte er angesichts ihres Schweigens hinzu, »weil ich mich hier bestens auskenne, ich kenne sämtliche Abläufe, ich engagiere mich im AStA, und so erfahre ich alles Mögliche …«

Sie sagte »Danke«, lächelte dabei auf die einzige Weise, die er jemals bei ihr erleben sollte, sie lächelte, indem sie die Intensität ihres Blicks noch ein wenig steigerte, ohne dabei einen einzigen Gesichtsmuskel zu bewegen, dann ging sie hinaus, und er blieb nachdenklich zurück. Ihre Anwesenheit, zart, scheu, recht unsicher und ungeheuer ernst, schwebte noch in der Luft. Es war das erste Mal, dass er etwas für einen anderen Menschen tat als seine Mutter oder seine Schwester. Blutige Hundehoden in den Kitteltaschen, halb zerdrückte Pferdepenisse, die man anstelle des Füllers im Federmäppchen fand, abgeschnittene Zungen und Fellbüschel in den Kantinentellern, sogar tierische Ausscheidungen in der Suppe: Von diesem ganzen Blödsinn war sie verschont geblieben. Und das hatte sie ihm zu verdanken! Dieses Eingreifen, das weniger läppisch war, als man neunzehn Jahre später vielleicht annehmen mochte, hatte damals sein Leben von Grund auf verändert. Zum ersten Mal hatte ihn jemand gebraucht, jemand, der sich nicht über ihn lustig machte.

»Ich konnte es ja nicht wissen«, sagte er zu Bernard. »Wie hätte ich ahnen sollen, dass es mit uns so weit kommen würde?« Gerade weil Claude ganz anders war als er, fühlte er sich zu ihr hingezogen, gerade weil zwischen ihnen dieser Abgrund klaffte. Ihr Schweigen, ihre Ablehnung, der beißende Sarkasmus, mit dem sie auf alles reagierte, was ihm besonders am Herzen lag: das alles trug zu ihrer geheimnisvollen Ausstrahlung bei, war Ausdruck der Macht, die sie über ihn hatte. Es gefiel ihm, dem Katholiken, dass sie, die ehemalige Klosterschülerin, ihren Hass auf die Religion nach außen kehrte. Es gefiel ihm, der nach Erfolg strebte, dass sie Geld verabscheute, und ihm gefiel auch, dass sie ohne Wünsche, ohne eigene Vorstellungen im Meer der Langeweile dahintrieb, das ihre Existenz damals war.

Es gefiel ihm, dass sie sich während der Kurse im Hintergrund zu halten versuchte, von einer maßlosen Schüchternheit ergriffen, die sie gegen ihren Willen in den Mittelpunkt der allgemeinen Aufmerksamkeit rückte. Es gefiel ihm, dass sie keine Freundinnen hatte und mit niemandem sprach, abgesehen von ihrer Mutter, mit der sie in der Regel einmal die Woche telefonierte. Es gefiel ihm, dass sie in den ersten Monaten allein bei der Vorstellung, nach den Kursen kranke Tiere spritzen zu müssen, schluchzte.

Wie hätte er gegen ihre Aura des verzagten Mädchens ankämpfen, wie hätte er ihr widerstehen können? Wie hätte er angesichts ihrer rebellischen Haltung nicht dahinschmelzen und wie hätte er nicht ihrem offenkundigen Wunsch entsprechen sollen, dass jemand an ihrer statt erkannte, was sie wollte – und ihr dazu verhalf?

Und wie anziehend sie war, als sie, im zweiten Jahr schon selbstsicherer, den Esel, den es zu opfern galt, an der Laufleine durch den Hof führte! Der stramme kleine Körper im jungfräulichen Kittel, dahinter das friedliche Tier, das weihevoll und in aller Seelenruhe unter den wilden Köpfen der steinernen Pferde vorbeischritt, deren aufgelöste Mähnen das Gebäude der Pferdeklinik einrahmten. Ihre schmalen zarten Hände tauchte sie inzwischen ohne zu zittern in das Blut, in die Körperflüssigkeiten. Und sie hatte nicht einmal mit der Wimper gezuckt, als er ihr zum ersten Mal ein Skalpell in die Hand drückte.

Zunächst das Fell abrasieren, dann den Schnitt vornehmen. (»Hier setzt du die Spitze an, siehst du.«) Mit der Klinge eine gerade Linie ziehen, danach den Körper auftrennen. Öffnen. Organe kommen zum Vorschein, die man auf den ersten Blick einordnen, benennen muss. Hier die braune Leberkugel, dort die Hauptschlagader, die zum Herzen führt. Die Blutgefäß-Punktion nimmt man an Drosselvenen vor, an Speichenarterien, an der Saphena externa, Saphena interna bei Hunden.

Die gehäuteten Hundeköpfe im Formolbad. Die grünen Adern, die von blutbefleckten Lammhälsen herabhingen, der Leichengeruch: Welche Faszination für ihn, dieses zierliche Wesen mit Aas umgehen zu sehen! Welch wunderbares Rätsel, sie, die im dritten Jahr lebende Tiere mit Porzellangesicht und zerbrechlichen Fingern anpackte! Sie hatte keine Angst mehr! Es machte ihr sogar Spaß! Mit wie viel Energie und Anmut sie Kastrationen durchführte! Aus dem Kasten ragte nur der Unterbauch des Katers hervor, mit einer unmerklichen Geste schnitt sie die Genitalien ab, wie kleine reife Früchte fielen sie ihr in die Hand und wurden prompt in den Eimer geworfen, der neben ihren Füßen stand. Wie hätte er der chinesischen Präzision widerstehen können, die aus ihrer Gleichgültigkeit resultierte?

Beim ersten Mal hatte ein einziges Wort genügt, um ihr zu erklären, was sie zu tun hatte. Sie hatte die Handgriffe so anmutig ausgeführt, so natürlich und rhythmisch, dass es eher nach Tanz als nach Chirurgie aussah, und als sie das Tier kastriert hatte, war ihr von den früheren quälenden Ängsten gar nichts anzumerken. Das war so entschieden, so schnell abgelaufen, dass er es fast nicht mitbekommen hatte. Erst im Nachhinein hatte er begriffen, was passiert war, als sie die abgeschnittenen Hoden einem Hund zuwarf, der unten im Hof vorbeilief, und diese beiläufige, fast kindlich arglose Geste hatte in ihm eine solche Welle von Zärtlichkeit ausgelöst, dass er sich beherrschen musste, um sie nicht in die Arme zu schließen (der Hund hatte kaum seinen Happen verzehrt, als Claude die Wunde schon vernähte).

Binnen drei Jahren hatte sie sich zur idealen Tierärztin entwickelt. So beherrscht, ruhig und undurchdringlich, wie er es sonst bei niemandem erlebt hatte und auch nicht wieder erleben sollte.

Und trotzdem blieb sie unberechenbar. Manchmal war sie sehr lustig und mitteilsam, bis ihr Lachen jäh verstummte und sie grundlos zu weinen anfing, und er konnte bloß erraten, was sie ihm auf keinen Fall anvertrauen wollte – auch nach drei Jahren wusste er so gut wie nichts über sie –, was sie alles erlitten haben musste.

Sie zu erobern, war einem Dressurakt gleichgekommen. Wie sollte er sie dazu bringen, ihm zu vertrauen? Woher sollte er wissen, was in ihr vorging, wenn sie ihn mit riesigen Augen reglos musterte? Allein dass sie ihn jeden Tag in ihrer Nähe duldete, kam ihm vor wie ein Wunder. Wenn er aber mehr erreichen wollte, erzählte er am besten von sich, das hatte er mit der Zeit schließlich erkannt. Nach und nach zwang er sich dazu, auch wenn sich in ihm alles sträubte, und er erzählte ihr vom Tod seiner Eltern, von den Härten, die er sich zumutete, um sein Studium zu beenden, davon, wie er bereits sehr früh Verantwortung hatte übernehmen müssen (ein Glück, dass er dafür geschaffen war; wie sich herausstellte, wären viele an seiner Stelle unter der Last zusammengebrochen!), wie er sich um seine Schwester gekümmert und zu Hause die Vaterrolle gespielt hatte. (Und war das etwa kein hübscher Zufall, dass er in Maisons-Alfort auch der *Vater seiner künftigen Frau war*? Vater zu sein war seine Bestimmung! Seine Berufung!)

Bei allem bemühte er sich stets, beruhigend und zugleich bescheiden zu wirken, vertrauenswürdig, einfach und zuverlässig. Ein Kerl, auf den man bauen konnte. Offen, ansprechbar, hilfsbereit, immer gut gelaunt. Das war vielleicht nicht die Welt, aber immerhin das, was er zu bieten hatte. Er lebte in seinem kleinen Universum und verlangte im Grunde nicht viel mehr. Von der Zukunft erhoffte er sich eine liebende Familie, einen anständigen Job. Er sagte gern: »Man kann im Leben nicht alles haben, aber was immer ich bekomme, für mich und meine Familie, werde ich darauf verwenden, dass alles perfekt wird.« Nett, ja, großzügig, das war er bestimmt. Was jedoch nicht hieß, dass er sich alles gefallen ließ, o nein, er konnte sich auch mächtig aufregen, konnte Charakter zeigen. Selbst wenn er sich im Gegensatz zu seinen Altersgenossen nicht permanent auflehnte, war er durchaus in der Lage, seiner Wut Ausdruck zu verleihen. Er war nicht weniger rebellisch als sie! Wie hatte er beispielsweise 1970 aufbegehrt, als das Ministerium den Mehrwertsteuersatz für jeden tierärztlichen Eingriff auf 20,6 % erhöht hatte! Er hatte ihnen damals geschrieben, aber ja: um ihnen einfach mal die Meinung zu sagen. Natürlich hatte er darauf nie eine Antwort erhalten, was glaubst du denn! (Er hatte übrigens auch nicht damit gerechnet, so naiv war er nicht.) Er dachte sich schon seinen Teil. Er hatte eine eigene Meinung, war nicht bloß ein dummes Arbeitstier! Eigentlich ging er mit diesen Wichsern von der Verwaltung ziemlich hart ins Gericht, all diesen Staatsdienern, die offenbar nichts Besseres zu tun hatten, als denjenigen, die vorwärtskommen wollten, Knüppel zwischen die Beine zu werfen. Nicht, dass er prinzipiell gegen den Staat wäre, das wollte er dann doch richtigstellen: An sich hatte er nichts dagegen, Steuern zu zahlen oder seinen Wehrdienst zu leisten (dem er nur unfreiwillig entgangen war, weil er für eine Familie sorgen musste); und was die Kinder anging, die er eines Tages haben würde (das erwähnte er beiläufig, ohne es weiter auszuführen, aber erwähnen musste er es, damit zwischen ihnen von Anfang an Klarheit herrschte), die wollte er zu guten Bürgern erziehen, wenn man ihn nur ließe. Bürger mit ausgeprägtem Gemeinsinn, die die Republik in Ehren hielten. Immer vorausgesetzt, dass dieses Blau Weiß Rot, das an der Torspitze der Veterinärhochschule hing, in zwanzig Jahren überhaupt noch eine Bedeutung hatte. Und das war keineswegs ausgemacht! Weil diese Fahne, auf die man zunächst so stolz war, als man hier ankam, inzwischen niemandem mehr etwas bedeutete. Jetzt war sich, wie er gern sagte, überall jeder selbst der Nächste! Sogar der Staat strafte seine angesehensten Institutionen mit Missachtung, und Maisons-Alfort war eine angesehene Institution!, bläute er ihr vor der Büste von Colin ein und unter dem Standbild von Claude Bourgelat, beides Gründerväter der Hochschule, oder auf der Treppe, die zur Bibliothek und zum Fragonard-Museum führte, an dessen Wand der Grabstein des sehr erhabenen und erlauchten Grafen Gaston Jean-Baptiste prangte. Eine Institution, die auf das Kaiserreich zurückging, falls das Wort überhaupt noch jemandem etwas sagte!

Er führte sie in die verschlungene Geschichte ihres Berufes ein. Er gab ihr Auszüge des Montalivet-Berichts zu lesen, der unter Napoléon I. als Grundlage für die Reform von Maisons-Alfort gedient hatte. Was stand da? Sieh doch:

Man müsse den *Tierärzten Beachtung schenken*. Was? Beachtung schenken? Etwa durch einen Mehrwertsteuersatz von über 20 %? Man müsse *die Ignoranten und Scharlatane, denen man auf dem Land und auch in vielen Städten leider ausgeliefert ist, durch sachkundige Männer ersetzen*. Auf dem Land und in vielen Städten, meinetwegen, aber auch in den Ministerien, wenn du mich fragst! *Wir hegen die berechtigte Hoffnung, eines Tages in der Tiermedizin dieselben umwälzenden Veränderungen zu erleben wie bereits in der Medizin und in der Chirurgie*. Ach ja? Angesichts dieser Finanzgesetzgebung hegte er so seine Zweifel! »Das Problem ist«, sagte er streng, »weißt du, was das Problem ist? Dass kein Mensch mehr Erfolg haben will. Jedem ist alles egal, die Gesellschaft siecht dahin! Und auch du, meine liebe Claude, bist Opfer dieser Gesellschaft!«, sagte er noch in zärtlicher Anspielung auf die Depressionsschübe seiner Freundin, während ihre Antwort manchmal darin bestand, sich bereitwillig in seine Arme zu flüchten wie ein kleines Mädchen.

Was er im Leben gelernt hatte, und zwar schon sehr früh – etwas, das zwanzig Jahre später durch Glucksteins Verhalten nur bestätigt wurde, wie er zu Bernard sagte –, war, dass man sich letztendlich auf niemanden verlassen konnte. Auf gar niemanden! Da glaubte man, sich auf sicherem Terrain zu bewegen, doch ein Schritt genügte, und schon stürzte man in den Abgrund. Retten konnte man sich daraus nur, wenn man Gleichgesinnte fand. Man musste sich Gleichgesinnte suchen und mit ihnen zusammenhalten, Punkt! »Darum will ich auch eine Tierärztin zur Frau«, sagte er, »verstehst du. Weil man es zu zweit leichter schafft, vor allem jetzt, bei dieser Mehrwertsteuer-Abzockerei. Man kann mehrere Praxen eröffnen, die Klienten austauschen, es bietet viele Vorteile, glaub mir, auch in steuerlicher Hinsicht …« Mit diesem Thema hatte er sich gründlich befasst. Obwohl damals niemand Steuerwesen lehrte und er sich deswegen mit seinem Professor für rechtliche Fragen begnügen musste, hatte er seine Doktorarbeit darüber geschrieben. Er wusste alles, wie man eine Praxis vorschriftsmäßig einrichtet, welche Steuerlasten und Entlastungen es gab, in welchen Gegenden sich am schnellsten ein Klientenstamm aufbauen ließ – einfach alles! O ja, er hatte schon eine Vision! Und wenn er »zu zweit« sagte, ohne das zu diesem Zeitpunkt bereits näher ausführen zu wollen, spürte er, dass sie ihm zuhörte, ohne sich innerlich zu entfernen.

»Wie ist es möglich?«

Zerstreut rührte er mit dem Löffelchen in der Tasse herum, wo der Kaffee schwarze Spuren hinterlassen hatte. Die Rechnung ruhte in der kleinen Silberschale. Daneben schwebte Zigarrenasche über dem Aschenbecher, in einer allumfassenden Rauchwolke.

»Wie ist es mit uns nur so weit gekommen?«

Er richtete den Blick wieder nach oben, wo ihn hinter der Fensterscheibe die Dächer der Altstadt verhöhnten. Jetzt waren sie die letzten Gäste im leeren Restaurant. Im Türdurchgang standen noch drei Kellner, warteten mit verschränkten Armen, still und diskret, die Uniform von Fettflecken verunziert.

»Wenn man es mir vor zehn Jahren gesagt hätte, verflucht, wenn man mir gesagt hätte …«

»Die Krise ist schuld«, tröstete ihn Bernard mit der Havanna im Mund. »Sie macht jetzt doch allen zu schaffen.«

»Mit einem Penner … ausgerechnet hier in Nizza, mit einem Penner!«

»Tja, aber so sind die Franzosen nun mal … Erfolg ist ihnen verhasst. Du siehst ja, was im Moment los ist.«

»Weißt du, manchmal denke ich: Médecin hat genau das Richtige gemacht. Als er die Klohäuschen nach Beverly Hills verhökerte, hat er das Richtige gemacht.«

»Stimmt! Auch wenn ihm heute alle an die Gurgel wollen, das Geld hat er jedenfalls!«

»Er ist doch eh in Caracas, da hat er seine Ruhe! Und was haben wir hier verloren? Was haben wir in diesem beschissenen Land verloren?«

»Man müsste einen kompletten Neuanfang wagen!«

»Andererseits haben Claude und ich einen verdammt guten Start hingelegt, das ist nicht von der Hand zu weisen. Ich hatte eine liebende Ehefrau, ich hatte Geld, beste Aussichten … wir hatten alles! Ich versteh nicht, wie das passieren konnte. Ich versteh's einfach nicht …«

»Na ja …«

»Was?«

»Ich weiß auch nicht … aber ich für meinen Teil habe nie verstanden, warum du nicht die Scheidung eingereicht hast, als sie auszurasten begann.«

Jean-Christophe hielt Bernards Blick stand. Seine Verletzung juckte inzwischen, aber ein gewisses Schamgefühl hinderte ihn daran, sie zu berühren.

»Scheidung kommt für mich nicht in Frage«, sagte er bestimmt.

»Weil sie dich ins Unrecht gesetzt hat ...«

Er wiederholte: »Scheidung kommt für mich nicht in Frage.«

»Es hat sich so oder so herumgesprochen. Außerdem war ihr Verhalten schon immer, na ja, das weißt du ebenso gut wie ich, lassen wir das ...«

Ja, das wusste er. Wie sollte man überhaupt ein nennenswertes gesellschaftliches Leben führen, wenn man seine Frau alle sechs Monate in den Slums aufstöbern musste und sie jedes Jahr infolge eines Selbstmordversuchs in der Notaufnahme landete ... Nach und nach hatte er sich davon auffressen lassen. Nach und nach hatten immer mehr Persönlichkeiten des öffentlichen Lebens, die er auf Bernards Vermittlung nach Gairault einlud, abgesagt, allein wegen seines Ehelebens. Daran war sogar das Minenprojekt in Kapstadt gescheitert, und unter was für Umständen! Darauf spielte Bernard an. Auf das erste und zugleich letzte Abendessen, das sie in Nizza gemeinsam mit dem südafrikanischen Vermittler eingenommen hatten, einem gewissen Simon Safran, dem Claude unbedingt eine Schmährede gegen die Apartheid auftischen musste! »Wie können Sie nur?«, hatte sie schon beim Aperitif losgelegt, »wie können Sie, nach allem, was Sie, die Juden, durchlitten haben, jetzt diese armen Schwarzen derart ausbeuten? Das ist abscheulich! Sie sollten lieber für deren Rechte einstehen, und zwar an vorderster Front!« Da war sie schon halb betrunken. Safran war nach einer Stunde gegangen; er hatte sich nie wieder blicken lassen.

»Ich habe dich nie darauf angesprochen«, sagte Bernard. »Ich tu es jetzt, weil wir uns darüber unterhalten. Ich werfe dir ja nichts vor, aber ...«

»Was erwartest du denn? Ich liebe sie. Sie ist meine Frau, ich habe sie geheiratet. Sie ist mein Ein und Alles.«

»Sie hat dich so oder so ins Unrecht gesetzt!«

»Nein, das stimmt nicht ... die Sache ist komplizierter. Es ist nicht nur ihre Schuld, man muss auch den ganzen ... wie soll ich sagen? Man muss den Kontext berücksichtigen. Es ist das Leben, das sich gegen mich gewendet hat.«

»Was soll das heißen?«

»Darüber denke ich jetzt die ganze Zeit nach«, seufzte er. »Claude ... Claude ist in meinen Augen ein Opfer. Ich auch. Und du auch! ... Es gibt uns, und dann gibt es noch die Gesellschaft. In dieser Gesellschaft kann man nicht leben. Ich habe nachgeschaut ... Hast du dir die Jahreszahlen mal angeschaut? Unsere Generation ist im Eimer ... Man braucht sich nur die Zahlen anzuschauen. Meine Mutter ist im Juni '67 gestorben, in dem Jahr habe ich mir gesagt: ›Mein Lebensziel ist es, eine Familie zu gründen.‹ Ein Jahr später ging alle Welt auf die Straße, um der Familie den Garaus zu machen. Verstehst du? Claude habe ich '72 kennengelernt. Zwei Jahre zuvor hatten die Feministinnen ihr beschissenes Gesetz zur elterlichen Erziehungsgewalt durchgedrückt. Damit waren Vater und Mutter gleichberechtigt, und das Ergebnis: Kein Mensch weiß mehr, wer eigentlich das Familienoberhaupt ist. Und wann haben wir geheiratet? '76: ein Jahr nach dem Abtreibungsgesetz. Wir standen von Anfang an auf verlorenem Posten! Wie willst du in einer solchen Gesellschaft Vater sein, Ehemann? Eine Familie gründen? Dabei war das doch nicht zu viel verlangt, was verlangte ich schon? Ein anständiges Leben! Meine Eltern, meine Familie war ... war so arm, verstehst du, wir hatten nichts, aber wir hielten zusammen ... und als wir es dann fast geschafft hatten, als sie gesehen haben, dass wir am Ende gewinnen würden, wir und andere Leute, die ähnlich angefangen hatten, mit nichts in der Tasche, die aber was erreichen wollten, Leute wie du ... verstehst du? Da haben sie Angst bekommen. Darum haben sie lieber alles zerstört. All diese beschissenen Bürgersöhnchen. Die Linken, die Frauenbewegten, Typen wie dieser Gluckstein, diese ganzen Mistkerle. Mit moralischen Werten jonglieren sie nach Lust und Laune, heute weiß, Geld machen ist die Losung, morgen schwarz, dann heißt es Revolution ... Sie sind diejenigen, die über alles entscheiden. Spielst du nicht mit, bleibst du in deinem Elend stecken, spielst du mit, ändern sie die Regeln ... Und Claude ist ... sie ist so hilflos, so empfänglich für diesen ganzen Scheiß. Wenn im Fernsehen von Obdachlosen die Rede ist, geht sie mit Pennern ins Bett ... aber im Grunde hängt das alles an denen. Und zwar überall, egal, wo du hinguckst! Es gibt keine Regeln mehr, keine Gesetze, es ist der reinste Dschungel! Da willst du arbeiten, willst richtig Geld verdienen, und es findet sich immer ein

Arsch, der den Mehrwertsteuersatz erhöht, eine Gewerkschaft, die dir das Leben schwer macht, sobald du ein Unternehmen gründen willst … und dann geht es eben nicht! Das ist die Botschaft! Das, was alle sagen, sobald du in Frankreich etwas aufziehen willst: so geht das nicht! Ich kann dir nur eins sagen: Wenn du heute in diesem Land Vater sein willst oder Ehemann oder einfach nur ein Mann, musst du andere übers Ohr hauen. Du hast keine Wahl, mein Freund, du musst die anderen übers Ohr hauen. Tust du's nicht, wirst du gefickt. Aber ich bin dafür zu blöd. Ich bin zu gutgläubig. Zum Betrüger fehlt mir das Talent, das ist mein Problem. Das wird sich jetzt allerdings ändern, das kannst du mir glauben. Von jetzt an wird sich alles ändern!«

Dann zückte er seine Kreditkarte und warf sie wütend auf die Rechnung. Der Kellner eilte mit dem Lesegerät herbei; hoheitsvoll gab er seine Geheimnummer ein und erhob sich, nachdem er den Beleg eingesteckt hatte, voll Entschlossenheit – auch wenn er noch gar nicht wusste, wozu.

Das wird sich jetzt ändern, wiederholte er am Abend, als er nach Gairault zurückgekehrt war. Das wird sich jetzt ändern. Dann band er seinem Sohn das Hakenkreuz um den Arm. Jede Bewegung, jede Leibesübung, die er anschließend bis zur Erschöpfung mit ihm gemeinsam ausführte, trug auf ihre Weise zu dieser Veränderung bei. Es war eine Form von Disziplin. Er führte Krieg und bereitete sich auf den Kampf vor. In dem Maße, in dem er

Charles-Édouard abhärtete, härtete er auch sich ab. Abends betrachtete er sich im Spiegel, während er den Verband wechselte, und wurde auch dadurch stärker, das wusste er; manchmal zog er absichtlich an den Fäden, um sich weh zu tun, das brachte ihn zum Lachen; danach nahm er seinen Sohn an die Hand, um mit den Übungen zu beginnen. Bis eines Tages, am ersten Frühlingsmorgen, dieser Sohn nicht mehr da war.

Am 23. Mai 1991, zwei Monate, nachdem sein Sohn verschwunden war, hatte Cottard sich zu einer Pressekonferenz durchgerungen, bei der er seine Pläne bekanntgeben wollte. Zwei Tage danach bekam er einen versiegelten Umschlag zugestellt, darin steckte als Ausschnitt der Bericht, der im *Nice-Matin* über diese Pressekonferenz erschienen war.

DER GEHEIMNISVOLLE FALL COTTARD:
DAS RÄTSEL VOM VERSCHWUNDENEN KIND

Eskapade oder Entführung? Mehr als zwei Monate nach seinem Verschwinden gibt es noch immer kein Lebenszeichen vom kleinen Charles-Édouard (9 J.)

Der Verbleib des kleinen Charles-Édouard Cottard, der am 20. März auf geheimnisvolle Weise mitten in der Nacht aus seinem Elternhaus verschwand (wir berichteten), ist nach wie vor ungeklärt. Der neun Jahre alte Junge mit dem zarten Gesicht, der als schüchtern und in sich gekehrt beschrieben wird, ist bis dahin als guter Schüler mit mustergültigem Verhalten in Erscheinung getreten. Offenbar hat ihn die erst kürzlich erfolgte Trennung seiner Eltern zutiefst verstört. Der Junge wohnte seit drei Monaten allein bei seinem Vater. Könnte diese Situation bei Charles-Édouard ein Trauma ausgelöst und ihn zur Flucht bewegt haben, mit dem Ziel, seine Mutter wiederzufinden? Diese Vermutung, die auch die Ermittler zunächst aufstellten, erscheint leider mit jedem Tag unwahrscheinlicher. Tatsächlich fehlt von dem Kind bisher jede Spur in der näheren Umgebung, trotz des flächendeckenden Polizeieinsatzes. Vor diesem Hintergrund hat Monsieur Cottard (siehe Bild) gestern im Tagungsraum des Casino Ruhl eine Pressekonferenz abgehalten, um das Fahndungsplakat vorzustellen, das er selbst angefertigt hat. »Ich tue mein Bestes, um die Ordnungskräfte zu unterstützen«, erklärte der Familienvater, ein 43 Jahre alter Tierarzt, wohnhaft in Gairault, den diese Tragödie sichtlich erschüttert hat. Außerdem erwähnte Monsieur Cottard, dass er von Asozialen bedroht werde, die seine Frau aus humanitären Gründen in der Altstadt von Nizza betreut habe. »Meine Gattin hat ein großes Herz«, führte er aus, »aber manchmal lässt sie sich von ihrem Mitgefühl hinreißen, ohne ihr Gegenüber immer richtig einzuschätzen.« Weder der Leiter des Sucheinsatzes noch die Ermittler vom Vermisstendezernat wollten sich zu Monsieur Cottards Erklärungen äußern. Dessen ungeachtet, werden diese sicher die Debatte wieder aufleben lassen, die um Sicherheitsfragen und den Kampf gegen kriminelle Elemente im Stadtzentrum entbrannt war.

Den Artikel kannte er bereits, natürlich, was aber neu hinzugekommen war, auf diesem Foto, das ihn von Kopf bis Fuß zeigte, mit zugeknöpftem Jackett, den Blick zur Kamera gerichtet, der er das am Computer entworfene Plakat entgegenstreckte, mit Charles-Édouards Gesicht in der Mitte, unter der fett gesetzten Überschrift *Dieses Kind ist verschwunden*, was neu war und ihm durchaus einen Schlag versetzte, war der dicke, mit rotem Filzstift gezeichnete Kreis um seinen Kopf und darüber die Großbuchstaben: MÖRDER!

»Sag mal, bist du jetzt völlig irre?«, regte er sich am Telefon auf, als sie ihn kurz danach anrief, wie sie es seit zwei Monaten jeden Tag tat. »Was soll der Quatsch? Bist du krank?«

»Wie du mir, so ich dir! Ich habe dich gewarnt!«

»Was meinst du damit? Ich versteh nur Bahnhof! Was hab ich dir denn getan?«

»Wenn du Abraham beschuldigst, beschuldige ich dich!«

»Aber ich beschuldige Abraham doch gar nicht! ... Was soll der ... Ich weiß auch nicht ... Ist dir eigentlich klar, dass ich alles daran setze, Charles-Édouard wiederzufinden?«

»Das möchte ich sehen!«

»Bedeutet es dir so wenig, dass ich unsere Familie erhalten will? Dieser Kerl ist dir wohl wichtiger?«

»Für wie blöd hältst du mich eigentlich?«

»Also, das ist doch ...«

»Reg dich lieber ab, sonst ...«

»Hör zu, Claude, würde ich dich wirklich für blöd halten, hätte ich dich längst abserviert!«

»Wenn du glaubst, dass du mich so zurückbekommst …«

»Warum sollte ich dir hinterherlaufen, wenn ich dich für blöd … ?«

»Das spielt eh keine Rolle, denn ich heirate ihn, sobald wir geschieden sind, ich heirate Abraham!«

»Ach ja?«

»Ja.«

»Und dann nennst du dich wie? Gluckstein?«

»Was spricht dagegen?«

»Na ja, wenn du unbedingt willst …«

»Was soll das? Was weißt du schon?«

»Das ist doch lächerlich! Du weißt genau, dass man einen … so einen … nicht mal auf die Schnelle heiraten kann. Dafür brauchst du einen Haufen Sondergenehmigungen. Das ist ein Riesenaufwand!«

»Das sind Menschen wie du und ich!«

»Ich meine was ganz anderes.«

»Von wegen! In Maisons-Alfort hast du *Mein Kampf* gelesen.«

»Ich habe auch *Das Kapital* gelesen! Was beweist das schon? Was sollen diese Unterstell … ich fass es nicht … Bevor ich mir eine Meinung bilde, informiere ich mich eben, verstehst du?«

»Na sicher … lassen wir das Thema lieber fallen, ja?«

»Aber du hast es doch angesprochen!«

»Wenn ich mit dir rede, komme ich immer durcheinander, du bringst mich durcheinander!«

»Charles-Édouard bekommen wir so jedenfalls nicht zurück ...«

»Jedes Mal dasselbe, du redest und redest und dann ...«

»Wenn wir wenigstens ... *miteinander* reden würden, zumindest ein bisschen ... verstehst du? Aber statt dessen reden wir aneinander vorbei! Kein Wunder, dass ... Weißt du, Claude, manchmal versteh ich dich einfach nicht ...«

»Du gibst dir auch keine große Mühe!«

»Mühe womit?«

»Mich zu verstehen ...«

»Aber was willst du überhaupt? Was soll ich tun?«

»Du sollst mir endlich sagen, was du mit Charles-Édouard gemacht hast!«

»Also hör mal ...«

»Sonst komme ich nicht zurück! Wenn du mich wirklich wiedersehen willst, wenn du willst, dass ich eines Tages zu dir zurückkehre, musst du mir zuerst sagen, was du mit Charles-Édouard gemacht hast!«

Und so ging es schon seit zwei Monaten, seit der Junge verschwunden war. Tag und Nacht setzte sie ihm am Telefon zu, egal um welche Uhrzeit, ob in der Praxis oder zu Hause, klagte ihn an, bezichtigte ihn der unwahrscheinlichsten Verbrechen. Was sollte er ihr darauf groß entgegnen, angesichts von so viel Böswilligkeit? Dieses Kind hatte sie doch nie *gewollt*! Und jetzt kämpfte sie mit Zähnen und Klauen darum?

Am liebsten wollte er ihr eine ganz einfache Antwort geben. Charles-Édouard war verschwunden. Das war nun mal eine Tatsache – so beunruhigend, so unerklärlich, so unlogisch wie die meisten prägenden Ereignisse in seinem Leben. »Angst bringt uns hier nicht weiter«, hatte er Mama Berger an jenem Morgen geduldig erklärt, während sie auf die Polizei warteten. »Die Bullen sind für ... für die Suche bestens ausgestattet, also werden sie ihn auch bestimmt finden. Vielleicht finden sie ihn auch nicht, das ist nicht auszuschließen, aber selbst dann hilft uns Angst nicht weiter ...« – »Das Wichtigste ist, nicht in Panik zu geraten«, wiederholte er abends am Telefon, als Bernard anrief, um sich nach dem Stand der Dinge zu erkundigen. »Panik macht alles nur noch schlimmer. Man muss Zuversicht zeigen. Ich bin voller Zuversicht. Die Polizei weiß, was sie tut.«

Von der Vernunft geleitet, hatte er gleich erkannt, dass er da nichts ausrichten konnte. Genauso wenig wie gegen Claudes Depressionen, ihre Selbstmordversuche, ihren Hang, sich in unmögliche, abwegige Situationen zu bringen – schließlich hatte er auch nichts dagegen ausrichten können, als sie ihn verließ. Nein wirklich: nichts! Er konnte bloß warten – wie er auf Claudes Rückkehr wartete – und durchhalten – wie er die ganzen Jahre seit dem Tod seiner Mutter durchgehalten hatte – und hoffen, so dämlich es auch war – so dämlich wie seine Hoffnung auf geordnete Verhältnisse, auf eine liebende Familie, auf Anstand in einer Welt, die vom Chaos beherrscht wurde, vom Hass und von einer beispiellosen Schamlosigkeit.

»Hast du was genommen?«, krächzte Claude in den Hörer. »Nimmst du jetzt vielleicht Prozac?«

Er wehrte ab: »Nein, nein, gar nichts, glaub mir ...«

»Wie konnte er dann aufstehen, ohne dass du's bemerkst?«

»Claude, hör zu, ich …«

»Komm schon, erklär's mir!«

»Na ja, ich gehe davon aus, dass er … dass er ganz früh morgens aufgestanden ist … wenn du mich so fragst … denn sonst macht er immer das Licht an, wenn er aufsteht … und wenn er das Licht nicht angemacht hat, dann heißt das wohl, dass …«

»Brannte kein Licht im Treppenhaus?«

»Nein! Nirgendwo brannte Licht. Darum versuche ich ja, es … es zu erklären, verstehst du? Ich denke darüber nach! Er ist vermutlich zur Küchentür raus. Als ich aufgewacht bin, war sie offen. Also muss sie jemand geöffnet haben, aber wenn sich jemand im Haus versteckt hätte, wäre er kaum durch diese Tür gegangen. Er wäre eher vorne rausgegangen …«

Er sprach ins Leere, das war ihm bewusst. Sie wollte die Wahrheit erfahren, aber welche Wahrheit? Menschen verschwinden, das war die Wahrheit. Was die Wörter anging – das immerhin hatte er im Lauf seines Lebens gelernt! –, die richteten gar nichts aus. Menschen *verschwinden*. Erst die Dinge, dann die Menschen – so wird man enteignet. Als stünde man nackt vor dem Grab der eigenen Mutter, ohne Aussicht auf Rettung, durch keinerlei Logik, durch keinerlei Wort. Genau so war es der Familie Médecin ergangen, nur einen Katzensprung von hier entfernt: wohlhabende, prosperierende, seit über sechzig Jahren allgemein geachtete Leute, die dann über Nacht verschwunden waren. Sich in Luft aufgelöst hatten! Zu Staub zerfallen waren! Wie auch die Stadt. Aber wer wollte das schon hören? Niemand! Niemand ist bereit, die schlichte Wahrheit anzuerkennen, dass wir nichts sind, weil *Wörter* nichts sind. Darum muss man sprechen. Muss man ins Leere sprechen. Muss man erklären, Dinge *erfinden*! Muss man das finden, was die anderen gern von einem hören wollen.

Und wer hätte Jean-Christophe Cottard nicht gern hören wollen? Alle Welt wollte ihn hören, alle Welt hörte ihm zu – Claude, die Polizei, einfach alle!

Zunächst hatte er versucht, die Bullen diskret auf eine ganz bestimmte Fährte zu locken. Es war natürlich undenkbar, Gluckstein zu beschuldigen, ohne Beweise vorzubringen, und er wollte auf keinen Fall irgendwelche Details preisgeben. Aber er lenkte die Ermittler ein wenig, in den ersten Wochen. Er ließ gewisse Bemerkungen fallen. Er spielte auf gewisse Dinge an, die man mit ein wenig Scharfsinn leicht aufdecken konnte. Außerdem setzte er auf männliche Solidarität, auf einen Anflug von Verständnis. Schließlich waren diese Typen doch auch Familienväter, oder nicht?

Bei Claude bemühte er sich hingegen, möglichst beruhigend zu wirken. Er sprach unermüdlich auf sie ein – darüber vernachlässigte er sogar seine Klienten. Die Armen mussten unaufgefordert eintreten, um ihm auf die Sprünge zu helfen: »Guten Tag, Doktor, ich bringe Ihnen mein Teufelchen, damit Sie diesen kleinen Eingriff vornehmen …« Da brach er das Gespräch natürlich ab. »Ich muss jetzt auflegen, Claude, ich bekomme Besuch. Kommen Sie rein, immer herein! Ich ruf dich nachher an.« Und dann vergaß er für einen Moment seine verwüstete Existenz, vergaß die Wörter und fand zu den Gesten zurück. Die rhythmische Gleichmäßigkeit der Wiederholung. Die Präzision der immer gleichen Handgriffe. Das exorzistische Ritual, das ihn zur Besinnung brachte, in ein normales Leben zurückführte. Der Kater auf dem OP-Tisch, die Finger, die das Fell durchpflügten, die richtige Ader an der richtigen Stelle, der Herzschlag, der durch die Betäubung nachließ. Das schlafende Tier, mit einem Einmalrasierer geschoren, das Skalpell fest in der Hand, der schnelle, klare Schnitt, das Wegwerfen, das Ausbrennen (»Das hätten wir; jetzt wird er wohl Ruhe geben«), kaum hatte die Klientin den Raum verlassen, fing das Telefon wieder an zu klingeln (»Guten Tag, hier spricht Ihr Tierarzt!«) und dann: »Aber wie konnte das passieren, streng mal dein Hirn ein bisschen an!« – »Das habe ich den Bullen doch schon hundert Mal erklärt, hundert Mal haben die mich das gefragt!« Er setzte sich wieder an seinen Schreibtisch, stöhnte: »Ich fass es nicht … Ich fass es einfach nicht …«

»Sie müssen die Schluchten absuchen, das Dickicht, die Steinbrüche!«

»Das habe ich ihnen auch gesagt! Außerdem habe ich gesagt, wenn Sie eine andere Erklärung haben, nur zu, ich bin für alles offen!« Natürlich war er im Recht! Aber warum bemühte er sich, sie zu überzeugen? Warum bemühte er sich, sie zu beruhigen?

»Das heißt aber nicht, dass … dass ihm etwas Schlimmes zugestoßen ist … ich glaube nicht, dass ihn jemand …«

»Und was ist mit all diesen Gestörten, die die Gegend unsicher machen? Ich meine, der Junge ist doch Freiwild …«

»Sie haben keine Leiche gefunden, also ist er sicher noch am Leben …«

»Ständig verschwinden Leute, die man nie wiederfindet, das beweist gar nichts!«

»Na hör mal, eine Leiche stinkt, das weißt du doch! Wenn schon ein Hund in meiner Praxis nach zwei Tagen nach Aas riecht … nach drei Wochen fällt es erst recht auf!«

Er war so kaputt, dass er schließlich Blödsinn redete.

Er ließ sich auf das Sofa im Wohnzimmer fallen, im Lampenlicht spiegelten die Möbel seine Müdigkeit wider, warfen im Dunkeln seltsame Schattengitter, die den Raum veränderten.

»Komm schon, Claude«, fuhr er mit schwächerer Stimme fort, »das ist doch ganz einfach …« Und während er sich alle Mühe gab, sie zu überzeugen, *sich selbst* zu überzeugen, ließ er den Blick durch das Zimmer schweifen, als könnte jeder Gegenstand, jeder Farbton, der aus dem Dämmerlicht auftauchte, als Beweismittel dienen. Das kitschige Lächeln des Negers mit dem Leuchter, die kupfernen Rahmen in den Regalen, die Bronzeschnörkel der Lampen – eine letzte Runde, bei der bald jedes Detail vom matten Licht der Nacht vernichtend geschlagen wurde.

Im Vermisstendezernat begannen die Ermittler, die es sich hinter ihren klapprigen Schreibtischen bequem gemacht hatten und mit ihrem Lächeln die beamtentypische Überheblichkeit an den Tag legten, verächtlich und machtbewusst, ihm unangenehme Fragen zu stellen.

»Was ist eigentlich so Ihr Frauentyp, Monsieur Cottard?«

Während er, der Arme, vor lauter Arglosigkeit keineswegs ahnte, wie absurd diese Befragung war, sie diente allein dem Zweck, ihn zu demütigen: »Na ja … ich weiß auch nicht … Mir … Ich habe ein Faible für Rothaarige, ja, für große, sehr schlanke Rothaarige …« – »Da haben Sie ja die Richtige gefunden, was?«, lästerte der Bulle in Anspielung auf Claude, die klein, dicklich und brünett war. Aus irgendeinem unerfindlichen Grund schnüffelte die Polizei hartnäckig in seinem Privatleben herum. Ab und an muckte er dagegen auf: »Was soll das eigentlich? Ich meine … was haben diese Fragen mit dem Verbleib meines Sohnes zu tun?« Danach tauschten sie nur noch feindseliges Schweigen aus, bis er das Kommissariat verließ, von den Bullen misstrauisch beäugt, ohne Nachricht von seinem Sohn oder seiner Frau. Er fuhr nach Gairault zurück, stellte sich vor das Foto, das am Tag ihrer Hochzeit aufgenommen worden war und seitdem auf einem Bibliotheksregal voller Videokassetten stand. Die ganze Nacht brachte er damit zu, ihrer beider Bild zu betrachten, während er auf ihren Anruf wartete.

Sie im weißen Kleid, er im grünen Anzug. Von einem Brautschleier gekrönt, ruhte ihr Kopf vertrauensvoll auf der Schulter ihres Mannes, knapp über seiner Fliege. Sie hatten beide das gleiche Lächeln. Sein Frauentyp! Nein so was – er hielt die feuchten Augen auf das Foto gerichtet –, als hätte er jemals einen bestimmten Frauentyp bevorzugt! Als hätte er jemals auch nur die Zeit gehabt, sich mit solchen Fragen zu befassen! Nicht, dass es damals so schwer gewesen wäre. Andere Studenten seines Alters stürzten täglich den Kapitalismus im Namen der sexuellen Revolution, und er war kein bisschen unansehnlicher als sie, auch er hätte die Gunst der Stunde nutzen können – indem er beispielsweise die Sozialhilfe verprasste. Damit wäre er jede Nacht in die Disco gegangen, er hätte Mädchen gevögelt, eine durchaus verlockende Aussicht an manchen Abenden, an denen er stattdessen zum x-ten Mal die häusliche Abrechnung machte und dabei zum x-ten Mal das selbe Minus auf ihrem Bankkonto vorfand, damals, als seine Mutter noch lebte und er aufs Ausgehen verzichtete, um bei ihr zu bleiben.

Morgens ging er bereits bei Sonnenaufgang seine Notizen vom Vortag durch. Mittags schrieb er sie noch einmal ab, während er hastig ein Sandwich hinunterschlang. An seine Kurse erinnerte er sich bis heute, er konnte die ganze Liste auswendig hersagen: Anatomie, Monsieur Lalande! Pharma- und Toxikologie, Monsieur Cuq! Physik und Biochemie, Monsieur Tisseur! Therapeutische Physiologie, Histologie, Pathologische Anatomie, Monsieur Crépeau, Madame Combrisseau! Hygiene und industrielle Verarbeitung von Lebensmitteln tierischen Ursprungs, Madame Bordet! Parasitologie, Klinische Pathologie der fleischfressenden Tiere, Veterinärrecht, Monsieur Moraillon, Monsieur Espinasse, Madame Lagneau! Klinische Pathologie von Kleinvieh, Monsieur Tasbot! Klinische Pathologie, Ansteckende Krankheiten, Zootechnik, Gesundheitsrecht, Monsieur Blanchet, Madame Rapin, Madame Leblanc, Monsieur Blin! Und wenn er abends nach Hause kam, ging er seiner Mutter zur Hand, kümmerte sich um Maryse, danach nutzte er einen Teil seiner schlaflosen Stunden, um die häusliche Buchhaltung in den Griff zu kriegen, und in den verbleibenden Stunden entwarf er Zukunftspläne ... Wie sollte er da noch Zeit finden, um *ich will bumsen, du willst bumsen, wir wollen alle bumsen* auf die Mauer zu kritzeln, wie es drei Altersgenossen (darunter ein Mädchen) 1968 vor seinen Augen getan hatten? Er musste bei seiner Mutter wachen – seine von Kummer, Angst und Krebs aufgezehrte Mutter. Nach Papas Tod war sie putzen gegangen, bei den Eltern dieser jungen Leute, die währenddessen auf der Straße skandierten, sie würden niemals arbeiten gehen! Er musste auf seine Schwester aufpassen.

Das war nämlich sein Frauen*typ*, verstehen Sie?

Nicht dass er für weibliche Reize unempfänglich gewesen wäre. Auch er schaute den Mädchen hinterher. In Maisons-Alfort gab es ein paar ganz nette Exemplare, das wollte er gar nicht bestreiten. Unter anderem eine gewisse Isabelle – 1969 hatte er mit ihr nach den Vorlesungen manchmal ein paar Gläschen getrunken. Sie ging mehr oder weniger regelmäßig in die Kirche, sie ritt, sie liebte ihre Familie, und ihre Leistungen an der Uni waren durchaus respektabel. Aber er kam bald zu dem Schluss, sie sei zu leichtlebig. Seines Wissens ging sie jeden Samstagabend aus. Im Gegensatz zu ihm hatte sie dafür genug Geld, sie hatte auch das Selbstbewusstsein, das stets mit Geld einhergeht. Erst am Ende ihres zweiten Treffens hatte sie seine Hand genommen. Eine lange Stille trat ein, sie tauschten verstohlene Blicke. Sie war groß, rothaarig, sehr schlank (sein *Typ*, wie die Bullen gesagt hatten) … Er hätte es tun können. Er hätte nur einen Finger rühren müssen. Er war sogar kurz davor, sich gehen zu lassen. Aber nein, er doch nicht! Man muss wissen, was man in seinem Leben erreichen will, und er wollte das, was *zählte*! Er wollte dieser Körperlichkeit, die alle um ihn herum ungehemmt auslebten, einen *Sinn* geben! Was ist wertvoller, Claude, eine flüchtige kleine Erregung hier und da oder die alles entscheidende Begegnung mit der richtigen Person?

Das Foto war beim Verlassen der Kirche aufgenommen worden, er hatte sie überreden können, dort zu heiraten, all ihren Vorbehalten zum Trotz.

Sicher, sie war komplizierter als Isabelle, und er hatte schwer kämpfen müssen, um sie zu erobern. Aber wer könnte abstreiten, dass sie auf diesem Bild vor Glück strahlte? Niemand! Niemand könnte leugnen, dass Jean-Christophe in jener Sekunde auf dem Kirchenvorplatz als Sieger auftrat, ungeachtet der schaurigen Dramen, die ihm in Zukunft blühen sollten.

Um zwei Uhr morgens auf dem Wohnzimmersofa zusammengesunken, vage auf das Klingeln des Telefons lauschend, im stillen Zentrum des Orkans ruhend, der ihn seit zwei Monaten jede Nacht mitreißt, seine Ängste aufwirbelt, seine Erinnerungen vor sich hertreibt, von einem Alptraum zum nächsten, Tag um Tag, sucht er beim Porzellangesicht Halt, auf dem Floß dieses Fotos, wo der Brautschleier eine dürftige Standarte abgibt, ausgerichtet auf den nutzlosen Horizont künftiger Morgendämmerungen.

Damals war sie, was keine Isabelle für ihn jemals sein würde, ach verstehen Sie – sie war *rein*.

Urin? – Den fängt man bei der Miktion auf. Eiter? – Bei geschlossenen Abszessen sterilisiert man die Stelle mit Äther oder Jodtinktur. – Und dann punktiert man mit einer Nadel. – Ja. – Einer sterilen Nadel. – Steril, ja, tut mir leid. – Das ist wichtig! Und dann gießt man den Eiter in ein? – Steriles Fläschchen? – Ja! Sehr gut. Augensekrete? – Da muss man das untere Lid lösen. – Wovon? – Vom ... Augapfel ... – Und dann? – Dann schiebt man den Tupfer unter das Auge ... – In das Bindehautgewölbe! In das untere Bindehautgewölbe. Die Begriffe sind wichtig, die *Wörter* sind wichtig! – In das untere Bindehautgewölbe ...

Er durchlebt wieder diese endlosen Nachmittage, an denen er die Doktorarbeit mit ihr durchgegangen war, jedes einzelne Kapitel, jede einzelne Frage, jedes einzelne Detail. Die Laboreinrichtung (Die drei Kriterien lauten? – Ungestörtheit, Pflegeleichtigkeit, Sicherheit), die Kosten der Laboreinrichtung (Wie teuer ist ein Meter Labortisch inklusive Gasanschluss, Spüle, korrosionsbeständiger Spezialleitungen? – Circa 2000 Francs, Stand 1976), die Gerätekosten, die zur Laboreinrichtung hinzukommen (Wie hoch ist der Kostenpunkt pro Fotometereinsatz? – Ich glaube, so zwischen 10 und 65 Centimes, Stand 1976). Außerdem: Die verschiedenen Zentrifugenmodelle zur Urinuntersuchung, die Mikroskoptypen, die jeweils einem bestimmten Zweck dienen: Die Parasitologie erfordert einen Vergrößerungsgrad von 15–20, die Helminthologie 26–35 (35,5, meine liebe Claude, 35,5 – ach ja, 35,5, tut mir leid), die Hämatologie 60-73 (oder 100–120, je nachdem, ob Immersion eingesetzt wird oder nicht, merk dir das). Die Gesamtvergrößerung ergibt sich aus dem Produkt der Maßstabszahl des Objektivs und der Vergrößerung durch das Okular (acht- und zwölffach bei den Standardausführungen!). Ein Mikroskop muss – mindestens! – einmal jährlich gewartet und überprüft und nach jedem Einsatz unbedingt wieder mit seiner Hülle versehen werden, aber erst, nachdem man es – sorgfältig! – gereinigt hat – und zwar mit Toluol! –, das auch beim Immersionsverfahren verwendet wird …

Wie er sie in diesen Momenten lieben lernte! Wenn sich ihre intuitive Anmut – vor *seinen* Augen – in technische Präzision verwandelte! Wenn sie – mit *seiner* Unterstützung – die Kenntnisse erlangte, die sie – für *ihn* – zur idealen Partnerin machten! Er fragte sie die Methoden der Probenentnahme für die Parasitendiagnostik ab. Bei Räude? Schabt man die Haut mit einer Skalpellklinge ab, bis aufs Blut. Bei Tinea? Erst reinigt man das Fell, dann entnimmt man Haar- oder Borsten- sowie Schorfproben, aus der Mitte und dem Randbereich der Läsion (am aussagekräftigsten sind gerissene Haare). Außerdem gibt es noch die Ohrparasiten (Ohrmilben, Otomykose), die man anhand von Zerumenproben nachweist (bei Ohrräude ist das Schmalz dunkel!), die Blutparasiten (Piroplasmen, Leishmanien), die pflanzlichen Parasiten und die Pseudoparasiten – Eier, aalartige Larven, Milbeneier, die in den Verdauungstrakt gelangt sind, Eier vom Großen Leberegel, Parasitenbefall infolge von Koprophagie, Opisthorchis felineus, dessen Name an Orchideen und Katzen zugleich erinnert …

Natürlich brach sie in Tränen aus. Manchmal schleuderte sie ihm nach vier Stunden dieser unerbittlich intensiven Arbeit – verständlicherweise – völlig entnervt die Bücher an den Kopf, mit denen er sie den Stoff pauken ließ. Zwanzig Jahre später sollte Charles-Édouard Schachfiguren im Wohnzimmer verstreuen, weil er das Spiel nicht lernen wollte, doch damals war Jean-Christophe noch voll und ganz Herr der Lage gewesen. Er brachte sie zur Besinnung. Hob hilfsbereit das Buch auf, mit einem Lächeln. Schloss sie in die Arme, und sie beruhigte sich. »An die Arbeit«, sagte er, »Arbeit ist der einzige Weg, wenn man es schaffen will!« Er erzählte ihr von den Belohnungen, die seine Mutter ihm gab, als er noch ein Kind war, ihren Geldnöten zum Trotz. Der Tarif bewegte sich zwischen 50 Centimes und zwei Francs – in jener Zeit waren das beträchtliche Summen. Mama überreichte ihm feierlich die kleine Münze, mit einem Lächeln, in dem Großspurigkeit und Bescheidenheit miteinander wetteiferten, und untermalte die Geste mit einer ihrer Maximen. »Versprochen ist…«, sagte sie dann, ohne den Satz zu Ende zu führen, oder »Arbeit verdient Lohn« oder auch, etwas persönlicher: »Je härter du später arbeitest, Jean-Christophe, desto mehr wird man dich achten.« Wie sinnreich Wörter damals waren!

»Sei fleißig. Sei ehrenhaft. Sei anständig. Misch dich nicht in fremde Angelegenheiten ein.« In den schäbigen Fluren des Fragonard-Museums direkt oberhalb des Seziersaals betete er Claude die schlichten moralischen Leitsätze seiner Mutter vor, von der heroischen Hinterlassenschaft der ersten Tierärzte umgeben – und die Lektion wurde wieder aufgenommen. In dieser Vitrine sieht man die Dreispitze, die Studenten der Veterinärmedizin früher trugen. Hier sieht man die verstaubten Medaillen der Kaiserzeit, die Auszeichnungen für den Russlandfeldzug, die Schlacht von Austerlitz. Antiquitäten – hinter Glas… Hier sieht man die Uniform der ersten Militärtierärzte – genau dieselbe wie die von Saint-Cyr, das ist dir sicher aufgefallen… Hier siehst du die Verkörperung der Vernunft, des Fortschritts im Dienst der kaiserlichen Macht. Im Dienste Frankreichs! Der Positivismus sollte bald die gesamte zivilisierte Welt erleuchten! *Indem Ihre Majestät die Anzahl der Schulen mehrt und eine Fakultät einrichtet, rückt sie diesem bedeutenden Ziel näher.* Und hier sieht man das Lächeln der Kühe. Das knochige Lachen der Antilopen und das der Giraffen mit den langen Wirbeln. Hier neigen sich ihnen die Affenschädel entgegen, im stummen Zirkus des Museums. Claudes Tränen sind vergessen, sie hängt sich bei ihm ein. Hier sieht man die *Écorchés.* »Diese

Modelle wurden im 18. Jahrhundert für den Physiologie-Unterricht angefertigt«, erklärt Jean-Christophe. »Niemand weiß, warum man sie so theatralisch gestaltet hat.« Wie diesen seltsamen Reiter, der hinter seiner Vitrine mitten im Galopp erstarrt ist. Als wären Ross und Reiter von ein und derselben Kanonenkugel in Stücke gerissen und durch das geronnene Blut zusammengekittet worden zu einer klaffenden Wunde, einer Fleischeslast, deren lose Enden flattern wie die zerfetzten Standarten an der Beresina. Hier sieht man die gespenstische Auftrennung entblößter Nerven, die Muskeln des gespannten Sprunggelenks beim Pferd, den offenen Brustkorb, die offene Kehle des Reiters, und man erkennt deutlich die Venen, die Leber, das Herz, in einer solch beeindruckenden Detailfülle, dass man sich in Erinnerung rufen muss, was man in diesem Glaskäfig eigentlich vor sich hat, nichts anderes als ein Modell für längst verstorbene Studenten, eine Statue, die von Tierskeletten, von ausgestopften Vögeln umgeben ist – Affen, deren Schreie im Staub ersticken, Fledermäuse, die wie monströse Schmetterlinge an die Wand geheftet sind, Eulen, die bis auf den Grund ihrer toten Pupillen mit Nacht angefüllt sind –, eine Statue, ja, die einen unmöglichen Angriff ausführen will und mit ihren Augenkugeln einen verstörten Blick gen Himmel richtet, einen epileptischen Fluch.

Gegenüber ist jedoch ein stehender Mann zu sehen, weniger ergreifend, brutaler. In der zerkratzten, aufgeschlitzten Faust mit den grünen Sehnen hält er, den Arm leicht angehoben, einen riesigen Tierkiefer, als wollte er damit zuschlagen. Seine methodisch zerschmetterten Gesichtszüge bringen ein Lächeln zustande, das durch die starke Lazeration umso bedrohlicher wirkt. Auch das Geschlecht ist aufgeschürft. Auffallend lang, rot und blutig hängt sein Glied herab.

Fäzes? – Entnimmt man am besten direkt aus dem Rektum, mit einem Fingerling oder Spatel; falls nötig, führt man eine Diarrhö herbei. – Genitalsekrete? – Zunächst säubert man die Vulva und führt das Spekulum ein. Bei Vaginitis schabt man eine Probe von der Vaginalschleimhaut ab, bei Zervizitis entnimmt man sie den Falten des Gebärmutterhalses. Wie schön sie war, während ihr naives Mündchen all das artikulierte! Sie sagte »kleine Schamlippen«, »Vulva«, »Vagina«. Sie sagte »Eichel«, »Hoden«, »Schleimhaut« und »Klitoris«. Sie sprach diese Wörter in völlig sachlichem Ton aus. Ihr unfassbarer Blick tauchte in seinen ein, ihr zarter Teint errötete kaum vor Scham … Wer war in diesem Moment eigentlich wessen Lehrer? Wer führte wen in die Materie ein? Unerschütterlich, klinisch rein, so betrachtete sie ihn, beinah kühl, ob er sie nun küssen oder die Punktionstechniken bei Parasitenbefall der inneren Vorhaut beim Männchen abfragen wollte. Sie drangen jeweils mit der Zunge in den Mund des anderen ein, manchmal wanderten Jean-Christophes Lippen bis zu ihrer Schulter hinab, er versenkte sie in die Grube oberhalb des Schlüsselbeins und steckte die Hand zwischen Claudes Schenkel, die sich spürbar anspannte und manchmal auch stöhnte, aber da hörte er bereits auf, gerade noch rechtzeitig. Er ließ von ihr ab. Er respektierte sie zu sehr, um dem groben Verlangen so ungezügelt nachzugeben, dafür *liebte* er sie zu sehr, wie er zu ihr sagte, während er ihre Hand hielt. Und so verließen sie das Museum, sicher nicht ohne leises Bedauern. Stumm, mit rotem Kopf und leicht erhitzt schlossen sie sich wieder der Studentenschar an. Nein, *sie* würden vorerst nicht weitergehen. Sie würden sich nicht gehenlassen. Erst wollten sie den Bund der Ehe schließen, sobald Claude mit dem Studium fertig war, erst sollte sie ihm ebenbürtig sein. Erst sollte sie, wie er, Tierärztin sein.

Und das war sie geworden. Nachdem er sie also gefunden und nach dem Ideal geformt hatte, das er auf den ersten Blick in ihr erkannte, heiratete er sie.

Ihr war jede Form von Autorität, von Transzendenz, von Gesetz zuwider, seit langem hatte sie jeden Glauben verloren, und trotzdem hatte er die bockige, murrende Claude zum Altar geführt. Nicht, dass er persönlich so viel Wert darauf gelegt hätte. Obwohl er gläubig war, hätte er in diesem Punkt durchaus nachgegeben. Aber die Gespräche mit Papa und Mama Berger brachten ihn dazu, doch darauf zu beharren. Sie waren sehr fromm; die religiöse Fahnenflucht ihrer Tochter bereitete ihnen seit deren Pubertät unermesslichen Kummer und stürzte sie in Verwirrung. »Das ist ganz plötzlich passiert«, erklärte Papa Berger. »Zuerst hat sie sich immer in ihrem Zimmer eingeschlossen und die Mahlzeiten verweigert. Durch die Tür hörten wir, wie sie ihrer düsteren Musik lauschte, den lieben langen Tag legte sie immer dieselben Lieder auf. Und dann wollte sie gar nicht mehr mit uns sprechen, machte sich über die Religion lustig. Man nimmt uns die Kinder weg«, fügte Papa Berger hinzu, der zu diesem Thema ganz eigene Vorstellungen hegte. »Sie, Jean-Christophe, bleiben standhaft, Sie lassen sich nicht so leicht beeinflussen, Sie sind verantwortungsbewusst. Aber es sind ja längst nicht alle so. Vor allem unter den jungen Leuten Ihres Alters. Man setzt ihnen irgendeinen fremden Floh ins Ohr, und danach sind sie nicht wiederzuerkennen.«

Der priesterliche Segen hatte Claude indessen mit ihren Eltern versöhnt, was Jean-Christophe zu seiner eigenen Verblüffung gerührt hatte.

Zuvor war einer seiner Jahrgangskommilitonen auf die Kanzel gestiegen, um ihnen mitzuteilen, »welche Freude an der Hochschule herrscht, weil sich zwei herausragende Studenten vermählen, die sowohl für ihren Arbeitseifer als auch für ihre stetige gute Laune allseits gerühmt werden«. Danach hatte der Pfarrer gesprochen, und Jean-Christophe erinnerte sich noch an dessen prophetische Worte: »Gleich«, hatte er begonnen, »spreche ich die Sätze, die Sie ein Leben lang verbinden werden, als Gefährte und Gefährtin, als Mann und Frau. Sie, Jean-Christophe, werden geloben, Claude zu lieben und zu beschützen, und Sie, Claude, werden Jean-Christophe Treue schwören, und dieses doppelte Versprechen soll gelten *in guten wie in bösen Tagen, bis dass der Tod Euch scheidet.* Lasst uns einen Moment innehalten und alle gemeinsam über den Sinn nachdenken, den diese tausendjährige Formel für uns moderne Menschen im Jahr 1976 überhaupt noch haben kann.«

Er hatte sie unverwandt angeblickt, in einer Stille, in der das Göttliche anklang.

»Ja«, fuhr der Priester fort, »welche Bedeutung hat das Sakrament der Ehe heute, in unserer entzauberten Welt? Die Zeitungen, das Fernsehen, das Kino, das Vorbild Amerikas, diese ganze Unterhaltungsindustrie, die auf eine orientierungslose Jugend abzielt – vermitteln sie nicht alle die Botschaft, dass jeder Einzelne von nun an auf sich allein gestellt ist, frei von sämtlichen Bindungen, da sein Dasein nur flüchtig und todgeweiht ist? Und trotzdem findet man auch junge Leute wie Sie, Jean-Christophe, wie Sie, Claude, die sich vereinen wollen! Darf ich sagen, dass es in meinen Augen in erster Linie ein Glaubensakt ist? Sie werden sich gegenseitig versprechen, einander im Alltag zu achten. Sie werden sich gegenseitig versprechen, einander im Alltag barmherzig zu behandeln. Sie werden jeweils um des anderen willen gegen Ihre Einsamkeit und Ihren Egoismus ankämpfen. Sie werden sich, mit einem Wort, selbst aufgeben. Ja, es handelt sich tatsächlich um ein Wunder. Dieses Wunder der Liebe, dieses Wunder der Freude bedeutet, gerade in unserer Konsumgesellschaft, auch eine Kampfansage. Was jedoch nicht heißt, dass Sie diesen Kampf der Liebe um der Liebe willen allein führen müssen, im Gegenteil! Sie erhalten Verstärkung von Ihren Eltern, die Ihnen durch ihr Vorbild und ihre Erziehung die Werte vermittelt haben, für die Sie nun einstehen wollen. Sie erhalten Verstärkung von Ihren Freunden, Ihren Kommilitonen, wir haben eben diese wunderbare Ansprache gehört, die von so viel Wärme zeugte. Und nicht zuletzt haben Sie einen Verbündeten, von dem ich behaupten möchte, dass er der mächtigste ist – ich meine Denjenigen, ohne Den es die Liebe nicht gäbe. Immerhin haben Sie sich dafür entschieden, den Bund kirchlich zu besiegeln, im Namen unseres Herrn Jesus Christus. Denn ja, der Herr, der Ihre Worte hört, der Herr steht Ihnen bei. Er wird Sie auf diesem Weg voller Tücken und Fallstricke geleiten, und Er wird Ihre Liebe stärken. Denn Er verpflichtet sich auch, wenn Sie sich verpflichten. Er liebt Sie auch, wenn Sie sich lieben. Er ist heute bei Ihnen und wird es auch morgen sein, in glücklichen wie in schweren Stunden.«

Als sie aus der Kirche traten, strahlte Claude. Sechzehn Jahre später ließ das Foto daran nicht den geringsten Zweifel aufkommen. Sie hatten alle zusammen in einem Landgasthof zu Abend gegessen und danach die Nacht durchgefeiert, die ganze Nacht! Am folgenden Morgen hatte Papa Berger bei einem späten Frühstück unentwegt anzügliche Witzchen gerissen, über die sie alle lautstark lachten. Außerdem gab er Anekdoten aus seiner Zeit in Indochina zum Besten und klopfte Jean-Christophe immer wieder heftig auf die Schulter. Mama Berger senkte errötend den Kopf und seufzte schwer. Claude hingegen lächelte, mein Gott ja, sie lächelte! Nickte freundlich und überließ sich seiner Führung. Wie hatte er sie geliebt! Er hatte sie zur Frau gemacht! Er hatte sie mit ihren Eltern versöhnt! Er hatte sie zur Mutter gemacht!

Diese Nutte. Dieses gemeine Miststück.

Und was hatte sie aus ihm gemacht? Aus dem anerkannten Chirurgen, dem liebenden Ehemann, dem verantwortungsvollen Vater, der er unbedingt hatte sein wollen? Was hatte sie gemacht? Sie hatte ihn betrogen! Vor aller Augen! Mit Männern, die keine Männer waren, sondern menschliche Wracks! Sie hatte ihm ihre Depressionen angelastet! Ihre Selbstmordversuche! (Dabei hatte sie den ersten bereits als Jugendliche unternommen, als er sie noch gar nicht kannte.) Sie hatte ihm die Schuld an ihrer Mutterschaft gegeben – richtig, die Schuld! – und ihm dann gebeichtet, dass er damit offenbar nichts zu tun hatte …

Die perfekte Ehefrau! Die ideale Gefährtin …

»Manchmal«, sagte er zu ihr und starrte dabei nach wie vor auf das Foto, »manchmal denke ich, ich hätte mir das 22er Gewehr schnappen sollen, als du gegangen bist. Ich hätte es nehmen und dich erschießen sollen. Aber das kann ich nicht. Weil ich dich liebe. Verstehst du? Du bringst mich durcheinander. Du bist der einzige Mensch, der mich so … der mich so durcheinanderbringen kann. Ich habe vier Tage auf dem Kommissariat verbracht. Wirst schon sehen, wenn dir das eines Tages passiert, lustig ist das nicht. Aber eins sag ich dir: Diese Typen bringen mich nicht durcheinander. Die Bullen können mich mal.«

»Vier Tagen mit mir wärst du aber nicht abgeneigt?«, sprach bei Nacht eine ferne Stimme in den Hörer.

»Vier Tage mit dir, da sage ich nicht nein!«

»Das bringt dich in Wallung, was?«

»Weil du die Erste bist. Du bist mein Leben. Du hast mich die Liebe gelehrt! Du bist die einzige Frau, die ich jemals geliebt habe, Claude!«

Ja … selbst da, selbst während dieser Gespräche, die er seit zwei Monaten täglich mit ihr führte, ob in dieser 22-Zimmer-Wüste, die vom Strom der Schlaflosigkeit durchzogen wurde, im Dunkeln, den Hörer am Ohr, auf dem Wohnzimmersofa, ob im fahlen Licht der Praxis, wo er die Tage zubrachte, selbst da bettelte er sie weiterhin an. *Und das konnte er nicht verstehen!* Nach allem, was sie ihm angetan hatte! Bei allem, was sie ihm künftig antun würde, das wusste er, sie würde der Polizei jedes noch so kleine Geheimnis verraten, mit dem erklärten Ziel, ihn zu vernichten!

»Was das allerdings soll, mir ausgerechnet jetzt irgendwelche finanziellen Vergehen anzuhängen … das geht wirklich zu weit, mein Engel … Mit den Typen von der Steuerfahndung ist nicht zu spaßen, weißt du. Ich hatte da mit Leuten zu tun, die Korruptionsfälle bearbeiten! Fälle, die die ganz hohen Tiere betreffen, ist dir überhaupt klar, was …«

»Mag ja sein, aber du hast schließlich auch gemauschelt …«

»Gemauschelt? Was denn? Das waren doch nur Lappalien! So was machen wir alle mal, Claude, in welcher Welt lebst du eigentlich?«

Er setzte sich auf, starrte auf das Foto … Was war sie? Was liebte er an ihr, wenn nicht die faszinierende Verkörperung dessen, was in ihm verbissen gegen all das ankämpfte, was er hatte aufbauen wollen? Was war sie, wenn nicht der Preis, den er sich selbst für seinen Erfolg abverlangt hatte: sein Untergang. Sie war sein Geschöpf, er hatte sie geformt – und sie war der Ruin all dessen, was er sich immer gewünscht hatte.

»Und was ist mit dem Steuerstatus beider Praxen?«, setzte sie nach.

»Das sollten wir jetzt besser nicht besprechen … vor allem, da meine Leitungen alle abgehört werden …«

»Ach ja?«

»Ja, stell dir vor, es werden doch alle abgehört! Was glaubst du denn? Sie zapfen dein Telefon an, sie hören deine Gespräche ab … Sprechen wir lieber über uns, mein Engel. Über das, was wir beide noch retten können …«

Er weinte.

»Weißt du eigentlich, wie sehr ich leide? Komm zu mir, ich brauche dich.«

»Sagst du mir dann, was wirklich mit Charles-Édouard passiert ist?«

»Ja, ich sag's dir.«

»Du wirst mich nicht so belügen, wie du die Bullen belogen hast?«

»Nein, auf keinen Fall.«

»Und du gehst mit mir ins Restaurant?«

»Ja, ich geh mit dir ins Restaurant.«

»Ein gutes Restaurant? Wo gibt's denn so ein richtig gutes Restaurant?«

»Ich meine, am Boulevard Victor Hugo … da, bei Rufel, da kann man gut essen.«

»Ist die Küche auch nicht zu schwer? Zur Zeit vertrage ich das nämlich nicht, so schwere Kost.«

»Ja, ich meine nein, wirst sehen, die Küche ist wirklich

gut … Ich freue mich darauf, ein paar Stunden mit dir zu verbringen. Das wird mir helfen.«

»Na dann.«

»Weißt du, Claude, man darf mich nicht alleine lassen. Ich bin so furchtbar einsam. Komm einfach her, pack deine Koffer, und wir ziehen hier weg, sofort.«

»Also, da sag ich dir ganz ehrlich, warten wir erst mal ab. Kommt darauf an, was du mir sagen wirst.«

»Die Wahrheit. Ich werde dir die Wahrheit sagen.«

Sie aßen mittags zusammen bei Rufel, und er hatte den Eindruck, sie genau so wiederzufinden wie an ihrem Hochzeitstag, ganz und gar unverändert. Hin und wieder nahm sie sogar seine Hand. Sie erzählte ihm von ihrem Alltag bei den Roccas, von ihrer Therapie. Es gelang ihr beinah, ihn anzulächeln!

Er sagte zu ihr: »Als du dich so zurückgezogen hast, war mir gar nicht klar, was da passierte. Ich dachte, es sei einigermaßen leicht zu erklären, dabei war es richtig vertrackt. Wahrscheinlich gibt es in ganz Frankreich keine vertracktere Situation als unsere! Darum müssen wir auch unbedingt miteinander reden, Claude. Wir müssen öfter reden.«

»Sag mir endlich, was du mit Charles-Édouard gemacht hast.«

»Tja, das sag ich dir, wenn du nach Hause zurückkommst … Weißt du, das mit Charles-Édouard … wie soll ich … Es ist ja nicht einmal gesagt, dass ich *ihn* gesehen habe, damals am Abend … Vielleicht waren das nur seine Umrisse.«

»Wie bitte?«

»Ich meine, im Bett. Manchmal stopfen Jungs einfach Kissen und Nackenrollen unter die Decke, wenn sie abhauen wollen ... Das sieht man öfter in Kinderbüchern, sie tun so, als lägen sie im Bett und dann ...« Ein anderes Mal erklärte er ihr statt dessen: »Zwei Rutengänger. Sie haben das Gelände erkundet und sind zu dem Schluss gekommen, dass Charles-Édouard lebt, er habe sich das Bein gebrochen und liege in der Nähe vom Esterel-Gebirge.«

»Und wer sind die überhaupt? Hast du diese Typen angefragt?«

»Nein, sie haben sich bei mir gemeldet. Weil ... na ja, wegen der ganzen Zeitungsberichte ... Dafür habe ich einen dritten beauftragt, angeblich ein Meister seines Fachs, aber er hat seine Untersuchung noch nicht abgeschlossen ...« Wieder ein anderes Mal sagte er: »So sind die Menschen ... so sind sie eben ... Jeder hat seine kleinen Probleme, Claude, und versucht irgendwie damit fertig zu werden. Und wenn Charles-Édouard weg wollte und völlig abgetaucht ist, dann sollten wir vielleicht ... dann sollten wir uns vielleicht damit abfinden. Vielleicht ist das ein Zeichen dafür, dass auch wir neue Wege gehen sollten. Nach all den Jahren ... Stell dir das mal vor! Wir schlagen ein neues Kapitel auf, wie es so schön heißt, wir brechen die Brücken ab. Wir können doch immer noch einen Neuanfang wagen! Wir können ins Hotel gehen, wir können verreisen ... Aber es bringt nichts, dass du dich so abkapselst. Gar nichts.« War an diesem Zeug, das er erzählte, überhaupt etwas Wahres dran? »... Ein Mann mit ganz tiefer Stimme. Der hatte bestimmt … der hatte die Sprechmuschel bestimmt mit einem Taschentuch abgedeckt oder so. Er sagte zu mir: ›Müssen uns treffen, sonst geh ich zur Polizei‹, und dann hat er aufgelegt.«

»Wann war das?«

»Gestern in der Klinik, am späten Nachmittag. ›Müssen uns treffen, sonst geh ich zur Polizei.‹ Er meinte, er meldet sich wieder.«

Nichts davon war wahr. Das wusste sie – und er wusste, dass sie es wusste, so hielten sie ihre Verbindung aufrecht. Es war eine Art Spiel. Vielleicht auch ein Weg, sich wieder … sich wieder gegenseitig zu erobern. *Du sagst, Du liebst mich nicht mehr, aber ich glaube, das ist alles nur Fassade*, hatte er ihr Monate zuvor geschrieben. *Wir lieben uns, aber wir wollen uns hassen.* Und was hätte er nicht alles getan, was hätte er nicht alles gesagt, um die Fassade zu durchbrechen und ihr das zu geben, was sie hören wollte und als Wahrheit bezeichnete. Darum dachte er sich das eine oder andere aus.

Er dachte sich alles aus.

Oder nicht?

Er wusste es bald selbst nicht mehr. Er bezweifelte es allmählich selbst. Er hatte selbst keine Ahnung, was ihn dazu bewog, seine Wunschvorstellung mit aller Macht durchzusetzen. Und sein Sohn? Sein Sohn ging im Strudel dieser Liebesqualen unter.

Und so fing es an. Mit dem Entschluss, das Ganze konsequent durchzuziehen. Mit der wachsenden Gewissheit, dass sie, wenn er nur die richtige Antwort gab auf die

Frage, die ihm alle stellten – Claude, die Polizei, die Gendarmerie, der Untersuchungsrichter –, dass sie zu ihm zurückkehren würde. Er musste bloß das sagen, was alle von ihm erwarteten. Er musste bloß *Verantwortung* zeigen.

Eines Abends Ende Mai, nach einem dieser Gourmet-Essen, in deren Verlauf sie zu klären versuchten, was ihrem Sohn widerfahren war – sowie ihnen, in all den Jahren –, war sie bereit gewesen, ihn nach Hause zu begleiten. Sie fuhren gemeinsam nach Gairault. Unterwegs bestritt er das Gespräch ganz allein.

Er sagte: »Weißt du was? Wir müssen unser Leben von Grund auf ändern. Wir verkaufen alles, brechen die Zelte ab und fangen wieder bei Null an …« Er sagte: »Ich habe einen möglichen Käufer für die Praxis gefunden, einen Chinesen oder so. Könnte klappen, diese Schlitzaugen haben Geld wie Heu.« Er sagte: »Vor vierzehn Jahren war ich froh, hierher zu ziehen, aber jetzt will ich bloß weg. Die Stadt ist sowieso im Arsch. Und was uns angeht, ziehen wir einfach einen Strich unter alles, was seit 1982 passiert ist. Einen dicken Strich! Und damit hat es sich!«

Sie kamen in der Villa an, die früher ihr Heim gewesen und inzwischen nur noch eine riesige, verwaiste, überladene Nobelhütte war. Mama Berger sah, wie sie vorfuhren; sie stand hinter dem Küchenfenster, der Fernseher lief, es wurde langsam dunkel.

Claude würdigte ihre Mutter keines Blickes; sie trat ins Haus ein und stieg, von Jean-Christophe gefolgt, zum Taubenschlag hinauf, wo sie fast alle Bücher zurückgelassen hatte. Sie sammelte sie ein, er sah ihr stumm dabei zu.

Es waren vor allem Krimis und auch psychologische Werke. SAS, OSS 117 – die Spionageserien von Gérard de Villiers und Jean Bruce – standen neben *Der Mensch und seine Symbole* von C. G. Jung, *Depression und Weiblichkeit* von Dr. Soldinger oder *Sich und dem anderen treu bleiben* von Dr. James Fuchs.

Sie sammelte auch die ramponierten Hefte ein, in denen sie ihre obszönen Träume notiert hatte, voller Sex und menschlicher Wracks.

Derart beladen stieg sie eine Etage nach unten, während er ihr beflissen folgte, und dann standen sie im Zimmer des Kleinen. Claudes Blick verweilte einen Moment auf den Postern über dem Bett, auf dem ordentlich aufgereihten Spielzeug, auf einem Bild, das Charles-Édouard drei Jahre zuvor gezeichnet hatte. Es hing über seinem kleinen Schreibtisch, und darauf waren ein »Papa« und eine »Mama« zu sehen, die breit lächelnd vor einem sonnenbeschienenen Haus standen.

Jean-Christophe sagte: »Nicht weinen, mein Engel. Ich bin sicher, dass unser kleiner Charles-Édouard an uns denkt, egal wo er sich gerade befindet. Er ist bei uns. Bestimmt wartet er nur darauf, dass wir uns wieder vertragen, und kommt dann aus seinem Versteck hervor!«

Als sie ihn ausdruckslos ansah, statt zu antworten, fuhr er fort: »Das kannst du mir ruhig glauben. Ach übrigens, das habe ich dir ja noch gar nicht erzählt, hin und wieder ruft er an. Aber ja! Gestern Nacht beispielsweise. Die Stimme schien von weit her zu kommen, sie sagte ›ich bin's ich bin's ich bin's‹, dann wurde sofort aufgelegt …«

»Eine Kinderstimme?«

»Eine Stimme von weit weit her, sie schien zu rufen.«

Als sie einander im stillen Zimmer gegenüberstanden und ihre Blicke sich spiegelten, glaubten sie kurz, das Rufen zu hören.

Ich bin's ich bin's ich bin's.

Oh, wie er sie begehrte! Träumte er oder war sie es wirklich, endlich, direkt vor ihm, nur wenige Schritte entfernt, kerzengerade in ihrem roten Kostüm? Er würde es schaffen! Dank seiner Geduld, dank seiner Liebe, dank seiner Hartnäckigkeit. Er würde sie zurückerobern! Gluckstein? Ha! Gluckstein war raus aus dem Spiel! Denn er hielt für sie das außergewöhnlichste Geschenk bereit, das ein Mann machen kann. Er hielt für sie den ganzen Schmerz bereit, den er sich zugefügt, die Verstümmelung, die er sich angetan hatte – seine *Verwandlung*! Zu Beginn ihrer Ehe war es ihm tatsächlich nicht gelungen, länger als ein paar Sekunden in ihr zu bleiben; sie hatte sich darüber beklagt, aber was konnte er schon dafür? Nackt fühlte er sich nun mal verwundbar. Sein bleicher Bauch, der sich über Claude blähte, seine peinlich wackelnden Pobacken, sein Schweiß … das alles trug zu seinem Unbehagen bei. Er mochte es nicht, wenn sie feucht wurde, und der herbe Geruch, der ihr dann entströmte, ekelte ihn an. Er musste jedes Mal krampfhaft Luft schlucken, wenn es wieder so weit war, wenn er sie so sah, mit geschlossenen Augen, stöhnend, entrückt, in sich selbst zurückgezogen – da war sie doch gar nicht mehr bei ihm, er drang vergebens in sie ein. Sie öffnete nicht mal die Augen. Er drang nicht zu ihr vor! Sie entschlüpfte ihm! Er hatte nicht die geringste Ahnung von dem, was sie in diesen Momenten empfand, schlimmer noch, mit ihm schien es gar nichts zu tun zu haben. Und so schoss sein Sperma blitzschnell aus ihm hervor, wie eine grausame Erlösung, und er fiel auf sie, die bereits wieder auftauchte, vielleicht war er beschämt, ja, aber erleichtert – wenn auch nur kurz. Danach traute er sich gar nicht einzuschlafen, denn er wollte die ungebetenen Darmwinde unter Kontrolle halten, die zu explodieren drohten. Und so lag er da und sah ihr beim Träumen zu. Sie bewahrte stets die Ruhe und ließ sich nicht anmerken, was sie von dieser Vorgehensweise hielt. Bis sie eines Tages, fast sechs Jahre nach ihrer Hochzeit, im Bett eine Bemerkung fallen ließ, während er noch nach Luft rang, bevor er unter die Dusche ging. Da hatte sie ihm tatsächlich vorgeworfen, zu »planmäßig« vorzugehen! Ihm, der sie doch liebte! Von ihm, der sie bloß schonen wollte, von ihm, der sie – und ihre Ehe – in Ehren hielt, hatte sie etwas verlangt, das sie *Vorspiel* nannte! Das Wort hatte sie in Gott was für einem Psychoratgeber gefunden ... Ha! Wörter, da haben wir's wieder, Wörter sind das Verhängnis! Wörter bilden die Demarkationslinie, sie bestimmen, wer und was man ist. Schuldig oder nicht schuldig. Ein gefühlsbetonter Mann oder einer mit vorzeitigem Samenerguss, Gatte oder Hahnrei – Vater oder Mörder.

Hätte sie doch nur geschwiegen.

Sie hatte es aber zur Sprache gebracht! Und von diesem Tag an, dem Tag, an dem sie sich über seine dürftigen Leistungen auf diesem Gebiet beklagt und er sich um Abhilfe bemüht hatte – erfolglos, auch wenn er sich genauso anstrengte, genauso litt wie in seiner Kindheit, als er mit seinem Vater zum Sportplatz ging –, von diesem Tag an ging es mit ihrer Beziehung bergab.

Sechs Monate später lernte sie Gluckstein kennen.

Doch jetzt war sie bei ihm! Sie stand ihm in diesem Kinderzimmer gegenüber! Begehrenswert, zum Greifen nah! Und die Situation war inzwischen eine ganz andere: Er wusste nun, warum sie es so lange mit diesem Kerl ausgehalten hatte. Er hatte daraus gewisse Schlüsse gezogen! Er hatte das getan, was sie von ihm erwartete, ehe sie zu ihm zurückkehrte – er hatte sich verändert! Jetzt konnte er es locker mit Gluckstein aufnehmen. Er war bereit.

Sie war bei ihm, ja. Im Zimmer des Kleinen. Und sie wollte – wie er, wie das Kind – eine Geschichte erzählt bekommen, eine gute Geschichte. Ein Märchen, das sie zum Bleiben bewegen würde.

Als er sie lächeln sah, während sie leise sagte, »Du hast ihn getötet, nicht wahr?«, trat er zwei Schritte auf sie zu.

»Du hast ihn getötet ...«

»Ich werde mein Geld wohl kaum einem Bastard hinterlassen ...«

Er fasste ihre Hüften an und schob den Kostümrock hoch; sie ließ es sich gefallen, unentwegt lächelnd, ohne den Blick von ihm zu wenden.

»Ich habe ihn hier erwürgt. Vor der Tür.«

»Und was hast du dann mit ihm gemacht?«

»Ich habe ihn bei Lucéram begraben.«

Er sprach sanft, auf eine Art stolz. Hinter ihr konnte er

die Kinderzeichnung an der Wand sehen; beim Sprechen knöpfte er seine Hose auf, er brannte darauf, ihr zu zeigen, was er sich um ihretwillen angetan hatte.

Sie war aber noch nicht überzeugt: »Und warum hast du ihn so weit weg begraben?«

»Na ja, ich wusste … ich wusste nicht, wo ich ihn hintun sollte … du stellst vielleicht Fragen … Komm jetzt«, sagte er. »Na los, komm!«

Sie kämpfte sich aber wieder frei: »Das hört sich ziemlich unwahrscheinlich an. Wie lange hast du seine Leiche durch die Gegend kutschiert?«

»Ich hab doch nicht auf die Uhr geguckt!«

»Ich meine, so ungefähr …«

»Ich weiß nicht, eine Stunde vielleicht.«

»Du willst eine ganze Stunde lang mit einer Leiche im Auto durch die Gegend gefahren sein? Das kaufe ich dir nicht ab! Was hast du gemacht?«

»Ich weiß es nicht!« Er versuchte immer noch, sich ihr zu nähern, sie in die Arme zu schließen. »Lass die Fragerei, das bringt doch nichts.«

»Am Anfang hast du noch gesagt, dass man ihn wiederfinden würde, vielleicht mit einem Bruch …«

»Um die Spuren zu verwischen«, sagte er mit einem bauernschlauen Lächeln und fasste ihre Brüste an.

»Och, lass doch den Unsinn! Bei dir weiß man nie, woran man ist.«

»He, es war mitten in der Nacht, ich war vollkommen panisch … Kannst du das nicht verstehen? Was hättest du denn an meiner Stelle getan?«

»Tja, ich weiß auch nicht.«

»Versuch doch wenigstens, mich zu verstehen!«

»Wo hast du ihn gelassen? Ich muss es unbedingt wissen!«

»Keine Ahnung. Es war stockfinstere Nacht, Claude! … Lassen wir das Thema. Es … es tut uns nicht gut, es ist Vergangenheit … Schau mal«, fuhr er fort. »Siehst du, was ich für dich getan habe?«

Sie betrachtete ihn eine Weile, dann setzte sie sich auf das Kinderbett und forderte ihn auf, sich zu ihr zu setzen. Überschwänglich nahm er ihre Hand. Sie sahen sich an.

»Du sagst, du hast ihn vor der Tür erwürgt.«

»Stimmt. Das habe ich gesagt.«

»Aber warum? Warum hast du ihn erwürgt?«

»Lass uns nicht mehr davon sprechen. Wir müssen über die Zukunft sprechen.«

»Du hättest ihn auch anders töten können …«

»Es hat sich nun mal so ergeben! Mehr kann ich dir dazu auch nicht sagen … Hätte ich ein Messer genommen, wär das Blut überall hingespritzt, darum … Aber ich will nichts mehr davon hören …«

»Ich schon. Ich will die Details hören. Wenn ich dir glauben soll, musst du mir die Details schildern.«

Er seufzte. An der Wand hinter ihr sah er die fröhlichen Farben von Charles-Édouards Zeichnung. Papa und Mama und das Familienhaus.

»Kommst du dann zurück?«, flüsterte er unvermittelt. »Wenn du mir glaubst?«

»Vielleicht … Dafür«, fügte sie zärtlich hinzu und strich

ihm über die Wange, »dafür musst du mir allerdings erst die Wahrheit erzählen.«

»Aber das tue ich doch!«

»Nicht immer«, fuhr sie leicht spöttisch fort, langsam und wie mit erhobenem Zeigefinger, »nicht immer. Du sagst mir längst nicht alles ...«

»Was denn?«

»Die ganze Geschichte: Hat er sich gewehrt, als du ihn erwürgt hast? Hat er geweint? Wie lange hat es gedauert, bis er tot war? Bist du anderen Autos begegnet, als du seine Leiche transportiert hast? Und wo genau hast du ihn begraben? Rechts oder links von der Straße? Wie viele Kilometer entfernt? Wie lange hast du gegraben? Sag's mir. Nenn mir die Details. *Erzähl es mir ...*«

Wieder seufzte er, er zögerte. Dann legte er, wie ein Kind, den Kopf auf Claires Schoß und zog die Beine auf dem Bettchen an, während sie ihn zärtlich wiegte und ihm über den Kopf strich. Er fragte: »Ziehst du dann wieder hier ein, wenn ich es dir sage?«

»Kann sein, ja.«

»Und dann schlafen wir miteinander?«

»Kann sein, ja.«

Er musste sich noch etwas Zeit nehmen, um mit geschlossenen Augen zu überlegen, bevor er endlich die gewünschte Geschichte vom Stapel ließ. Anschließend schliefen sie miteinander; er nickte ein, und sie ging.

Am nächsten Tag begab er sich energischen Schrittes und voller Zuversicht in die Enoteca, um sich mit Bernard Rossi zu treffen.

»Jetzt ist es so weit«, sagte er und entfaltete seine Serviette mit gebieterischer Geste. »Es ist so weit!«

»Was?«

»Sie kehrt zu mir zurück! Sie kommt nach Hause, ich hab gewonnen! Gestern haben wir miteinander geschlafen! Wir haben uns versöhnt! Ich hab ihr gesagt, dass ich Charles-Édouard getötet habe, und damit hatte es sich, verstehst du? Jetzt hat sie, was sie wollte!«, trumpfte er auf.

»Und«, fragte Rossi nach einer kurzen Pause in diesem affektierten Ton, den er immer anschlug, wenn er Ironie demonstrieren wollte, »ist das auch die Wahrheit?«

»Die Wahrheit? Ach, die Wahrheit ... Die Wahrheit ist, dass sie zurückkommt, und fertig.«

Sie war aber nicht zurückgekommen. Stattdessen hatte sie die Kassette mit seinem Geständnis ins Kommissariat getragen, und zwei Tage später legten ihm die Bullen Handschellen an. Wer war sie? Jetzt, da ich neun Jahre später in dieser regnerischen Märznacht unter ihrem Fenster stand, während ich diesen unvollendeten Beitrag zur Wahrheitsfindung in meiner Erinnerung heraufbeschwor – diese Mischehe zwischen den wenigen zugänglichen Fakten, die ich den Zeitungen entnommen und der Geschichte, die ich mir achtzehn Monate lang ausgemalt hatte –, fragte ich mich das immer noch. Wer war sie? Durch sie wurde die imaginäre Tat beglaubigt. Durch sie wurde die Identität beglaubigt. Sie hatte Jean-Christophes Traum vom Erfolg zerstört und in ihm den grausamen Vater zum Vorschein gebracht, der ihm die lang ersehnte Strafe verpasste. Sie war der Inbegriff des Mysteriösen, für ihn, der nicht an Mysterien glaubte, des Chaotischen, für ihn, der nur die Ordnung gelten ließ, des Sexuellen, für ihn, dem Sex schon immer gleichgültig war. Sie war mehr gewesen als sein Gegenpart, als die Verkörperung seiner tiefsten Sehnsucht: der unverzichtbare fiktive Entwurf seiner Wirklichkeit.

Außerdem verfolgte sie ein ganz bestimmtes Ziel. Als ich sie am ersten Abend nach dem Tod meines Onkels auf dem Fernsehschirm erblickte, hatte ich nichts anderes gesehen als eine griesgrämige kleine Frau ohne jeden Reiz, undenkbar, dass sie solche Leidenschaften ausgelöst haben sollte. Und so hatte ich sie vernachlässigt. Ich hatte genau so reagiert wie die meisten Prozessbeobachter, ich hatte sie ignoriert und mich voll und ganz auf ihn konzentriert. Dabei konnte sie als Einzige das zusammenbringen, was nicht zusammengehörte, und so disparate Gestalten wie ihren Mann und Abraham Gluckstein zueinanderführen. Ohne sie hätte es keinen Juden gegeben, keinen Privatdetektiv, keinen Mord, keinen Bericht – kein Buch. Natürlich: Sie war die wahre Urheberin dieser ganzen Geschichte. Sie hatte uns alle manipuliert.

Ich weiß nicht, wie spät es war. Der Regen hatte irgendwann aufgehört, und das ermutigte mich beinah, endlich zum Hotel zurückzugehen, als ich spürte – ja, ehe ich es sah, spürte ich es –, wie sich in meiner Umgebung etwas veränderte. Im Treppenhaus des gegenüberliegenden Gebäudes ging das Licht an. Ich weiß noch, wie ich dachte: Das ist sie, das ist sie!, mit einer Gewissheit, die ihr Kommen erst recht unwahrscheinlich machte. Ich glaubte so wenig daran, dass ich mich nicht von der Stelle rührte. Und als ich endlich in einem Anflug von Panik zur Flucht ansetzte, war es zu spät. Denn sie war es wirklich. So unglaublich das erscheinen mag, das war sie. Um ein Uhr in der Frühe. Im grellen Treppenhauslicht, mit Anorak und ihren zwei albernen kleinen Yorkshire-Terriern an einer Doppelleine: Claude Cottard. Die einen unzweifelhaft wirklichen Blick auf mich warf.

Sie trat aus der verglasten Haustür, beide Köter vorneweg. Auf dem Bürgersteig überlegte sie kurz, in welche Richtung sie gehen wollte, entschied sich schließlich für die Straßenseite, die von mir wegführte, und ich atmete für einen Augenblick erleichtert auf. Aber nur für einen Augenblick.

In der Tasche des Regenmantels, den ich über meinen Anzug geworfen hatte, steckte noch das Bündelchen aus sieben losen Blättern, das mir den Weg zu ihr gebahnt hatte. Mit Schreibmaschine verfasst, von einer Heftklammer gehalten, liegen sie vor mir auf dem Tisch, während ich diese Zeilen schreibe. Auf der ersten Seite prangt etwas schief der Briefkopf, der mit schmierigem Stempel aufgedruckt wurde:

Privatdetektei für internationale
und europäische Ermittlungen – PIEE
Reg.-Nr.: 342 185 000 002 Branchencode: 8526
Roger Macera, Geprüfter Europa-Detektiv
Avenue Louis-Ravet, Saint-Laurent-du-Var

Dahinter stand noch eine Telefonnummer.

In derselben Nacht, jedoch einige Stunden früher, hatte Macera das Bündel aus der Aktentasche gezogen, die auf der Rückbank lag, und mir mit feierlicher Geste überreicht. Wir saßen in seinem Auto, einem BMW, auf dem Bürgersteig gegenüber vom Hotel geparkt, in dem Alex' Hochzeitsfeier abgehalten wurde. Ich dachte: Man ändert sich wirklich nie, nicht wahr? Ich weiß noch, wie der Regen über unseren Köpfen prasselte, dazu die Festgeräusche, die von der anderen Seite zu uns herüberschallten. Kleine nassgoldene Lichtkreise zerplatzten auf der Windschutzscheibe, zuckten und zerrannen und funkten dem Laternenlicht dazwischen, in dessen Schein ich die Seiten überflog, ab und an unterbrach ich die mühsame Lektüre, um den Blick auf das hellere Licht zu richten, das etwas weiter unten, auf der anderen Seite der dunklen Straße, auf die Gästeschar und die Teller fiel, auf die weißen Tische, die in einer Reihe am großen, regengepeitschten Fenster standen, während die Tropfen, die auf das Blech fielen, den Takt zur Stille im Auto schlugen, in dem ich gefangen war. »Eigentlich darf ich Ihnen das gar nicht zeigen.« Sein Gesicht glänzte in der feuchten, fahl beleuchteten Nacht. »Auch wenn nichts unternommen wurde, handelt es sich um Gerichtsunterlagen.« Schon fünfzehn Jahre zuvor feierten Alex' Freunde die Nächte durch, während ich mich mit solchen Typen wie Roger Macera abgab und ganz ähnliche Diskussionen wie heute führte.

Nein, nichts ändert sich. Sich selbst entkommt man nicht.

Alex feierte seine Vermählung mit Marie-France, die wie er aus Nizza stammte, und Virginie war bereits da, ich konnte sie vom Auto des Detektivs aus sehen: aus sicherer Entfernung. Auberginenkaviar, Lammkeule, Hummus, Taramas, Lachs, rote Radieschen, rosige Garnelen, Rotwein, Whisky, Wodka … Ich musste nur die Straße überqueren. Ich musste mich nur beruhigen. Warum tat ich es nicht einfach? Ich sah die tanzenden Paare, ich glaubte sogar, Alex zu erkennen, der an einem Tisch vorbeihastete. »Könnten Sie mir diese Papiere überlassen?« Champagner, Korkenknallen, Kristall, Gelächter, Musik: War das nicht seit jeher die einzig wahre Nacht? Zählte ich nicht auch zu den Geladenen? »In diesen Papieren steht alles drin. So was haben Sie noch nicht gesehen, nichts als Lug und Trug.« Ich hatte die Einladung dabei, ich wurde erwartet. Dort, wo alles gelingt. Dort, wo Ethik, Erfolg und intellektuelle Redlichkeit eine wundersame Verbindung eingehen und man sich schlicht einfinden *muss*. Bei den Zufriedenen. Bei der Elite verantwortungsvoller Bürger.

»Was suchst du denn?«, hatte Virginie mich gefragt. »Kann es sein, dass du dich nur wohlfühlst, wenn es unangenehm wird?« Ich kam gerade von Éliane Salszman; vom bedauernden Blick ihrer drei lächelnden Sirenen verfolgt, hatte ich das Tanzstudio in umgekehrter Richtung durchquert und es dabei tunlichst vermieden, in den Spiegel zu sehen. Da war ich ein weiteres Mal über den Blumenmarkt gegangen, vom regenschweren Wind niedergedrückt, hatte die Rosenreste erneut mit Füßen getreten wie man durch tote Algen watet, und war dann auf der Promenade zum Hotel zurückgelaufen, um mir das anzuhören. »Hältst du dich vielleicht für den Flaubert des Front National oder was? Was findest du daran bloß so faszinierend? Pass auf, du begibst dich in eine Schlangengrube.«

Am Telefon hatte Pinard, Jean-Christophes Anwalt, mein Ansinnen, ihn aufzusuchen, bei eingeschaltetem Lautsprecher kurz und bündig abgelehnt und mich an Macera verwiesen. Ich hatte ihn angerufen und gefragt, ob wir uns treffen könnten, um über Cottard zu sprechen. Mit einer Stimme, die sich leicht ölig anhörte, sagte er schlicht: »Warum nicht?« Er nannte mir als Treffpunkt ein Café in Nähe des Zentrums, erschien dann aber nicht. Nach einer Stunde Wartezeit ging ich ins Hotel zurück. Während Virginie und ich uns für das Fest umzogen, klingelte gegen sechs das Telefon: Ein »Herr« erwarte mich an der Rezeption.

Maceras Handy. Als ich ihn sah, hing das Handy in einem Lederhalfter an seinem Gürtel. Damit hatte er die Nummer meines Hotels herausgefunden und mich aufgespürt, ein echter Bullentrick. Vielleicht hatte er mich sogar beschattet? »Du begibst dich in eine Schlangengrube«, sagte Virginie, die mit ihrem Lippenstift in der Hand aus dem Badezimmer trat, just als ich auflegte. Hinter ihr schlug der Regen gegen das Fenster. »Soll ich etwa allein gehen?«

»Es dauert nicht lange, ich komme in einer knappen Stunde nach.«

»Warum tust du das? Wir sind hergekommen, um uns zu erholen, um ein bisschen Spaß zu haben. Außerdem dachte ich, dass dich diese Geschichte gar nicht mehr interessiert. Ich finde dich so was von rücksichtslos …«

Die ersten sechs Monate hatten wir entweder im Bett verbracht oder bei schicken Abendessen in Gesellschaft von Marie-France, Virginies bester Freundin aus der Studienzeit, mit der wir die Restaurants im 14. Arrondissement und die Bars von Montparnasse durchkämmten. Alex stieß mitten in der Nacht zu uns, nach Redaktionsschluss und mit dem allerneuesten Klatsch. Eines Abends wurde das Thema meiner potenziellen Festanstellung in seiner Redaktion so selbstverständlich angeschnitten, dass ich es fast nicht mitbekommen hätte. »Warum nicht?«, hatte Alex einfach gesagt; Geld spielte keine Rolle, die Zeitschrift war gerade aufgekauft worden. »Das würde mich sehr freuen.« An einem anderen Abend erfuhr ich von diesem merkwürdigen Zufall: Marie-France' Mutter wohnte in Gairault und hatte ihren Hund regelmäßig von Cottard untersuchen lassen, bis zu dessen Verhaftung. Als ich mich aber mit Marie-France darüber austauschen wollte, war mir Virginie sofort ins Wort gefallen. »Rücksichtslosigkeit« – damals schon. »Erspar uns bitte deine Zwangsvorstellungen, ja?« Jetzt stand sie halb geschminkt in der Tür zum Badezimmer, dahinter fiel der Regen auf die schwarze Scheibe, und ich betrachtete sie.

Was du nicht ertragen kannst, sagte ich mir insgeheim, ist das Leben, das sie dir bietet. Die Bars von Saint-Germain, das Avantgarde-Theater, die Vernissagen, die Filme, die man gesehen haben muss, die Wochenendausflüge zur

Île de Ré – dieser mit Kultur übertünchte Alltag … Seltsamerweise war ich ihr dafür aber auch dankbar gewesen. Sie hielt mich auf Abstand von mir selbst, dafür hatte ich sie beinah geliebt. Auch wenn ich mich nicht für liebesfähig halte. Mir fehlt die Großzügigkeit, die man zum Lieben braucht – um den Anderen zu erfinden, ihn zum Liebesobjekt zu machen. Das ist vermutlich auch der Grund, warum ich immer wieder bei so abseitigen Frauen lande wie Ramona Goldberg, die sich selbst erfinden. Sie nehmen mir gewissermaßen die Arbeit ab, so dass ich sie nur noch zu bewundern brauche.

Virginie, ihr Wesen, ihre Wirklichkeit. Ein Jahr lang hatte ich versucht, mich mit dem zufriedenzugeben, was da halb angezogen und festlich geschmückt vor mir stand. Ich wiederholte: »Ich komme in einer knappen Stunde nach. Dann bring ich auch das Geschenk mit.«

Was den Detektiv angeht, erinnere ich mich an das Glas *Suze*, das zwischen seinen dicken Fingern lächerlich klein wirkte, an die klirrenden Eiswürfel und das Kettenarmband, das bei jedem Heben gegen das Glas stieß. An der Wand hinter ihm hing ein kitschiges Gemälde, es zeigte Napoleon hoch zu Ross unter einem stürmischen Himmel. Wir saßen in der Bar einer dieser pseudo-luxuriösen Touristenfallen, die sich hinter der Promenade befinden, vermutlich sein Hauptquartier, wenn er in Nizza zu tun hatte. Er hatte mich an der Hotelrezeption begrüßt, mit kräftigem Händedruck und kalten blauen Augen. »Ich habe Ihren Namen am Telefon nicht ganz verstanden. Ist der deutsch?« Etwa fünfzig Jahre alt, groß, mit roten

Flecken auf den Wangen und zugeknöpftem Jackett über einem gestreiften Hemd.

»Nicht, dass wir uns falsch verstehen, ich weiß von nichts«, sagte er, die fetten Beine übereinandergeschlagen, das Glas *Suze* vor sich auf dem runden Tischchen, das zwischen uns stand. »Man braucht aber nur eins und eins zusammenzuzählen: ein jüdischer Liebhaber, eine flüchtige Ehefrau, die in Jerusalem wieder auftaucht, ein verschwundenes Kind.«

Er trug keinen Ehering.

»Und warum hat bisher niemand außer Ihnen eins und eins zusammengezählt?«

»Tja, das frage ich mich auch.«

»Eine Mauer des Schweigens?«

»Na ja, nicht ganz, es waren schließlich Journalisten da, Fernsehleute, vor Ort!«

Ich hatte die Sendung nicht vergessen – eine schlechte Sendung. Aber Macera wirkte darin wie in echt: als wäre sein Gehirn bei der Geburt im Fruchtwasser ersoffen. Die grauen Zellen von der Flüssigkeit fortgeschwemmt. Und trotzdem hatte er jemanden aufgetan, der ihm den Aufenthalt im *King David* bezahlte? Cottard, der König der Deppen. Ich sagte: »Abgesehen von den Medien, meine ich. Der Richter hat Ihnen bei der Verhandlung kaum Gehör geschenkt, wenn ich mich nicht täusche?«

»Wegen der Bullen! Die Bullen sind schuld, die haben meine Glaubwürdigkeit untergraben. Weil es ihnen besser in den Kram passte! Ich sag Ihnen eins, die waren von Anfang an neidisch, klar.«

»Auf Sie?«

»Ja! Wie schon auf Cottard! Wegen der Kohle! Und weil sie praktisch nichts gegen ihn in der Hand hatten, wollten sie natürlich nicht, dass man ihre Ermittlungsergebnisse unter die Lupe nimmt, klar! Aber ich sag Ihnen eins, Monsieur, mich kann man nicht verarschen.«

»Das hatte ich auch nicht vor.«

»Ach ja? Hören Sie, ich habe die Polizeiaufnahmeprüfung bestanden, ich kenne mich aus. Versuchen Sie also nicht, mich zu verarschen. Kapiert? Ich weiß, wie's läuft! Und ich hab meine Kontakte! Kapiert?«

»Ja, ich hab's kapiert. Sie waren also mal Polizist?«

»Na ja, sie haben mich nicht genommen. Machen doch eh, was sie wollen. Mir ist es scheißegal. Ich hab meine Kontakte, unter der Hand arbeiten wir zusammen. Über das andere kann ich nur lachen! Die Vorgesetzten, die Verwaltung, ich seh ja, was die treiben. Ich weiß dreimal besser Bescheid als sie! Von mir bekommen sie die Fakten! Und ich sag Ihnen eins: Ich mach den besseren Schnitt. Hier hat es im privaten Sektor schon immer geboomt. So verdiene ich viermal mehr, außerdem kann ich mir die Arbeit selbst aussuchen und sie auf meine Art erledigen!«

An Detektiven mangelte es in der Region nicht, wie er mir dann auseinandersetzte: Es gab Spezialisten für alles. Einzelkämpfer wie er, deren Wohnung auch als Büro diente, oder Unternehmen für Objekt- und Personenschutz, die an die fünfzig Leute beschäftigten. Für jeden Auftrag das Richtige. Neben den Notaren und Schönheitschirurgen war das hier eine der gefragtesten Branchen.

Er für seinen Teil hatte kein Interesse an Scheidungen, an komplizierten Ehegeschichten – sie brachten nichts ein. Maceras Spezialgebiet waren Finanzdelikte. Kontakte zu Unternehmen, zu Anwälten, einträgliche Fälle: Vernichtungswettbewerb, Fälschung, Anlagebetrug, Scheininsolvenz. »So lernt man auch interessante Leute kennen, und wenn man sich den Arsch aufreißt, lohnt es sich wenigstens.«

1992 hatte man mit ihm ein Treffen in Pinards Kanzlei arrangiert, Jean-Christophe war dabei. »Das war kurz nach seiner Entlassung aus der Untersuchungshaft. Cottard wollte seine Frau beschatten lassen. Weil sie, na ja, vielleicht haben Sie davon gehört, sie hat jedenfalls nichts anbrennen lassen, ein richtiges Flittchen!« Warum wurde ausgerechnet Macera beauftragt, der sich weder mit Kriminal- noch mit Vermisstenfällen auskannte? Offenbar hatte der Anwalt das in die Wege geleitet. Jean-Ernest Pinard und Macera kannten sich mehr oder weniger, wohl infolge einer Zusammenarbeit bei einigen Wirtschaftsfällen. Ich weiß es nicht genau. Ich habe es nie gewusst. Wahrscheinlich ist mir auch an jenem Tag mal wieder ein Teil der Geschichte entgangen.

Trotzdem spürte ich gerade in Gesellschaft des Detektivs, wie real diese Geschichte war. Dass Cottard existierte, wusste ich, seit ich dessen Gesicht auf meinem Bildschirm entdeckt hatte, beim Prozess drei Jahre zuvor; danach schrieb ich eine fiktive Version. Ich benutzte seinen Namen wie ein Gefäß, das ich mit allem füllen wollte, was mir durch den Kopf ging, solange es einen logischen Zusammenhang ergab. Diesmal war es jedoch anders – diesmal war es physisch. Mein Anhaltspunkt war nicht mehr die unauffindbare Leiche eines ermordeten Kindes noch das Foto eines toten Tänzers. Nein, diesmal war mein Anhaltspunkt ein konkreter *Körper*, sichtbar, lebendig.

Und ich kannte ihn. Ja. So wie der Körper eines Junkies angesichts der Nadel reagiert, die er sich gleich in die Vene stoßen wird, reagierte *mein* Körper angesichts des Körpers dieses Detektivs, als handelte es sich um eine allzu lange vergessene Droge. Mein Körper *erinnerte* sich an ihn. Zum Beispiel an diese Art, die dickrandige Brille beim Sprechen etwas ordinär mit dem Mittelfinger an der Nasenwurzel zurechtzurücken und gleichzeitig zu schniefen. An die dicken Beine in der Polyesterhose, plump unter den Stuhl verschränkt, neben der kleinen Aktentasche, und an die etwas affektierte Geste, als er die Tasche später im Auto aufmachte, mit abgespreiztem kleinen Finger, der sich an seiner fleischigen Hand lächerlich ausnahm. Diese Art von Aura war mir vertraut, ja – viel vertrauter als die Freunde von Alex auf der anderen Straßenseite. Das bleierne Lächeln im Blick. Die bunten Kreditkarten und Kärtchen, die zwischen Wurstfingern zur Schau gestellt wurden, Andenken an überteuerte Brasserien … an den x-ten Verdauungsschnaps in Hinterzimmern, in denen die Details der Konkursverfahren verhandelt wurden. Die Ellbogen auf dem Tisch, der bedächtig nickende Kopf, diese Granitaugen, die Ruhe, die nicht über die unterschwellige Brutalität hinwegtäuschen konnte: die achtziger Jahre.

Meine achtziger Jahre. Als Edgar Navon pleite ging. Als wir anfingen, die Richter vom Handelsgericht in Clubs auszuführen und zeitgleich mit der Konkursanmeldung klammheimlich die Hardware-Ausrüstung verkauften.

Nein, nichts ändert sich jemals.

»Sie sitzen da, wo sonst Urbas Leute sitzen«, hatte mir der Bulle gesagt, um mir zu imponieren – und Gott weiß, wie er mir imponierte! »Ich weiß nicht, ob Ihnen klar ist, was das bedeutet.« Doch, doch, das war mir durchaus klar! Mir schlackerten die Knie!

Der Bulle war jung, ein Inspektor in Zivil, etwa Mitte dreißig. Damals, 1987, war ich achtundzwanzig Jahre alt. Navon war seit anderthalb Jahren auf und davon, die Ermittlungen hatten ihren Lauf genommen, die Akte war vom Handelsgericht an die Steuerfahndung weitergegeben worden, damit diese eine »Voruntersuchung« durchführte, das entnahm ich meiner Vorladung, die ich einen Tag zuvor mit zitternder Hand geöffnet hatte. Dunkle Räume, in denen man mich absichtlich und kommentarlos eine volle Stunde warten ließ. Ein Metallschreibtisch ohne Spur menschlicher Aktivität. Ein Bulle in Jeans. Urba stand täglich in den Schlagzeilen – im Zusammenhang mit dem wirtschaftspolitischen Skandal des Jahres, dem ersten einer langen Serie. Es ging um Hunderte von Millionen. Und da saß ich mit meinen lachhaften 6,5 Millionen betrügerische Schuldenmasse vor dem Inspektor und war kurz davor, in Tränen auszubrechen. Edgar, dieser Scheißkerl!

Vermutlich ging es Navon genau so wie Cottard, nach

einer entbehrungsreichen Kindheit konnte er sich nicht mäßigen, als das Geld zu strömen begann. 1985 leistete er sich nach dem Kauf des normannischen Herrenhauses die Villa in Los Angeles, wo Véronique und er sich einmal monatlich zurückzogen. Und so ging es immer weiter, es konnte nie genug Geld geben, genug Freiheit, Feinde, unbezahlte Rechnungen, wutschnaubende Lieferanten, die in die Verlagsräume einfielen und vor meinen Augen alles kaputtschlugen, was ihnen zwischen die Finger geriet. Immer weniger Literatur – bei den paar Büchern, die zum Schluss noch gedruckt wurden, fielen Lektorat und Korrektorat aus –, dafür immer mehr Verträge, mit Geschäftsmännern geschlossen, die eine Serie von Pleiten in Nizza, Monaco, Andorra, Saint-Martin und Spanien belastete. Immobilienmakler ohne Grundstücke, Geschäftsbanker ohne Banken, zunehmend zwielichtigere Typen, Leute, die Macera vermutlich kannte – mir fällt gerade ein, dass ein paar von ihnen tatsächlich aus Nizza kamen, ja, und Navon hatte mir eine Woche vor seinem Verschwinden angeboten, mit Spaggiari ein Buch zu machen. Dem großen Einbrecher. Also ich hätte mich ganz sicher darauf eingelassen. Was hatte ich noch zu verlieren?

Während dieser ganzen Jahre glaubte ich ernsthaft, dass Navon mich benutzt hatte, wenn ich an die Ereignisse zurückdachte. Er hatte auf meine Naivität gesetzt, meine Unerfahrenheit, meine ziellose Rebellion. Aber worauf hatte ich bei ihm gesetzt? Bei welchem Schleichhandel war er *mein* Strohmann gewesen? Um Geld ging es mir nicht –

was mich übrigens später bei den Bullen gerettet hat. Und auch nicht um Literatur. Sondern um die Angst. Eine ganz besondere Form von Angst. Anziehend. Aufregend. Erheiternd. Neugier entfachend.

Navon hatte sich eine Kinderpsychologin unter den Nagel gerissen, die damals auf dem Gipfel ihres Erfolgs stand, Berthe Lamblin, eine Frau Ende sechzig, die mit jeder Veröffentlichung sofort die Bestsellerlisten stürmte. Als Navons finanzielle Schwierigkeiten begannen, hatte er Mittel und Wege gefunden, sich auf ihren Dachboden einzuschleusen, und ihre gesammelte Korrespondenz stibitzt. Danach hatte er sich in sein Herrenhaus zurückgezogen, allein mit den Briefen Berthe Lamblins, vier Flaschen Wodka und zehn Litern Bier, um alles runterzuspülen, und ein Exposé des Buches verfasst, das uns retten sollte: Berthes imaginäre Autobiografie, wie er mir am folgenden Montagnachmittag noch halb betrunken erklärte, in einem Zustand seliger Erschöpfung. »Das, du kleiner Schlaumeier, ist mal was anderes als deine jüdischen Philosophen und Poeten!«, hatte er mit seinem unnachahmlichen Akzent verkündet. Denn es ging schon nicht mehr um literarische Revolutionen. Oder falls doch, war es allein mir zu verdanken, und er gab mir die Schuld an sämtlichen Finanzdebakeln, die zwangsläufig mit solch fruchtlosen Bemühungen einhergingen. Navon war sich spinnefeind, und ich diente ihm als Punchingball für die Faustschläge, die er sich selbst verpasste. Seine Ideen wurden durch Begeisterung geboren, sie starben im Chaos, und die paar verbalen Ohrfeigen, die ihren

Nachruf bildeten, hielten unsere Freundschaft weiterhin am Leben. Das Berthe-Lamblin-Projekt starb allerdings nicht, so merkwürdig das scheinen mag, ganz im Gegenteil. Navon schrieb die 700 Seiten in drei Monaten runter, füllte damit die Regale der Buchhandlungen, und der fulminante Erfolg hält bis heute an. Bloß dass er nicht mehr da ist, um den Erfolg zu genießen. Tatsächlich sollte ausgerechnet dieses Projekt, das einzige, das von Anfang bis Ende geglückt war, zu seinem Bankrott und mich zu den Bullen führen. Navon hatte zwar Berthes Genehmigung eingeholt, aber sie war gestorben, bevor sie den unterschriebenen Vertrag zurücksenden konnte, und so war ihm keine bessere Lösung eingefallen, als ihre Unterschrift zu fälschen. Die beiden Kinder von Berthe schlugen Alarm, sie erstatteten Anzeige, worauf eine genaue Prüfung der Geschäftsbücher angeordnet wurde: Edgar blieb nichts anderes übrig, als ins Flugzeug zu steigen.

Das alles hatte ich dem Inspektor anderthalb Jahre später kleinlaut dargelegt, bevor ich die Aussage unterschrieb. Als ich ging, sah er mir teilnahmslos, vielleicht auch etwas verächtlich nach, und so konnte ich mich einigermaßen aus der Affäre ziehen, wobei mir die Neugier offenbar erhalten blieb, so wie ich mich dreizehn Jahre später Macera gegenüber verhielt.

»Dreimal bin ich der Cottard nach Israel gefolgt«, sagte er, während er den BMW hektisch lenkte (»Ich kann Sie gern absetzen, das Hotel liegt eh auf meinem Weg«, lautete sein Angebot, nachdem er darauf bestanden hatte, die Rechnung zu übernehmen). »Und da sind wir wieder bei der Frage: Warum hat die Richterin in Tel Aviv wohl das Rechtshilfeersuchen abgelehnt? Und warum haben die Rabbiner und Konsorten dort die Aussage verweigert? Warum wurden meine Berichte beim Prozess nicht berücksichtigt?«

»Ja, warum?«

»Weil es ihnen nicht in den Kram passt! Darum! Das würde ja ihr ganzes beschissenes Kartenhaus zum Einsturz bringen! Nicht einmal Pinard kann das offen ansprechen! Klar, der muss schließlich auch an seine Position denken.«

Pinards Position? Seine Karriere als Lokalpolitiker hatte Anfang der achtziger Jahre bei den Rechtsextremen begonnen und war inzwischen auf einen respektableren Kurs umgeschwenkt, in Richtung Senat. Ich war nicht der Einzige, der sich nach außen hin reingewaschen hatte.

»Denn Sie brauchen nur einmal den Deckel zu heben«, fuhr Macera fort, »und dann ist hier der Teufel los, Kindesentführungen, Pädophilen-Netzwerke und was sonst noch dranhängt, da kommen Sie nicht mehr raus. Darum wollte uns die Polizei in Israel nicht helfen. Diese Geschichte könnte für manche Leute sehr peinlich werden, steht alles in meinem Bericht!«

»Haben Sie den Bericht denn dabei? Kann ich einen Blick drauf werfen?«

Dann folgte ein gut fünfminütiges Schweigen. Wir hatten Alex' Hotel fast erreicht.

»Ich glaube nämlich auch, dass bei den Ermittlungen geschlampt wurde«, sagte eine Stimme, die nicht meine war, auch wenn sie aus meinem Mund kam. »Aber um das zu beweisen …«

»Das ist aber vertraulich, wissen Sie.«

»Ich weiß. Ich weiß es nur allzu gut …«

»Wenn Pinard rauskriegt, dass ich Ihnen das gezeigt habe … das ist gesetzeswidrig.«

Und ich wiederholte: Ich weiß, natürlich, ich verstehe. Das Gesetz. Wer will schon dagegen verstoßen.

Wir parkten gegenüber von Alex' Hotel. Es regnete immer noch. Etwas weiter unten sah ich den Festsaal, in dem die Lichter brannten und die Musik spielte. Nach einem letzten Zögern drehte Macera seinen massigen Leib zu der kleinen Lederaktentasche, die auf der Rückbank lag, um die losen Blätter hervorzuziehen, die vermutlich von Anfang an für mich bestimmt gewesen waren. Seinem gerührten Blick konnte ich entnehmen, dass auch er es ehrlich meinte. Aber wer in dieser Geschichte war nicht ehrlich, von mir, dem Außenseiter, abgesehen? Nein, er hatte ebenfalls keine Wahl gehabt. Er hatte diese Verschwörungstheorie unbedingt schlucken müssen, weil sie die einzige war, die seiner vollkommen nutzlosen Arbeit einen *Sinn* geben konnte. Einen Sinn geben: dieser Irrtum liegt allen Katastrophen zugrunde. Dieser Irrtum sorgt dafür, dass Menschen überhaupt durchs Leben kommen.

Das amateurhafte Dokument, das er mir reichte, kaum lesbar geschrieben und kaum lesbar gedruckt, liegt hier, links von meinem Computer. Ich habe von einer vollständigen Transkription abgesehen. Es reicht zu wissen, dass die ersten beiden Seiten aus endlosen redundanten Absätzen voll öder Details über die Beschattung von Claude Cottard am 5. Juli 1993 bestehen, dem Tag, als sie nach Tel Aviv aufbrach und am Flughafen Ben-Gurion landete. Dann folgt eine Überleitung, in der von unmittelbar bevorstehenden *bedeutenden Enthüllungen* schwadroniert wird, *die zur Aufklärung des Falls beitragen dürften, denn darum geht es mir in erster Linie*, wie Macera klarstellt, bevor er von seinen Reisen berichtet.

Kaum angekommen, macht der Detektiv dank gewisser Kontakte, auf die er nicht näher eingeht, einen Zeugen ausfindig. Dieser bleibt namenlos, wird aber als »Rabbi« vorgestellt, der ihn an Raymond Benamou verweist, Besitzer des Cafés La Goulette an der Ben-Yehuda-Straße in Jerusalem.

Macera erzählt, wie er sich gegenüber der Bar ein Zimmer mietet und acht Tage lang jeden Gast mit dem Teleobjektiv unter Beschuss nimmt, bevor er selbst ins La Goulette geht.

Er schafft *ein Klima des Vertrauens durch die Einnahme eines Getränks am Tresen* – wie Macera schreibt – und erfährt so dank Benamou, dass ein gewisser »Samy« in Verbindung mit den vermeintlichen Entführern von Charles-Édouard stehen soll (offenbar Mitglieder eines religiösen Kibbuz unweit von Jerusalem, wie der Bericht nahelegt). Die Ermittlung mündet in zähe Verhandlungen, bis »Samy« sich am Ende bereit erklärt, vor einem französischen Gericht auszusagen. Wenngleich nur anonym und unter Zeugenschutz, weil *dieser Zeuge und seine Familie hochgefährdet wären, wenn im Land bekannt würde, dass er ausgepackt hat*, so Maceras Schlussbemerkung.[2]

2 Wo ich Kriminalromane doch hasse! Informationshalber füge ich trotzdem eine Kostprobe dieser Verhandlungen bei, die Macera bei seinem zweiten Treffen mit Benamou im La Goulette aufgenommen haben will. Cottard war ihm nach Jerusalem nachgereist und bei dem Treffen ebenfalls dabei. Die Abschrift ist mit einer Bitte an den Richter versehen, »den vorliegenden Bericht an einem sicheren Ort zu verwahren und ihn nach Schließung der Akte zu vernichten, um dem Zeugen, der uns seine Hilfe zusichert, auf keinen Fall zu schaden«. Daran schließt sich der folgende Dialog an (B steht für Benamou, M für Macera und JCC für Cottard):

M: Wo steckt dieser Samy? Wo kann man denn mit ihm reden?

B: Erst das Geld. Wenn du Geld gibst, kriegst du alles.

M: Ja, aber ich muss auch Vertrauen haben. Ohne Vertrauen kein Geld.

B: Hör zu: Was kümmert es den Samy, ob er mit dir redet oder nicht? Kapierst du's jetzt?

M: Ja, schon kapiert! Sobald er uns sagt, wo der Junge ist, geben wir ihm die Kohle, kein Thema, wir sind gern dazu bereit.

B: Nix da! Erst zahlst du! Das schafft Vertrauen! Ohne Vertrauen sind uns die Hände gebunden.

M: Na klar, aber das gilt für uns genauso! Wir müssen auch sichergehen.

B: Sicher! Brauchst bei dem Samy doch keine Angst zu haben.

M: Aber wie soll ich …

B: Wenn einer es weiß, dann Samy! Er ist weit und breit der Einzige!

JCC: Mag sein, aber wie können wir … woher sollen wir wissen, dass er kein anderes Kind meint, nur so zum Beispiel?

B: Er hat doch eure Fotos?

M: Die sind alt, von vor drei Jahren.

B: Egal, der irrt sich bestimmt nicht, das ist der Junge, er hat ihn gesehen. Gehört hat er ihn auch, mir hat er gesagt: »Der Junge spricht kein Hebräisch, der kann nur Französisch«, was wollt ihr mehr …

M: Na gut, wir machen's.

B: Geht doch!

M: He, immer langsam. Wenn wir korrekt sind, muss er auch korrekt sein, ist das klar?

Während ich das las, saß der Detektiv nur wenige Zentimeter von mir entfernt. Den einen Arm auf das Lenkrad gestützt, den anderen auf der Sitzlehne, neigte er unwillkürlich den Kopf zu mir, es war fast so, als warte er ängstlich auf das Urteil, das ich fällen würde.

»Faszinierend«, sagte ich endlich und hob die Augen gerade rechtzeitig, um das zufriedene Leuchten zu sehen, das in seinen aufglomm. »Ungemein packend.«

Und das war ehrlich gemeint. Ich hatte mich bei dieser ganzen Affäre mit der einzigen Form begnügt, die ich beherrschte – der Familiengeschichte. Ein intimes Kammerspiel, überschaubar, durch Ödipus koscherisiert. In mein Ressort fielen weder Privatdetektive noch Politunterhändler oder Beschattungen, die bis nach Jerusalem führten, auch keine Geheimreisen oder dubiose Abmachungen in obskuren Bars, mit Pädophilen-Netzwerken, Mafia und weltweiten Verschwörungen im Hintergrund – keine dieser plumpen Fährten, die mir immer ein verächtliches

B: Sonnenklar! Eine Hand wäscht die andere! Großes Ehrenwort! Wenn du ihm das Ticket zahlst, fliegt er sogar nach Frankreich, falls du mit ihm zum Richter willst. Der frisst dir aus der Hand, wenn du willst.

JCC: Heißt das, er ist bereit, eine Aussage zu machen?

B: Und ob er bereit ist! Weißt du, Samy braucht nur zu sagen: »Die Nutte, diese Schlampe hier, das ist sie, sie wollte den Jungen da und da abladen«, dann ist alles geritzt ... Der zieht das durch, ich schwör's! Der zieht das bis zum Ende durch!

Sogar jetzt lese ich diese Zeilen voller Neid. »Woher sollen wir wissen, dass er kein anderes Kind meint?« : Was für ein Satz, sollte Cottard schuldig sein! Macera hat den Satz einfach wiedergegeben, ohne dessen Bedeutung zu hinterfragen, und genau deshalb ist es ihm gelungen, die Undurchdringlichkeit dieser Figur mit einer einzigen Zeile zu erfassen, während es mir selbst auf zweihundert Seiten nicht recht glücken will.

Lachen entlockten, wenn ich sie in den Büchern anderer Autoren ausmachte. Das alles war mir viel zu *romanhaft* für den hochernsten Roman, den ich mir im Winter 1997 im Bett ausgemalt hatte. Aber das war nun mal die Wirklichkeit. Eine Wirklichkeit, in die Macera mich ziemlich tief hineinstieß.

»Ich hab mir Mühe gegeben«, sagte er bescheiden.

»Eins müssen Sie mir aber noch erklären: Was hatte Madame Cottard in Israel zu suchen?«

»Sagen Sie bloß, das wissen Sie nicht?«

»Sagen Sie es mir.«

»Na ja, sie ist eben konvertiert. Nach dem Tod von ihrem Lover, diesem Gluckstein. Sie ist Jüdin geworden.«

Lange saß ich mit offenem Mund da, ohne einen Ton herauszubringen, dann habe ich wohl schallend gelacht.

Sie ist konvertiert. Sie ist Jüdin geworden.

Ich war aus dem Auto gestiegen. Unter dem Hotelvordach hatte ich zugesehen, wie die roten Rücklichter des BMW im Regen verblassten. Und was jetzt? Sie ist konvertiert, sie ist Jüdin geworden. Macera hatte sich beinah herzlich von mir verabschiedet, ohne im Geringsten zu ahnen, welchen geistigen Schock diese zwei Sätze bei mir ausgelöst hatten. Und so war ich benommen stehengeblieben, mit einer Kopie seines Dokuments in der Tasche, nur wenige Schritte vom Fest entfernt, wo ich erwartet wurde, von Alex, Marie-France …

Das Geschenk! Ich hatte es im Auto vergessen – einen Siena-Naturstein, den ich eine Woche zuvor mit Virginie in Paris gekauft hatte –, ich hatte ihn zur Seite gelegt, um lesen zu können, und dann einfach liegen lassen. Man ändert sich wirklich nie, nicht wahr? Durch das Vordach vom Regen geschützt, stand ich unschlüssig, erschrocken, aufgeregt da, die Augen auf das Fest hinter der Fensterscheibe gerichtet … Sie ist konvertiert. Sie ist Jüdin geworden.

Jetzt konnte ich im Festsaal die Blumenarrangements in den riesigen Vasen ganz deutlich erkennen, die jede Ecke zierten, sowie die Messingplatten voller Petits Fours auf dem Tresen, dazwischen randvoll gefüllte Eiskübel für die Champagnerflaschen. Goldenes Licht, Musik und Gespräche. Alex, wie aus dem Ei gepellt, schüttelte mechanisch die Hände seiner Gäste, grüßte nach links und nach rechts, ging von einem Grüppchen zum nächsten, ohne zu verweilen, fand aber für jeden das richtige Wort. Virginie sah immer wieder zur Tür, in der Hoffnung, mich endlich über die Schwelle treten zu sehen … Sie ist konvertiert. Sie ist Jüdin geworden.

Was hast du hier im Regen verloren? Warum gehst du nicht rein? Sie werden dich willkommen heißen und dabei taktvoll über deine Verspätung hinwegsehen, wie üblich. Das vergessene Geschenk werden sie mit keiner Silbe erwähnen, wie üblich. Sie werden dir mit diesem teilnahmsvollen Psychiatriepflegerblick begegnen, wie üblich. Marie-France wird vielleicht einen Witz reißen, und du wirst heiter, ironisch antworten. Und schon wird Virginie sich wieder bei dir einhängen, wieder einmal beruhigt (wieder einmal wurde eine Gnadenfrist gewährt), und so wirst du von einer geistreichen Konversation zur nächsten provokanten These springen … Sie ist konvertiert. Sie ist Jüdin geworden.

Marie-France, die hochgewachsene Braut im Lamékleid, die lachend ihre blonden Haare schüttelte, mit einem Glas Champagner in der Hand, auf der anderen Fensterseite … Ich *war* Jude, und so verworren es für mich anmutete, schien es Marie-France zu genügen. In meiner Anwesenheit konnte sie wie bei niemandem sonst den widersprüchlichen Gefühlen freien Lauf lassen, die ihre neue Familie bei ihr auslöste. Das war harmlos, das war zulässig, solange ich lächelnd zuhörte, während sie sich Virginie anvertraute, zum Beispiel an diesen Abenden in La Closerie des Lilas, wenn wir auf Alex warteten (und warum musste mir das ausgerechnet jetzt wieder in den Sinn kommen?): »Seine Mutter hasst mich, die blöde Kuh. Weißt du, was sie sich neuerdings als Schikane ausgedacht hat, seit Alex und ich zusammengezogen sind? Du wirst es nicht glauben: Jetzt wird freitags abends immer schön Sabbat gefeiert. Ist das zu fassen? Alex ist sowieso schon ständig in der Redaktion oder hat sonst welche Termine! Und jetzt auch noch am Wochenende? Ab und zu hab ich ja nichts dagegen, aber *jeden Freitag*? Was soll das? Meinst du, das geht gegen mich? Um mir zu zeigen, dass ich nicht dazugehöre, um mich zu erniedrigen? Außerdem hat sie die Sache mit dem Kleinen wieder aufs Tapet gebracht! Da bin ich geplatzt, echt. Zwei Wochen vor der Hochzeit! Ich konnte mich nicht mehr beherrschen, Alex war auch da, aber das war mir egal, vor versammelter Mannschaft hab ich zu ihr gesagt: Jetzt reicht's! Sie wollen ihn beschneiden lassen, na gut, aber nur im Krankenhaus, ist das klar? Ohne Rabbiner! Und ich will ihn auch taufen lassen, ich will, dass er Katechismusunterricht bekommt! Alex war am Boden zerstört. Aber ich musste doch den Mund aufmachen, was meinst du? Ich habe auch meine kulturellen Wurzeln, genau wie sie! Warum müssen die sich damit immer so wichtig tun? Warum kann man sich mit ihnen nicht einfach vernünftig unterhalten? Warum fühlt man sich hinterher jedes Mal wieder schuldig?«

Sie ist konvertiert. Sie ist Jüdin geworden. Ich wusste nie so recht, wie ich auf Marie-France' Ausbrüche antworten sollte, und wenn Alex endlich zu uns stieß, betrachtete ich ihn mit einer Mischung aus Mitleid und Ironie. Als ich Marie-France aber nun so ausgelassen lachen sah, hinter der Scheibe, so offenkundig glücklich, fing ich an, mir Fragen zu stellen. Lag es vielleicht an mir, wenn solche Reden geschwungen wurden? An meinen Zwangsvorstellungen und dem mangelnden Interesse für alles, was sich nicht in sie einfügte? Vielleicht sagte Marie-France diese Dinge bloß, weil sie nicht wusste, worüber sie sonst mit mir sprechen sollte. Vielleicht brachte ich ja selbst hervor, was mich umgab – das Unerträglichste zu allererst. Hatte ich meine Familie etwa nicht zu literarischen Zwecken in eine Monstergalerie verwandelt? Hatte ich nicht auch Navon in gewisser Hinsicht selbst erschaffen, genau wie Ramona, waren sie nicht die Hirngespinste, mit denen ich meine Neigung zu außergewöhnlichen Charakteren auslebte?

Und so stand ich da, im Regen, ich sagte mir, das, was sich vor deinen Augen abspielt, hinter der Fensterscheibe, läuft so, wie die Dinge immer laufen, wenn du *nicht* dabei bist: voller Eintracht und Harmonie. Voller Applaus für die Hochzeitstorte, die schwungvoll hereingetragen und bald aufgeschnitten wird. Voller Freude angesichts von Braut und Bräutigam, die eng umschlungen die Tanzfläche ansteuern. Marie-France mit den blauen Augen, der makellosen Figur, dem Model-Lächeln. Alex mit den schwarzen Haaren, dem piekfeinen Anzug, dem beflissenen Lächeln des progressiven Juden, der den religiösen Aberglauben abgeschüttelt hat: ein Paar des 21. Jahrhunderts. Meine Freunde. Befreit von der Geschichte und der Tragödie, befreit vom Determinismus und der Milieuzugehörigkeit. All das, was Cottard immer werden wollte! Und zwar ganz ohne Genmutation, ganz ohne aufwändige Technologie, sogar ganz ohne das panische Gerenne, das er sich selbst ein Leben lang für nichts und wieder nichts zugemutet hatte: Man muss sich nur anpassen können. Virginie hatte mich fast ein Jahr lang umerzogen, um das zu erreichen. Dazu musste man nur mit der gebotenen Selbstsicherheit, Glätte und Feigheit in den Kreis eintreten – »Mit welchem Recht nennst du das feige?«, hätte Virginie entgegnet, wenn sie mich gehört hätte, »mit welchem Recht maßt du dir ein Urteil an?« Mit dem gebotenen Mangel an Hass, hätte ich dann klargestellt, mit dem gebotenen *Charakter* – so wie sie noch darauf hoffte, mich durch die Tür kommen zu sehen (und wenn der Hass dennoch bestehen bleibt, wenn die Angst bestehen bleibt, kann man sie immer noch unter die Teppiche der Freunde kehren, die sind schließlich dick genug, nicht wahr, Marie-France?). Meine

Freunde. Was brauchte man nicht alles, Zynismus und Moral, Theaterspiel und Aufrichtigkeit, das Ganze subtil abgestimmt, um niemandem auf die Füße zu treten. Eleganz und Ironie dick aufgetragen, aber parkettsicher, Frechheit, aber Speichelleckerei. Ihr übermäßig ausgeprägtes Ego bewahrte sie vor keiner Form von Unterwürfigkeit, ihr unbeugsamer Humanismus vor keinem Kompromiss. Im Saal waren etliche Gäste Juden wie ich, und als solche hatten sie die unvorstellbare Frustration und die Mordlust sämtlicher Cottards in diesem Land nur noch weiter angefacht, die eine bestimmte Herkunft mit progressiver Einstellung und Kulturlastigkeit gleichsetzten sowie mit einer schamlos zur Schau getragenen erfolgreichen Anpassung, die sie selbst so sehnsüchtig anstrebten. Meine Freunde. Angepasst, assimiliert. Sie hatten auf Kultur gesetzt, weil ihr Unbehagen kulturell bedingt war – Cottard hingegen auf Geld, weil seine Schmach sozial bedingt war. Da musste sich zwangsläufig ein Gefühl der Konkurrenz einstellen.

Oder war ich der Einzige, der solche Überlegungen anstellte? War ich der Einzige, der den Bruch wahrnahm, der Einzige, der sich den Bruch ausdachte, und der Einzige, das ganz bestimmt, der daran Gefallen fand? Alex hielt Marie-France zärtlich umfangen. Zur Feier des Tages wurde ein Walzer gespielt. Das Paar wirbelte im Kreis. Bald würden sie alle tanzen, das Ende der Geschichte besingen und den Einzug der Toleranz. Virginie allein sah noch zur Tür, hielt nach *mir* Ausschau, den Blick auf meine Abwesenheit gerichtet.

Doch anstatt hineinzugehen, tat ich das, was ich immer tue, wenn *mein* Gefühl der Zugehörigkeit dafür sorgt, dass ich mich gerade nichts und niemandem zugehörig fühle: Ich fing an zu lesen.

Mehr schlecht als recht vor dem feuchten Wind geschützt, setzte ich mich auf eine der Stufen vom Hotelaufgang, zog im Dunkeln das Dokument des Detektivs heraus und vertiefte mich aufs Neue darin, im dürftigen Festlicht, das durch die Fensterscheibe zu mir drang. Ob ich in diesem mäßigen Text wohl etwas Tieferes entdecken würde, das meiner Anwesenheit in dieser Stadt an diesem Abend, allem, was für mich daran hing, einen Sinn – ja, auch in meinem Fall einen *Sinn* – geben könnte? Jedenfalls etwas Gehaltvolleres als dieses karge Schriftstück, das ich vor Augen hatte?

Indem er sie, Claude Cottard, beschattete, hatte Macera die Schlüsselelemente gefunden, mit denen die israelische Fährte gelegt werden konnte. Alles ging von ihr aus. Sogar die Idee, dass Charles-Édouard nicht tot, sondern entführt worden sei und irgendwo in Israel versteckt gehalten werde – sogar *seine* Verteidigung vor Gericht war von *ihr* souffliert worden. Sie war konvertiert, sie war Jüdin geworden – von Anfang an lief alles darauf hinaus. *Sie* hatte Gluckstein in Cottards Leben eingebracht, *sie* hatte das jüdische Zeichen dort hingesetzt, wo es nichts verloren hatte.

Ich steckte das Schriftstück wieder ein, wandte mich vom Hotel ab, wo das Fest seinen Lauf nahm, und ging durch den Regen auf ein Taxi zu, das mich an der Adresse absetzte, die in Maceras Bericht angegeben war. Vor der Synagoge. Vor dem Mietshaus, in dem Claude Cottard wohnte. In die Türnische des Clubs für junge Singles. Und dann wartete ich. Und dann, gegen eins, erschien sie: meine Konkurrentin.

Nachts in ihrem Jerusalemer Zimmer, das sie sich mit zwei *Ulpan*-Schülerinnen teilte, nach vier Hebräischstunden am Vormittag und drei weiteren Stunden Judentumkunde am Nachmittag, hörten ihre Mitbewohnerinnen sie manchmal schluchzen. *Sie war einsam*, wird eine der beiden, Nora Bensoussan, in Maceras Bericht zitiert, der die junge Frau aufgestöbert hatte. *Sie war oft traurig.* Die Kurse fanden von 8.00 bis 12.30 Uhr und von 16.00 bis 19.00 Uhr statt, sie besuchte sie fleißig und erwies sich als *hochintelligent, sehr gut in Hebräisch, wo sie zu den Fortgeschrittenen zählte.*

Hau ab. Geh ins Hotel zurück. Sie wird höchstens einmal um den Block gehen, da bleiben dir rund fünf Minuten, um das Weite zu suchen. *Sprich sie ja nicht an.*

Manchmal standen am Nachmittag auch Besichtigungstouren auf dem Programm. Masada, Aschkelon, die Klagemauer, das Diaspora-Museum und natürlich Yad Vashem – sie hatte eine Vorliebe für Yad Vashem. *Einmal wurde der Bus auf dem Rückweg von der Armee angehalten, um eine Gruppe von Frauen mit Kindern einsteigen zu lassen, und da fing sie an zu weinen, was uns alle erstaunt hat. Sie sagte, das erinnere sie an ihren Sohn.*

Siehst du? Du musst gar nicht mit ihr sprechen: Du weißt ja schon alles! Den Rest erfindest du eben … Da tauchte sie am Straßenende auf, sie hatte ihre Runde gedreht, die beiden Köter trotteten ihr hinterher. Sie blieb stehen, ließ die Hunde pinkeln, drehte den Kopf erst zu ihnen, dann zu mir. Im Dunkeln waren nur ihre Umrisse zu erkennen, aber ich wusste, dass sie mich gesehen hatte, sie konnte mich gar nicht übersehen haben. Hau ab. *Jetzt.* Gleich ist es zu spät.

Von den zweihundertfünfzig Studenten, die in jenem Sommer die Uni besuchten, kannte keiner ihre Geschichte. Mit einer Ausnahme, Nora, der sie sich schließlich anvertraut hatte, als sie eines Abends zusammen essen gingen und Claude beim Mensa-Eingang plötzlich eine männliche Gestalt erblickte; sie sagte zu Nora: »Siehst du diesen Typen da drüben? Der beschattet mich. Mein Mann bezahlt ihn, damit er mich beschattet.« Nora hatte sie zunächst für verrückt gehalten – in den Hebräischkursen trifft man eine Menge Knallköpfe. Aber dann war derselbe Mann zwei Tage später am Eingang des Kibbuz erschienen, den sie im Jerusalemer Umland besuchten, sowie am Tor Yad Vashems, als sie sich dorthin begaben. Weil Nora sie daraufhin mit Fragen bestürmte, wie sie bei der Verhandlung aussagte, hatte Claude ihr erzählt, sie habe als verheiratete Frau ein Kind *von einem Juden bekommen, aschkenasischer Herkunft, einem Amerikaner, der aus Prag stammte.*

Später wollte sie aus dem Haus ihres Mannes ausziehen, weil er sie misshandelte, das hat sie dann auch getan, aber das Kind ist beim Vater im großen Haus geblieben, genauer gesagt in dessen Schlafzimmer. Als der Kleine schließ-

lich verschwand, ging sie gleich davon aus, dass ihr Mann ihn getötet hatte. Das hat er dann auch gestanden, er sagte, er habe ihn erwürgt, später sagte er, er habe ihn verstümmelt, ein anderes Mal sagte er, er habe ihn an ein Netzwerk von Pädophilen verkauft. Erst wurde er festgenommen, dann wieder frei gelassen, und da hat er einen Detektiv auf sie angesetzt.

Gleich werde ich ihr Gesicht erkennen können. Du begibst dich in eine Schlangengrube. Gleich werde ich ihre Augen sehen. Lass den Blödsinn, tu dir das nicht an. Geh – geh und denk dir was aus. Geh heim, setz dich vor ein Blatt Papier, vor einen Computerbildschirm, was immer du willst, aber beruhige dich. *Schreib*. In Sicherheit. Mit *deinen* Waffen.

Sprich sie nicht an: *Erfinde sie*.

Als sie mit mir auf gleicher Höhe war, kreuzten sich unsere Blicke, und ich spürte, wie ich lächelte, während ich mich nach dem düsteren Gebäude erkundigte, das neben uns aufragte, ob es sich dabei tatsächlich, wie ich vermutete, um eine Synagoge handelte? Was anschließend passieren würde, wusste ich nicht. Ich hatte keine Ahnung, wie ich mich verhalten würde. Ich hatte keine Ahnung, wie *sie* sich verhalten würde. Womöglich hielt sie das für einen Überfall und würde gleich losschreien. Doch keineswegs. Schon bei den ersten Worten verriet mir die Art, wie sie auf meine Frage hin stehenblieb, ihre Reglosigkeit, die sich keinen Deut um die Tages- oder Nachtzeit scherte, ihr Körper, der, halb mir zugewandt, halb den Hunden hinter ihr, eine gewisse Erwartung ausstrahlte, dass es klappen könnte. Ich hatte es in der Hand. Da ließ ich jede Vorsicht fahren, die mich dazu angehalten hätte, ins Hotel zurückzugehen und mich an den Schreibtisch zu setzen. Ich nahm also nicht die Beine in die Hand, ich ergriff nicht die Flucht, wie ich es hätte tun sollen. Statt dessen folgte ich ihr bis in die Wohnung.

Ich sehe wieder die Eingangshalle vor mir mit dem Spiegel und der Grünpflanze und auch die weiß gekachelte Treppe – keine Ahnung, warum wir nicht den Aufzug genommen haben. Ich ging ein paar Schritte hinter ihr her, den Blick auf ihren Hintern gerichtet, während die beiden

Hunde vorausliefen, ihr leises Trippeln überdeckte unser Schweigen. Ich sehe wieder ihre Hand am weißen Plastikgeländer, ich erinnere mich, dass sie bei jeder fünften Stufe verschnaufen musste. Im zweiten Stock blieb sie stehen, ich entdeckte auf Anhieb die *Mesusa* aus Holz, die am Türpfosten befestigt war, und den Aufkleber an der Tür, den sie bestimmt in Israel gekauft hatte – ein blauer Himmel, auf dem in goldenen Lettern und hebräischer Schrift das Wort *Schalom* prangte. Und da überlief mich ein Schauer des Entzückens. Und da wusste ich, dass ich das Richtige getan hatte. Und als sie die Tür aufmachte, hatte ich nur Augen für die traditionelle *Menora*, die im Flur thronte, auf dem kleinen Tisch, wo sie vermutlich ihre Post ablegte, und für die Postkarte darüber, die im Rahmen des kleinen Wandspiegels steckte – eine dieser Festtagskarten, die man zu Jom Kippur verschickt, *Schana towa!* In blumigen Lettern, naiv, kitschig ... So viele Sachen, mein Gott! So viele Sachen, die ich mich nie getraut hätte, *bei mir* zu Hause anzubringen!

»Machen Sie sich aber keine falschen Hoffnungen, klar?«

Sie sah mir in die Augen, ein kühler, entschlossener Blick knapp oberhalb der Postkarte im Spiegel neben dem Garderobenständer, wo sie die Doppelleine und ihren Anorak aufhängte. Jetzt wurden wir von einem grellen Deckenlicht beleuchtet, und da ich nur wenige Zentimeter von ihr entfernt stand, musterte ich sie in aller Ruhe, mit einem Blick, der mir selbst, wie ich merkte, Angst eingejagt hätte, wenn ihn ein anderer auf mich gerichtet hätte. Ich hatte mich geirrt. Claude Cottard? Nein. Das war ein

Irrtum. Die Frau, für die zwei Männer ihr Leben zerstört hatten, die wahre Urheberin dieser ganzen Geschichte, die große Manipulatorin, die fleischgewordene fiktive Gestalt: nein – das konnte nicht sein. Der Hängebusen unter dem schmutzig-beigen, zerfaserten Polyesterpulli, die dreckigen Turnschuhe, die gedrungenen, in eine Jeans gezwängten Beinchen, die karottenrot gefärbten, arg kurzen Haare über dem schlaffen Gesicht: ich erkannte nichts wieder. Wo war denn das Erhabene? Die Gewalt? Wo waren der Nihilismus, die großen Töne? *Wann geht der Spaß endlich los?* Sie ist sogar fast noch kleiner als du! Und dennoch war es so, ja. Bei näherem Hinsehen entpuppte sie sich als die Richtige – die Augen waren noch vage wiedererkennbar. Bei ihr war die Vorstellung allerdings vorbei, der Projektor ausgeschaltet. Kein Prozess, keine Katastrophe, keine Gefahr. Sie war es, aber frei von dieser billigen Tragik, mit der ich sie drei Jahre lang ausgestattet hatte – sie *ganz ohne mich*. Im Grunde ihre eigene zweite Besetzung.

»Ich warne Sie besser gleich«, verkündete Claude Cottard (die *echte*), durch mein beharrliches Starren vermutlich beunruhigt – meine Augen hingen förmlich an ihrer Nase –, »Männerbesuch zu nachtschlafender Zeit gehört eigentlich nicht zu den Gepflogenheiten des Hauses. Dass das mal klar ist. Wäre das Wetter nicht so beschissen …«

»Schon verstanden.«

»Ich geh anderen Leuten sonst eher aus dem Weg …«

Hau ab. Was für eine absurde Situation. Verlang dein Geld zurück. Verschwinde. Du hast dir wieder einmal alles nur ausgedacht. Sieh dich doch um! Sieh doch, für wen du dir den Abend – nein: das ganze Leben – ruinierst! Für eine Frau, nach der du dich im Supermarkt nicht umdrehen würdest! Eine Frau, bei der du sofort wegschalten würdest, wenn sie dir in einer Reality Show unter die Augen käme! Was hast du hier zu suchen? Was geisteskranke Monster, was Romanfiguren angeht, verkörpert sie alles, wovon du dich schon immer fernhalten wolltest – die Art Hässlichkeit, die dich zum Schreiben gebracht hat. Damals hast du das Schreiben als einzige Möglichkeit gesehen, diesem ganzen Mittelmaß zu entkommen, weißt du noch?

Die Augen, die sie auf mich richtete, hatten vermutlich nie auch nur ein Fünkchen Ausdruckskraft besessen. Ich für meinen Teil hatte noch nie einen Körper gesehen, der so sehr mit Reizen geizte, so wenig Anmut und Sinnlichkeit besaß. Sogar die Mädchen an der Berufsschule, wo ich 1975 zum großen Leidwesen meiner Eltern gestrandet war, sogar die hatten mehr Charme gehabt! Und das, obwohl sie sich keinerlei Illusionen über ihre Zukunft machten und ihnen alles egal war. Ich weiß noch, wie sie in den Kursen für Stenographie, Säuglingspflege oder angehende Friseurinnen abhingen – dort machte niemand einen Hehl daraus, dass ihre Diplome das Papier nicht wert waren, auf dem sie gedruckt wurden –, sie hingen bei den Flipperautomaten im Bar-Tabac des Einkaufszentrums ab, im Eisstadion oder in der nahe gelegenen Pizzeria, einmal jährlich am Autoscooter-Stand und schließlich – wenn ihnen wirklich gar kein anderer Ort mehr zum Abhängen übrig blieb – hingen sie auch mit uns ab, den Schulversagern, hinter den Büschen, die die Penne umstanden, hinter dem Fertigbau, wo eine Sozialhelferin anstelle von Sexualkunde eine Diaschau von beiden Geschlechtern in den verschiedenen Stadien der Syphilis zeigte … Tja, Claude Cottard hatte eine deutlich glanzvollere Ausbildung vorzuweisen – was man ihr übrigens nicht im Mindesten ansah –, doch davon abgesehen hätte auch sie damals mit abhängen können. In der allerletzten Reihe. Als Schlusslicht. Noch später dran als alle anderen. Dieselbe Apathie, durch das Alter verzehnfacht. Derselbe Blick, der besagte: Ich weiß über das Leben Bescheid, und es ist mir scheißegal. Derselbe naive Zynismus, der als Reifesiegel stolz zur Schau getragen wurde – und die Aufmüpfigeren später manchmal zu Straftaten verleitete, meistens aber zu gar nichts führte außer zu Resignation, Langeweile, Leere.

Leere? Die hatte ich gerade vor Augen. Völlig stumpf wartete sie darauf, dass ich das Wort ergriff. Und da sagte ich das einzig Richtige: »Ich sollte Sie nicht länger stören. Mein Hotel ist gar nicht so weit weg …«

»Sie stören mich nicht.«

»Es ist spät, Sie sind sicher müde …«

»Ich sagte doch, Sie stören mich nicht! Ich kann nachts sowieso nicht schlafen. Außerdem habe ich seit heute Morgen mit niemandem mehr ein Wort gewechselt …«

Sie sprach mit gesenktem Kopf, die Schultern hochgezogen, ohne mich anzusehen.

»Ziehen Sie schon Ihren Mantel aus«, fuhr sie fort, »Sie sind ja ganz nass.«

Ihre Hunde rannten inzwischen kreuz und quer durch die Wohnung, gerade liefen sie auf das Wohnzimmer zu, sie folgte ihnen und forderte mich auf, mitzukommen.

»Jetzt ziehen Sie doch endlich Ihren Mantel aus! Sonst erkälten Sie sich noch, und dann bin ich wieder schuld.«

Von meiner eigenen Schändlichkeit erschöpft, darüber empört und wieder einmal – und wieder einmal zu spät – mein unfassbares Geschick für solche Situationen verfluchend, vor Kälte zitternd, schweiß- und regennass, blieb ich im Türrahmen stehen und sah zu, wie sie die Halogenlampe anmachte und sich auf das Ledersofa direkt darunter niederließ. Wie sollte ich jetzt weggehen? Unter welchem Vorwand?

»Immer muss man alles viermal sagen, wenn man gehört werden will«, murrte sie, als sie sich hinsetzte. Knapp über ihrem Kopf hing ein Touristenplakat an der Wand, das die Jerusalemer Altstadt zeigte, al-Aqsa-Moschee und Klagemauer bei Sonnenuntergang, mit der Überschrift: *Schalom, salaam, salut: drei Völker, ein einziger Gott.* Es war ja auch nicht einfach, sich von einem solchen Schauspiel loszureißen. Ich konnte nicht ausblenden, was stets in mir lauert, in meinem Schatten, spöttisch, mit verschränkten Armen – mein *Dibbuk* gewissermaßen, der sich nichts entgehen lassen will.

Auf dem Boden waren mehrere Grünpflanzen verteilt, vor dem Fenster mit der heruntergelassenen Jalousie; in einer Ecke stand ein recht grob gezimmerter Holztisch, von edlen Stühlen umstellt, die jedoch nicht zusammenpassten, in einer anderen Ecke gab es eine große Bauernuhr aus Eiche, deren schweres Pendel sanft hin und her schwang. Dazwischen stand nur ein nennenswertes Möbelstück, eine schwere Anrichte aus lackiertem Holz, darauf abgestellt waren der Fernseher, eine alte HiFi-Anlage mit Plattenspieler und Schallplattenhalter, hinter Glas befanden sich mehrere Stapel Fayenceteller, dazu noch ein paar Bücher und Kassetten – und neben einem kleinen Plakat aus der Kolonialzeit, das vergilbte Palmen zeigte und die Vorzüge der französischen Kontore in Indochina anpries, stand das Sabbatzubehör.

Über allem schwebte der typische Geruch der Einsamkeit – Küchendunst, Staub, ranziges Fleisch –, der Geruch der Leere, falls die Leere einen Geruch hat.

»Was kann ich Ihnen anbieten?«, fragte sie barsch. »Whisky, Cognac … Wenn Sie wollen, kann ich Ihnen auch Tee kochen.«

»Danke, aber ich möchte gar nichts, wirklich.«

»Wie oft soll ich Sie denn noch fragen?«

»Einen Whisky.«

»Na also, geht doch ganz leicht! Warten Sie kurz, ich zieh mich nur schnell um, und dann bring ich die Gläser.«

Ich sah sie Richtung Schlafzimmer entschwinden, den dunklen Umrissen eines Bettes nach zu schließen, die ich flüchtig sah; sie schloss die Tür hinter sich, und ich blieb allein zurück, mitten im leeren Raum: *Bloß weg hier!* Diese rätselhafte Leere hielt mich jedoch zurück. Genau wie die weißen Teller, die sich hinter der Glasvitrine der Anrichte stapelten, neben der Spitzendecke, die wohl nur selten in Gebrauch war. Wieder verweilte mein Blick auf dem Sabbat-Becher mit dem sorgfältig eingravierten *Shin*, der Karaffe, den beiden silbernen Kerzenständern – und ich brauchte die Schubladen gar nicht aufzumachen, um zu prüfen, ob sich darin auch silbernes Besteck befand, das genauso brachlag. In den Zeitungen hatte ich gelesen, dass sie fast ihre gesamte Schulzeit im Internat von Notre-Dame-du-Bon-Secours verbracht hatte, einer der besten katholischen Privatschulen der Stadt in den fünfziger und sechziger Jahren. Was diese Frau im Selbstversuch unternommen hatte, trug heroische Züge. Ein harmloser Wahn, der einen viel abgründigeren Wahn hervorbrachte. Selbsterfindung hätte sie es nennen können, wenn sie Michel Foucault gelesen hätte – gewissermaßen der Kontrapunkt zu meinem eigenen Versuch. Offenbar war ihr Versuch gescheitert. Es ist ja nicht so einfach, sich selbst zu erfinden, man braucht auch den Rückhalt der anderen. Welcher Rabbiner hätte sich auf die Konversion einer Frau eingelassen, die in einen Mordfall verwickelt war – einen *Kindsmord*? Welche Synagoge hätte sie aufgenommen? Nein: spätestens der Prozess, wenn nicht schon der Fall an sich, der Prozess mit den pikanten Enthüllungen über ihr bewegtes Sexualleben und den Gesprächsaufnahmen – das genügte, um ihr sämtliche Türen zu verschließen, worauf ihre harmlose Pathologie vom tiefen Wahn überwältigt wurde, den sie selbst erzeugt hatte. Höchstwahrscheinlich war das der Auslöser ihrer Reise nach Israel gewesen: Es ging ihr gar nicht darum, das Kind wegzubringen, wie im Elaborat des Detektivs behauptet, sondern darum, eine *Jeschiwa* zu finden, wo niemand ihren Namen kannte.

Einen Ort, wo sie eine andere sein und ein anderes Leben führen könnte. Nur dass die sechs Monate sicher nicht ausgereicht hatten. Aus irgendeinem Grund, Maceras Auftauchen vielleicht, hatte sie die Rückreise antreten müssen. Jede Wette, dass die Konversion niemals vollendet wurde. Diese jüdischen Symbole, die mir hier allenthalben ins Auge sprangen? Reine Dekoration, reine Leere, alles nur Schein; die Überreste ihres großen Wahns – so gespenstisch wie inzwischen auch das Kind. Und sie ruhten neben Stapeln von unnützen Tellern, auf den gleichen Stellenwert reduziert, Erinnerungen an ein Familienleben und an eine Identität, die beide nie Wirklichkeit wurden, enttäuschte Hoffnungen, unglaubwürdige Vorspiegelungen. Ja, ich war für nichts und wieder nichts hierhergekommen.

Die Regale, die in der Nähe standen, waren wie zur Bestätigung dieser Beobachtung Bollwerk und Sinnbild des Nichts: angefüllt mit übelstem Kulturkitsch. Kassetten, Platten, CDs und Videos, Johnny Hallyday, Céline Dion, Michel Sardou, *Die größten Klassiker aller Zeiten* im Stapel, *Holocaust* und *Titanic*, Romy Schneiders schlechteste Filme, ramponierte Bücher, Clubausgaben von Hermann Hesse und Baudelaire direkt neben Guy des Cars (*Das Schloss der Jüdin*), Tom Clancy, C. G. Jung und Paolo Coelho, Elie Wiesel neben – aber ja! tatsächlich! – Berthe Lamblin! Sieh mal einer an! Die berüchtigten Memoiren, die Navon fünfzehn Jahre zuvor zusammengebraut hatte! Das Buch präsentierte sich stolz mit verdrucktem Logo und etlichen Satzfehlern – bestimmt eine Erstausgabe.

Was für eine Farce. Was für ein Witz, dachte ich, das Buch aufschlagend, dessen Erfolg mir die Steuerfahndung auf den Hals gehetzt hatte. So erstaunlich war das im Grunde nicht. Dieser Text ist aus dem Garn psychologischer Gefühlsduselei gewirkt, die besonders Frauen wie sie anspricht. Edgar, mein Mentor, hatte es gerade darauf angelegt. Das war der Grund für den Erfolg. Was für ein Fiasko. Ich packte das Buch wieder zu seinen kleinen Brüdern – die Rabenmutter hatte nämlich sämtliche Werke von Lamblin gelesen, zwischen zwei Selbstmordversuchen hatte sie *Die Psychologie des Kindes zwischen fünf und sieben Jahren* verschlungen und zwischen zwei Depressionen *Was macht eine gute Mutter aus* mit Anmerkungen versehen. Auf ihre verworrene Art hatte sie sich um Redlichkeit bemüht, ja! Aber warum galt meine Sympathie selbst jetzt noch den Fälschern, die wir gewesen waren? Ich sah Edgar wieder vor mir, 1985 in den alten Gemäuern seiner normannischen Festung, dieser hochherrschaftlichen Ruine, wo wir unsere Eroberungen planten, ich sah ihn im Trainingsanzug, mit vorgestrecktem Bauch, wenn er um sechs Uhr morgens im Hof seine Karate-Katas übte (er hatte versucht, mich in diesen Sport einzuführen, vergeblich). Ich sah mich, mit der Wut und der ziellosen Entschlossenheit, die mich damals beseelten. Und wenn eines damals unvorstellbar war, dann sicher die Tatsache, dass ich mich eines Tages am anderen Ende Frankreichs an uns erinnern würde, an der entgegengesetzten Grenze, während ich das letzte Buch in der Hand hielt, das unser erbärmliches Unternehmen hervorgebracht hatte – dachte ich mit Blick auf dessen Leserin, die gerade den Raum betrat.

Sie hatte sich ein langes weißes Hauskleid aus dicker Baumwolle übergeworfen, das ihr nicht besser stand als alles andere. Das war die einzige Veränderung. Die beiden Köter stets auf den Fersen, schlurfte sie nach wie vor, anstatt die Füße zu heben. Bei ihrem Anblick lag der Gedanke nahe, dass eine besonders grausame und tyrannische Instanz ihr das Gehen befohlen hatte.

»Ach«, sagte sie müde, »Sie gucken sich die Bücher an?«

Eine völlig belanglose kleine Frau mittleren Alters, wiederholte ich im Stillen für meinen *Dibbuk*. Eine verwirrte Frau am Ende ihrer Kräfte, die an psychischen Störungen litt und ihrer Ehehölle nur knapp entronnen war. Mit welchem Recht schleichst du dich bei ihr ein? Um welcher Art von Voyeurismus zu frönen? Sie hat niemanden je manipuliert. Sie ist die Manipulierte. Sie ist ein Opfer. *Sie hat nicht die geringste Bedeutung.* Zufällig hat ihr das Judentum – eine Ramschversion des Judentums – Halt gegeben. Mehr oder weniger. Sagen wir, es hat ihr dabei geholfen, ihrer Misere zu entfliehen. War so etwas nicht an der Tagesordnung? Die alten Überlieferungen, die altehrwürdigen Religionen, die nur noch therapeutischen Zwecken dienen, eine Kultur, die nur noch Überlebenskultur ist – heutzutage war das doch Teil des allgemeinen Loses. *Das allgemeine Los*: Wann wirst du dich endlich an diesen Ausdruck gewöhnen?

Du wolltest also wissen, was sie ist, du wolltest deine Neugier stillen? Na bitte, jetzt siehst du es mit eigenen

Augen: Sie ist *nichts*. Sie hat ihr Kind verloren. Sie hat den einzigen Mann verloren, den sie je geliebt hat. *Bloß weg hier*. Lass sie in Ruhe.

Doch stattdessen: »Das haben Sie alles gelesen?«, fragte ich, bemüht, möglichst nicht sarkastisch zu klingen.

»Ja.« Sie ließ sich auf das Sofa fallen, als erinnerte sie das an eine furchtbar anstrengende Tätigkeit. »Ich lese einfach gern. Das lenkt mich ab.«

»Ich habe mir die Bücher von Berthe Lamblin angesehen«, sagte ich, während ich meinerseits im Sessel gegenüber Platz nahm.

»Aha ...« (Schwaches Lächeln.) »Ich habe sie mal getroffen, in einer Buchhandlung, wir haben uns sogar unterhalten. Wie finden Sie das? Sie hat mir ein Buch signiert, Sekunde, ich zeig's Ihnen gleich.«

Seufzend stand sie vom Sofa auf, ging zur Anrichte, holte ein Buch hervor und hielt mir dann stolz das Vorsatzblatt unter die Nase – es war *Alltag mit Baby*, Band 1: *Der Fötus*.

»Sehen Sie?«

Die Hände, die das Buch hielten, waren nicht gerade feminin – kurze Finger mit kurzen Nägeln, kräftige graubraun gesprenkelte Handgelenke. Ich erkannte die Schrift sofort wieder und las: *Für Claude, meine Beinah-Kollegin, zur Erinnerung an ein höchst anregendes und bereicherndes Gespräch, Nizza, am 3. Mai 1982, Berthe Lamblin.*

»Sehen Sie, das war kein Bluff!«

»›Meine Beinah-Kollegin‹? Sind Sie Kinderärztin?«

»Tierärztin. Das macht aber keinen Unterschied!«

1982: Das Geburtsjahr von Charles-Édouard. Ob sie am Tag der Widmung schon schwanger gewesen war? Erholte sie sich da von einem ersten gescheiterten Selbstmordversuch? Triumphierend klappte sie das Buch zu, ließ es auf den Beistelltisch vor mir fallen und schlurfte zum Sofa zurück.

»Das hab ich damals auch zu ihr gesagt«, fuhr sie fort. »Ich hab ihr gesagt, ob es sich um Kinder oder Tiere handelt, macht keinen Unterschied. Es geht um die Unschuld, die wollen wir bewahren. Dafür kämpfen wir.«

Wieder war sie auf dem Sofa zusammengesackt. Ihre Haltung war Lichtjahre entfernt von ihrem Satz.

»Schon komisch«, fing sie an, den Blick starr auf mich gerichtet, da klingelte das Handy auf dem Tischchen neben dem Sofa. Sie sagte »Tut mir leid« und packte das Gerät so blitzartig, als hätte sie mit diesem Anruf gerechnet: »Hallo! … Ja! Ist doch klar, dass du's bist«, sagte sie und drückte sich noch tiefer in das Sofa hinein. »Wer sollte sonst um diese Uhrzeit … Was? Nein … Nein! Weil, du weißt genau warum, ich will einfach nicht und basta! … Nein, das ist mein voller Ernst. He, wir werden das Ganze jetzt nicht nochmal … Wir kauen das jetzt nicht noch mal durch, okay …«

Mit einer Kopfbewegung signalisierte sie mir hilfloses Bedauern.

»Weil es so einfach vernünftiger ist, darum!«

Sie hätte sich auch in ihr Schlafzimmer zurückziehen können, um das Gespräch fortzusetzen, aber das tat sie nicht. Sie blieb mit untergeschlagenen Beinen auf dem

Sofa sitzen, berührte mit einer Hand die Füße, die an ihrem Hintern klebten, und starrte das Kissen am anderen Sofaende an; mich schien sie zu vergessen, auf eine Art, die mich tatsächlich zum stummen, verschworenen Mittelpunkt all dessen machte, was sie sagte.

»Was soll das heißen, das bin ich dir schuldig? Ich bin dir doch keine Rechenschaft schuldig! ... So ist das eben! ... Was? O nein, das sicher nicht ... Das weißt du ganz genau! Jetzt hör mit diesem ... Du weißt doch, dass das nicht ... Was? ... Das soll ich versprochen haben? Ich hab dir gar nichts versprochen ... Nein! Nein, ich hab dich nicht reingelegt. Hör mir doch mal zu! ... Tja, so ist das, genau ... Nein! Jetzt auf keinen Fall ... Warum? Weil ich nicht will, darum! Und dann auch noch um diese Uhrzeit, das ist doch ... So langsam solltest du das kapieren, ich kann nicht ständig ... Was? Wann denn? ... Nee, hab nichts mitgekriegt, keine Ahnung ... War wahrscheinlich grad draußen, mit den Hunden, ich hab's jedenfalls nicht gehört ... Ja ... Meinetwegen, dann ruf eben morgen noch mal an ... Okay, so machen wir's, ich dich auch. Aber jetzt schläfst du erst mal! Und machst auch keine Dummheiten, versprochen? Versprichst du mir, dass du jetzt schläfst? ... Prima. Klar, dich auch, Nacht ...«

Sie legte das Handy auf den Tisch zurück und wiederholte »Tut mir leid«, mit einem überheblichen, selbstgefälligen Ausdruck.

»Ihr Freund?«, fühlte ich mich zu fragen bemüßigt (und hätte ich nichts über sie gewusst, hätte ich ebenso gut fragen können: »Ihr Sohn?«).

»Wenn man so will.«

Im Lauf der länger währenden Gesprächspause packte sie einen der beiden Hunde, der gerade in Reichweite war, am Nacken und bettete ihn auf ihren Schoß.

»Ach, manchmal weiß ich gar nicht, was ich ohne diese beiden täte«, sagte sie, streichelte den Hund und rüttelte ihn am Kopf. »Ist der nicht süß? Eigentlich fühle ich mich nur in ihrer Gesellschaft so richtig wohl, ich kann ihnen alles erzählen, sie verstehen alles. Das gehört nämlich zur Unschuld dazu, dass ... dass man alles versteht. Männer ...« – sie wies mit dem Kopf zum blinkenden Handy neben sich – »Männer verstehen gar nichts. Sie sind wie Kinder, immer muss man hinterher sein! Ich kann ein Lied davon singen, denn mein Mann ...«

»Sie waren verheiratet?«, wagte ich mich vor.

»Ja, fünfzehn Jahre lang. Können Sie sich das vorstellen? Fünfzehn Jahre ... Und was das Nichtverstehen angeht, also, da kann ich Ihnen sagen ...! Wir waren einfach zu verschieden. Für ihn zählte nur das Geld!«

»War er auch Arzt?«

»Ja ...«

Ich wartete hoffnungsfroh auf eine Fortsetzung, aber stattdessen sagte sie:

»Jedenfalls zählen für mich jetzt nur noch diese zwei.« Sie beugte sich vor, um dem Hund einen schmatzenden Kuss zwischen beide Ohren zu versetzen. »Und was ist mit Ihnen, was machen Sie beruflich?«

Was erhoffte ich mir eigentlich von diesem dämlichen Gespräch? Zwischen ihr, die das alles durchlebt, und mir, der sich das ausgemalt hatte, konnte es doch keine anderen Berührungspunkte geben als diese unzusammenhängende Folge hohler Floskeln.

»Ich schreibe«, seufzte ich, und während ich das sagte, fühlte ich mich auf einmal so weit weg, dass ich schon wieder aufbrechen wollte.

»Eine Frau haben Sie offensichtlich nicht«, sagte Claude Cottard unterdessen mehr zu sich selbst – und ich hörte mich zerstreut »nein« antworten, obwohl das gar keine Frage gewesen war.

»Ab und an eine Affäre ...«

Da ich schwieg, fuhr sie fort:

»Ach, mir können Sie das ruhig sagen! Sie waren doch eben noch im Club, und alle wissen, was da abgeht ...«

Der Club für junge Singles. Natürlich, vorhin auf der Straße hatte sie mich aus dem Eingang treten sehen. Was für eine bescheuerte Situation! Mitten in der Nacht bei dieser blöden Kuh! Mein armer Junge. Aber was hast du dir denn vorgestellt? Was du dir vorstellst, erwartet dich im *Hotel*, hier erwartet dich *nichts*! Hier kann sich Claude Cottard so uninteressant, hysterisch und durchgeknallt geben, wie ihre Persönlichkeit es verlangt, sie muss sich nicht an die Gattungsgesetze halten, die deine Romanhandlung bestimmen. Sie ist nicht Teil deiner Familie.

Mir blieb tatsächlich nichts anderes übrig als zu gehen, diesmal war ich dazu fest entschlossen, ich stemmte mich bereits aus dem Sessel. Und da, zum ersten Mal – ich erstarrte mitten in der Bewegung –, lächelte sie. Genauer gesagt zog sich ihr Mund in die Länge, sie schürzte die Oberlippe und zeigte mir ein scharfes Gebiss, dabei sah sie mich unverwandt an, mit einem Blick, so nichtssagend wie ein Stein.

»Keine Sorge, junger Mann«, fuhr sie fort, während das matte Ecklicht auf den kleinen Davidstern fiel, den sie als Anhänger um den Hals trug, und ich spürte, wie ich wieder in den weichen Sessel versank, von dem ich mich vergeblich zu lösen versuchte. »Sie können ja machen, was Sie wollen. Was kümmert mich das! Solange Sie für niemanden sorgen müssen und keine Kinder haben … Wieso eigentlich nicht, in Ihrem Alter?«

»Und Sie?«, fragte ich kühn – an diesem Punkt hatte ich ohnehin nichts mehr zu verlieren.

»Was?«

»Haben Sie Kinder? Fünfzehn Jahre Ehe …«

Ich spielte einen Joker aus. Keine Ahnung, was das auslösen würde.

Schleppend sagte sie:

»Ich hatte einen Sohn.«

Ich weiß noch, dass sie eine merkwürdige Handbewegung machte, als wollte sie eine Fliege aus ihrem Blickfeld verscheuchen, während sie fünf- oder sechsmal hektisch blinzelte. Sie richtete sich auf.

»Er ist tot. Mein Sohn wurde ermordet.«

In ihrem starren, aber fiebrigen Blick sah ich plötzlich die ganze Melodramatik auflodern, die in diesem letzten Wort steckte. Da war sie! Da war sie endlich! Ja: zum ersten Mal, seit ich eingetreten war. Diese schwarze Strahlung, die von der scharfen Klinge ihres Lächelns – hauchdünn, fast unmerklich – ausging, dieser siegessichere Ausdruck der Märtyrerin, dieses Leuchten …

Binnen einer Sekunde begriff ich, wie dumm es gewesen war, derart unvorbereitet hier aufzukreuzen. Sie ist gefährlicher, als du gedacht hast. Ihre Schlaffheit, ihre offenkundige Mittelmäßigkeit sind nur Tarnung! Im Licht so reglos wie eine Leiche im Formolbad, lächelte sie immer noch, herausfordernd, wie mir jetzt schien.

Diese Person ist nicht nur halb wahnsinnig, sie hat außerdem achtzehn Jahre häusliche Gewalt über sich ergehen lassen müssen, es kann weiß Gott was passieren.

Nichts wie weg, ja. Raus hier, bevor alles außer Kontrolle gerät – bevor sie die Fortsetzung einer angestaubten Sensationsmeldung spielt. Diesmal stand ich wirklich auf.

Da klatschte sie sich auf die Knie, stand ebenfalls auf und sagte mit breiter werdendem Lächeln: »Prima!« Und dann: »Wir wollten uns doch einen Whisky genehmigen, oder? Ich weiß gar nicht, wo mir der Kopf steht!« Daraufhin schlurfte sie ein zweites Mal aus dem Raum, in Richtung Küche.

Die Kühlschranktür ging auf und zu, Eiswürfel klirrten, Gläser. *Neuneinhalb Wochen, Bodyguard, Die Regenschirme von Cherbourg:* Ich wurde aus ihr nicht schlau, und anstatt wie beabsichtigt die Wohnungstür hinter mir zuzuschlagen, sah ich mir ihre Videokassetten an, um einen Anhaltspunkt zu finden – irgendwas, das mir helfen würde, aus dem Nichts, das diese Frau verkörperte, einen Sinn zu konstruieren, eine Verdichtung, einen logischen Zusammenhang, einen erzählerischen Annäherungsversuch.

»Hier fühlt man sich richtig wohl, finden Sie nicht?«, rief sie unterdessen aus der Küche. »Die Wohnung hab ich vor drei Jahren gefunden. Ist schön ruhig.«

Ich hörte mich fragen: »Sind Sie Eigentümerin?«

»Was?«

»Ob Sie Eigentümerin sind?«

»Fragen Sie mich lieber nicht, was ich an Grundsteuer zahle!«

Das alles ergab keinen Sinn, es war albern. Ich war jetzt neben der Tür; ich musste nur durchgehen, um das Ganze zu beenden und zu Virginie zurückzukehren. Es war leicht zu bewerkstelligen, es war das Vernünftigste, es war das einzig Mögliche.

»Tut mir leid, in der Küche hört man einfach nichts«, sagte Claude Cottard, die frisch und munter den Raum betrat, just, als ich hinausgehen wollte. Mit gestreckten Armen trug sie ein Tablett, auf dem eine Flasche Jim Beam, zwei Gläser und ein voller Eiskübel standen. »Heute ist Purim, da wird gefeiert, wussten Sie das?«, fragte sie, während sie das Tablett auf den Glastisch stellte. Anschließend machte sie die Flasche auf.

»Nein.«

»Für uns Juden (warmherziges Lächeln) ist das kein … kein besonders wichtiges Fest, aber es wird trotzdem gefeiert, und ich glaube sogar, dass es mein Lieblingsfest ist. Das fröhlichste von allen, ein kleines Fest für die Kinder.«

Ich sah zu, wie sie die Gläser füllte – sie beugte sich über den Tisch, und als sie den Eiskübel packte, warf sie mir lächelnd einen fragenden Blick zu, worauf ich nickte und sagte: »Zwei, bitte.«

Insgeheim sagte ich mir, dass ihre Präsenz nur daraus bestand: aus einer Reihe von Auf- und Abtritten, die jedes Mal eine vollkommen ausgewogene Mischung aus prosaischem Leben und Absurdität boten. Ganz schön unverhofft! Ja: so ruhig, so sachlich, so *alltäglich* stand sie vor mir, mit der unsichtbaren Schleppe ihrer persönlichen Hölle! Nichts von dem, was sie selbst erlitten oder anderen zugefügt hatte, schien sie zu belasten. Es gab nichts zu suchen oder zu finden. Keine Spur vom Geist ihres toten Kindes oder ihrer toten Liebe, keine Spur von ihren Alpträumen, in denen die Liebenden im eigenen Blut badeten, verwahrlost und verstümmelt. Und sie war so normal, so eindeutig – kurzum so sehr *sie selbst* –, dass ich mich dabei ertappte, sie zu beneiden.

Ich war nämlich unfähig, mich so natürlich zu geben – sonst wäre ich an diesem Abend wohl kaum hier gewesen. Unfähig, mit dieser naiven Freude, dieser Hemmungslosigkeit zu lächeln, wie sie es gerade tat. Mit vierzig Jahren war es mir weder gelungen, die Wirren meiner Existenz unter Kontrolle zu bringen noch sie zu akzeptieren, das galt auch für die Tyrannei der schändlichen Zwangslagen, in die ich mich zu meiner eigenen Bestürzung immer wieder begab. Mein ganzes Wesen war zerrissen, ein Schlachtfeld, ein unablässiger Kampf zwischen Vernunft und Auflehnung – und während die Gegner bereits ihre Masken tauschten, überlegte ich immer noch, welches Lager ich wählen sollte … Sie hingegen! Sie war ein Monolith, beharrte auf ihr gutes Recht, »Konflikt« war ihr kein Begriff. Sie stellte gar nichts in Frage, weder die Person, die sie war, noch diejenige, die zu sein sie beschlossen hatte. Welch grober Irrtum zu glauben, dass ihre unvollendete Konversion für sie ein Problem sein könnte! Es war genau umgekehrt. Gesetzlosigkeit war Voraussetzung für ihr Gesetz, ihre Legitimation bezog sie aus der fehlenden Legitimität. Sie *war* die Wirklichkeit.

»Ich weiß, was Purim ist«, sagte ich mit einem Anflug von Verzweiflung, »ich weiß. Ich bin auch Jude.«

In diesem »auch« schwang meine ganze Niederlage mit – und ihr ganzer Sieg. *Du bist hier fehl am Platz.* So lautete die Botschaft, seit ich eingetreten war – die Botschaft der konvertierten Christin an den abtrünnigen Juden, die Botschaft der Wirklichkeit an den Autor, der sich anmaßt, sie zu gestalten … Aber wer ist schon am richtigen Platz?

»Ich wurde nicht religiös erzogen«, fügte ich hinzu, »meine Eltern waren Kommunisten. Die Partei der Fremde …«

»Ach, das wusste ich nicht. Warten Sie, wenn das so ist, feiern wir Purim doch zusammen«, rief sie und ging zur Stereoanlage, um eine Platte auszusuchen. »Jetzt machen wir ein bisschen Stimmung! Und Sie werden hier *Teschuwa* tun! In meinem Wohnzimmer! Dieses Lied habe ich seit Ewigkeiten nicht mehr gehört. Das ist meine ganze Jugend!«

Sie kam auf mich zu und reichte mir die Hülle der CD, die sie ausgesucht hatte. *Versöhnung*, das brachte sie zum Strahlen. Aufrichtigkeit, frei von Humor und Doppelbödigkeit. Selbstzufriedenheit – so unjüdisch, aber gerade deswegen beneidete ich sie. Gerade deswegen kam mir ihr Judentum jetzt entschiedener, präziser, ihre »Identität« vollständiger, authentischer und wahrhaftiger vor als alles, was meine Sippe je erreichen könnte – mein Gott! Von allen abseitigen, außergewöhnlichen oder romanhaften Gestalten, die ich bisher kennengelernt hatte, war sie mit Abstand die außergewöhnlichste. Sie schlug alle anderen aus dem Rennen! Und das trotz deutlich schlechterer Voraussetzungen: einfach nur durch diesen faden Alltag.

Ich dachte, nein, das kann es nicht sein. Es muss etwas anderes geben, es muss *mehr* geben. Fick sie – offenbar konnte ich seit geraumer Zeit keinen normalen Gedanken mehr fassen –, fick die Schlampe! Wiederholte ich insgeheim, während eine bombastisch schmalzige Melodie den Raum erfüllte. Bums diese beschissene Philosemitin, die mit ihrer Judenliebe tote Juden produziert. Diese hysterische Mutter, die mit ihrer Mutterliebe den Tod ihres Kindes herbeigeführt hat, diese vorbildliche Ehefrau, die ihren Mann zum Mörder gemacht hat. Bums sie gut durch, damit ein für alle Mal Schluss ist! Reiß ihr die Maske runter!

Als ich ihr den Arm um die Taille legte, sträubte sie sich nicht. Nun glitten wir unter dem flüssigen Gold der Halogenlampe mitten im Raum dahin, halbwegs im Takt, von beiden Yorkshire-Terriern beobachtet, die entrüstet die Schnauze hoben, einer auf dem Sofa, der andere auf dem Teppich. Claude trank in kleinen Schlucken aus einem zwei Drittel vollen Glas, sie hielt es in der linken Hand, die auf meiner Schulter ruhte. Ich blickte auf das Plakat mit Jerusalem bei Sonnenuntergang und dem pazifistischen Spruch. Und Mike Brant schrie: *Das ist mein Gebet! Deinen Spuren folge ich! Das ist mein Gebet! Deinem Gesetz folge ich!*

So hatte ich seit meiner Jugendzeit nicht mehr getanzt. Die auch die Zeit von Mike Brant war, diesem jüdischen Kurt Cobain der französischen Schlagerszene, der 1975 Selbstmord begangen hatte. An der Berufsschule, an der ich gestrandet war, hörte man in dem Jahr keine andere Musik, und ein Tag, nachdem Mike Brant sich aus dem Fenster gestürzt hatte, war einer meiner Klassenkameraden aufs Schuldach gestiegen, um es ihm gleichzutun, als Hommage. Warum war ich nicht selbst darauf gekommen? Vor ihrer Hochzeit – schrieb ich im Geiste, während ich sie, die sich mit geschlossenen Augen an mich schmiegte, betrachtete – thronte er auf dem Olymp ihres kitschigen Pantheons. Von ihm träumte sie die ganzen Jahre, in denen Jean-Christophe sich vergeblich bemüht hatte, ihr Lust zu verschaffen. Der ideale Mann: ein Jude – und was für einer! Abraham Glucksteins Doppelgänger! Zumindest dem Eindruck nach, den ich erst heute Morgen bei Éliane Salszman von ihm gewonnen hatte – Mike Brant! Als sie ihn 1981 kennenlernte, musste die Ähnlichkeit sie genauso frappiert haben. Von einem zum nächsten, von Mike Brant zu Gluckstein, von Gluckstein zum Judentum: Die ganze Geschichte hatte ein Typ in Gang gesetzt, dessen Name klang wie eine Waschmaschinenmarke! So viel zu meinen feinsinnigen Analysen. Nein, da ist nichts anderes. Es war nie eine Frage der Religion gewesen, es hatte nie mit Glauben, Identität oder Abstammung zu tun gehabt. Vergiss Freud und Dostojewski, denk an *Gala, Podium* und *Voici.*

»*Ein neuer Tag auf Erden*«, karaokte Claude Cottard mit geschlossenen Augen und Tränen auf den Wangen. »*Wir werden tragen das Licht, Und eine Sonne wird strahlen, aus der die Hoffnung spricht, Auf eine Welt ohne Grenzen …* meinem Sohn ging's genauso«, sagte sie. »Purim war auch das Lieblingsfest meines Sohns. Sein Vater machte Verkleidungen für ihn. Alles selbst gebastelt. Er war … er war mal Schauspieler gewesen, er kannte sich damit aus. Für meinen Sohn gab es nichts Schöneres, als verkleidet durch die Altstadt zu spazieren, er hatte unglaublich viel Fantasie! Eigentlich gab es für beide nichts Schöneres. Und so haben wir Karneval gefeiert, wir taten so, als würden wir uns betrinken, aber nur zum Spaß, wir tranken Cidre, damit mein Sohn mitmachen konnte. Ich höre ihn noch lachen.«

»Mein Sohn«: Sie hatte eine ganz eigentümliche Art, das zu betonen. Etwas zu nachdrücklich, das zweite Wort zog sie voller Besitzerstolz in die Länge.

»Verzeihen Sie, aber Sie sagten eben, er sei tot? Er sei ermordet worden?«

»Mein Mann hat ihn getötet. Weil er die Juden hasst! Er hasst die Araber, er hasst einfach alle, dieser Dreckskerl. Er wählt Front National, abends liest er Hitlers Memoiren.«

Sie sprach sehr gelassen, so dass man selbst in Kenntnis

der ganzen Geschichte fast geglaubt hätte, sie erfinde nach und nach alles.

»Weil es nicht seiner war, wissen Sie. Mein Sohn. Nicht seiner … Ja, ich weiß schon! Das bin ich gewohnt. Ich weiß genau, was Sie denken! Sobald eine Frau sich ihre Freiheit nimmt, wie ich es getan habe …«

»Aber nein, ich denke gar nichts. Ich wüsste nicht, mit welchem Recht ich mir ein Urteil anmaßen könnte.«

»Egal, es wird nun mal getratscht! Wenn ich ihn nicht geheiratet hätte, wäre das alles natürlich … Ich weiß doch, was geredet wird! Aber ich bin eben eine Frau voller Leidenschaft, das müssen Sie verstehen, junger Mann. Ich lasse mich von meinen Gefühlen leiten. Wenn ich jemanden liebe, bin ich nicht zu bremsen, ich hinterfrage nichts, ich lasse mich von nichts und niemandem aufhalten, von der Gesellschaft nicht und auch nicht … auch nicht von Vorurteilen. Ich bin eine Utopistin. Das habe ich übrigens auch schon oft von anderen gehört. Alle sagen – sogar meine Freunde! –, sie sagen: ›Du bist so was von utopistisch, immer glaubst du, dass die Leute aufgeschlossen sind, und danach kommt das böse Erwachen.‹ Aber was soll ich machen, man kann sich schließlich nicht selbst ummodeln! Ich dachte, ich hätte genug Kraft, um ihn da rauszuholen. Meinen Mann, meine ich. Darum habe ich ihn geheiratet. Ich dachte, mit Liebe kann man einen Menschen verändern, verstehen Sie«, sagte sie und schmiegte sich noch ein wenig enger an mich. *Erhörst Du nur mein Gebet Werden die Menschen in Einigkeit Erschaffen die Ewigkeit Auf einer Insel der Schönheit, der Liebe und der*

Freiheit … »Glauben Sie vielleicht, ich hätte Sie mit nach oben genommen, wenn ich keine Utopistin wäre? Wenn ich nicht … wenn ich nicht vom menschlichen Austausch überzeugt wäre. Glauben Sie, ich hätte Ihnen auch nur erlaubt, mich anzusprechen? Aber ich hab mich nicht mal darum geschert, dass Sie gerade aus Ihrem Swingerclub kamen! Für mich waren Sie bloß ein armes Schwein, das im Regen stand und nicht wusste, wo es hin sollte. Weiter nichts.«

»Und so war es auch«, sagte ich.

»Ich weiß. Ich weiß, mein Kleiner, ich weiß Bescheid … Ich leugne ja nicht, dass ich dafür teuer bezahlen musste! Wenn Sie wüssten, was ich alles durchlitten habe!«

Ich drückte sie fester an mich, ganz der Beschützer; sie befingerte leicht meinen Nacken.

»Tja …« Sie dachte nach, den Kopf an meine Schulter gelehnt, die Pose erinnerte ein bisschen an ihr Hochzeitsfoto. Wir bewegten uns, ohne groß auf den Takt zu achten, es war mehr ein zerstreutes Schaukeln als ein Tanz, und wenn schon von Schlangen die Rede war, ähnelten wir eher zwei Würmern in einer Dose, die einander weder beißen noch zerreißen konnten, sondern sich umeinander winden mussten, bis sie schließlich an den Haken kamen. Bloß dass wir nicht nur die Köder waren, sondern auch der Fisch und der Angler, wie bei diesem Schere-Stein-Papier-Spiel, das bei Kindern so beliebt ist, wo die Hand immer neue Figuren formt. *Dort sind die Kinder voller Gaben*, sang Mike Brant. *Dort möchte ich einen Sohn haben …*

»Tja«, wiederholte sie. »Schon komisch. Aber ich habe es gleich gefühlt, als ich Sie gesehen habe.«

»Was denn? Was haben Sie gefühlt?«

»Ich weiß auch nicht, es war einfach so ein Gefühl … Das passiert ja manchmal, da treffen sich zwei Fremde und dann passiert es plötzlich.«

»Das liegt sicher daran, dass wir beide allein sind.«

»Haben Sie keine Familie?«

»Meine Eltern sind tot«, sagte ich und begrub sie damit zum zweiten Mal in drei Jahren, rein fiktiv.

»Ach deshalb! Als ich meinen Mann kennenlernte, war er auch Waise. Und Abraham, der Vater meines Sohns – er hieß Abraham –, hatte seine Eltern ebenfalls verloren. Ist das nicht merkwürdig? Lauter orientierungslose Männer, und sie kommen auf mich zu. Wahrscheinlich spüren sie … keine Ahnung. Ich weiß nicht, was sie spüren. Jedenfalls läuft es immer gleich. Es entscheidet sich immer auf den ersten Blick, ich brauchte meinen Mann nur anzusehen und schon war alles klar, binnen einer Sekunde, zack! Bei Abraham war's genauso. Kaum hatte ich ihn im Tierheim gesehen – dort haben wir uns kennengelernt, er brachte immer die Tiere hin, die er auf der Straße fand, und ich hatte Bereitschaftsdienst, ich fütterte die Tiere und behandelte sie –, war mir klar, der ist es, vom ersten Tag an!«

»War er das, eben am Telefon?«

»Abraham? Nein! Nein, er ist auch tot.«

»Das ist ja furchtbar!«

»Ein Unfall, er ist ertrunken …«

»Ihr Leben scheint der reinste Friedhof zu sein.«

»Und die Ihrigen?«

»Wie bitte?«

»Wie sind die Ihrigen gestorben? Ihre Eltern, meine ich.«

»Ach so! Na ja, mein Vater … er war sehr zerstreut, wissen Sie, manchmal merkte er gar nicht, was er tat. Und als er dann eines Tages die Straße entlangging, ist er … er ist in einen offenen Gully getreten. Sturz in zweieinhalb Meter Tiefe, Schädelbruch. Meine Mutter konnte es nicht verwinden.«

Das war die Kurzfassung der – lustigen – Szene, die ich in meinem Buch ersonnen hatte. Als ich sie nun der halb ungläubig dreinschauenden Claude Cottard erzählte, kam sie mir, wenn ich es recht bedachte, weniger komisch als vielmehr abscheulich vor, und ich verstand wieder einmal, warum meine Familie sich mir gegenüber so verhielt, wie sie es tat.

»*Baruch Mordechai*«, sagte sie plötzlich. »*Baruch Mordechai, Arur Haman*. Wissen Sie, was das bedeutet? Das sind die Sprüche, die die Kinder an Purim wieder und wieder aufsagen. ›Gesegnet sei Mordechai, verflucht sei Haman.‹ Man sagt sie immer schneller auf, bis die Sprüche sich schließlich vermischen. Sie haben echt keine Ahnung von all dem, was?«

»Ich fürchte nein.«

»Wissen Sie wenigstens, dass es Esthers Fest ist? Sie hat ihren Onkel Mordechai gerettet, den Haman hängen lassen wollte, so steht es in der Bibel. Wer sie wirklich war, hat sie dem König Ahasveros verheimlicht, der ihr Mann war, darum hat sie ihn beeinflusst, und so wurde in letzter Sekunde Haman an Stelle von Mordechai gehängt, und deswegen wird Mordechai an Purim zu Haman, und Segen und Fluch werden vertauscht, weil Karneval ist«, fasste sie auf denkbar wirrste Weise zusammen. »Und genau das machen auch wir beide heute Abend, verstehen Sie? Darum kommen die armen Schweine zu mir. Ich verwandle den Fluch in einen Segen. Ich sorge für Veränderung.«

»Ich verstehe«, sagte ich. Nur wenige Zentimeter trennten unsere Gesichter, als sie ihr Glas dazwischen hob. »Sie sind eine Art Esther.«

»*Le Chaim!*«, pflichtete sie mir bei.

Dann trank sie das Glas in einem Zug aus, den Kopf in den Nacken gelegt, als handelte es sich nur um eine winzige Menge Wodka.

Und jetzt wirst du sie ficken! Sie wartete, stumm, die Augen auf meine gerichtet, mit vor Alkohol glänzenden Lippen, die nur ein paar Millimeter von meinen entfernt waren. Die Probe aufs Exempel sollte mir allerdings erspart bleiben.

Auf einmal stieß sie mich gewaltsam weg. Sie trat drei Schritte zurück und betrachtete mich ein paar endlose Sekunden lang, als sähe sie mich zum ersten Mal, mit einem starren, von kaltem Hass erfüllten Blick.

»Alles in Ordnung?«, fragte ich vorsichtig, ohne die kleinste Bewegung zu wagen.

Ich sah sie langsam den Mund öffnen, wie jemand, der losbrüllen will. Gleich schreit sie, sie werde vergewaltigt.

Gleich schreit sie, dann kommen die Nachbarn, vielleicht sogar die Bullen …

»Beruhigen Sie sich. Beruhigen Sie sich bitte. Wenn ich mich missverständlich verhalten habe, tut es mir sehr leid, ich wollte Ihnen auf keinen Fall …« Da stieß sie einen ganz kurzen Schrei aus, ließ das Glas fallen, das klirrend an den Parkettstäben zerschellte, während sie in die Knie ging und so plötzlich zu Boden sank, dass ich gar nicht mehr reagieren konnte.

Betrunken war sie nicht. Selbst wenn sie Alkohol nicht gewohnt war, was ich bezweifelte, hätte die Menge, die sie gerade hinuntergekippt hatte, trotz des heftigen Tempos nicht ausgereicht, um sie in einen solchen Zustand zu versetzen.

Behutsamer als nötig trat ich auf sie zu – meine Schritte waren so langsam und gemessen wie ihre Bewegungen hektisch und unkoordiniert, ihr Körper zuckte wild, wurde von Krämpfen geschüttelt, mal krümmte er sich zusammen, dann bäumte er sich auf, während ihr Kopf immer wieder hart auf den Boden aufschlug.

Sie knirschte mit den Zähnen. Ein raues Stöhnen entfuhr ihrem Mund, der auf- und zuging, sie sabberte. Ohne recht zu wissen wie, fand ich mich an ihrer Seite wieder und packte sie an den Schultern, um ihren Kopf oben zu halten – was gar nicht so einfach war, denn während ich auf Scherben und einem Rest verschütteten Whisky kniete und ihren ganzen zuckenden, bebenden Körper in den Armen hielt, musste ich mir zugleich die zwei völlig verängstigten Köter vom Leib halten, die atemlos um uns herumsprangen und mich zu beißen versuchten. Bald hatte sich einer der beiden in meinen Hosenaufschlag verbissen und zog knurrend daran, während der andere durchdringend bellte und Mike Brant weiterhin *Komm heute Abend, trink und tanz mit mir!* grölte. Sobald ich Claude Cottard losließ, um einen der Hunde wegzustoßen oder ihr einen Glassplitter aus den Haaren zu ziehen, fiel ihr Kopf wieder nach hinten. Ungeachtet dieser Schlaffheit war ihr Körper jedoch hart, aufs Äußerste angespannt, kurz vor dem Zerreißen. Sie hatte die Augen verdreht, die Zähne zusammengebissen, wie unter Einwirkung eines Elektroschocks.

Es dauerte eine ganze Weile, bis ich spürte, dass sie sich allmählich beruhigte. Und als sie sich gar nicht mehr sträubte, gelang es mir schließlich, von denselben Instinkten geleitet wie zuvor, sie irgendwie hochzuheben und in ihr Schlafzimmer zu tragen.

Ich legte sie auf das Bett und knipste die Nachttischlampe an. Dann hob ich sie wieder hoch, um die Decke zurückzuschlagen und sie zwischen die Laken zu betten. Anschließend deckte ich sie zu. Sie war nun bewusstlos und stöhnte nur leicht, während ihr Kopf noch wackelte, als träumte sie. Ich ging ins Wohnzimmer zurück, um die Musik auszumachen. Bald war nichts mehr zu hören als das Pendel, das im Bauch der großen Bauernuhr hin und her schwang. Es war tiefste Nacht.

Das Zifferblatt zeigte zwei Uhr zehn an. Ich war schweißgebadet, meine Hände zitterten. Ich setzte mich auf das Sofa und schenkte mir zur Stärkung Schlag auf

Schlag zwei Gläser ein. Aus dem Schlafzimmer drang ein Wimmern zu mir, das aber schwächer wurde. Schluss damit! Jetzt reicht's! Kehr auf die Erde zurück! In der Stille dieser fremden Wohnung wurde mir meine Situation erst jetzt voll und ganz bewusst, und auf einmal fühlte ich mich einsamer und eingekapselter als jemals zuvor. Das Fazit dieser vierundzwanzig Stunden? Bei der (vorgeblichen) Recherche, die dem Abschluss meines Buches dienen sollte, hatte ich mich grotesk aufgeführt. Mein Geplänkel mit dieser Vollidiotin war fast aus dem Ruder gelaufen. Und ich hatte Virginie gedemütigt, als ich sie auf Alex' Fest alleinließ ... Das reicht! Geh – du wirst irgendeine lahme Entschuldigung vorbringen –, und wenn ihr wieder in Paris seid, suchst du vielleicht am besten einen Psychiater auf.

Mit einem Fußtritt schleuderte ich einen der beiden Yorkshire-Terrier weg, der meine Knöchel argwöhnisch beschnüffelt hatte. Ich krallte mir meinen Regenmantel, in dessen Tasche noch der inzwischen wertlose Detektivbericht steckte, zog ihn an und begab mich zur Tür. »Stimmt«, sagte mein Spiegelbild – mein *Dibbuk* –, im Flur über der Grußkarte schwebend, »du hast hier nie etwas zu suchen gehabt.«

Ich dachte einen Augenblick darüber nach, ohne mich vom Fleck zu rühren – und dann eilte ich nicht die Treppe hinunter, sondern machte auf dem Absatz kehrt.

Am anderen Ende des Flurs blieb ich vor dem Bett stehen, gleich links von der Schlafzimmertür. Sie schlief jetzt. Ihren Körper konnte ich unter der Decke nicht erkennen, doch ihr friedliches Gesicht kam mir im gedämpften Licht verändert vor, beinah schön. Mit geschlossenen Lidern wirkten ihre Augen mandelförmig. Die hohlen Wangen, die auf mich einen krankhaften Eindruck gemacht hatten, brachten eigentlich die Jochbögen zur Geltung. Bei näherem Hinsehen erwiesen sich ihre Lippen eher als länglich denn als dünn.

Na bravo: Du hast sie nicht richtig wahrgenommen – nicht einmal das –, und tschüs!

Ich ging zur Wohnungstür zurück. Wieder blieb ich stehen. Willst du jetzt wirklich gehen? Dich dem Ausweisungsbefehl beugen, der gegen dich erlassen wurde, kaum dass du über die Schwelle getreten warst?

Ein weiteres Mal kehrte ich fest entschlossen zum Schlafzimmer zurück. Sie atmete unregelmäßig, stoßweise, ab und zu stöhnte sie auf. An der Blumentapete hingen mehrere Rahmen – ihr Veterinärdiplom, Gruppenaufnahmen von Tieren, die offenbar im Hof eines Heims gemacht wurden. Mal stand sie, mal hockte sie bei den Hunden, die mit hängender Zunge dasaßen, immer im Mittelpunkt, und fixierte die Kamera, ihre Pose erinnerte an einen Arzt, der sich für humanitäre Zwecke einsetzt. Neben dem Bett stellte ein naives Gemälde von beeindruckender Scheußlichkeit einen toten Jesus in den Armen der einen oder anderen Maria dar, das Ganze von einem massigen bonbonrosa Kreuz gekrönt, dessen Umrisse mit einem bläulichen Himmel verschwammen. Das war auch nicht logischer als alles Vorangegangene. Na und? Falls es in diesen Räumen gerade ein unangebrachtes, widersinniges, absurdes Element gibt, dann sicher weder sie noch ihre Bilder oder sonstigen Fundstücke (wie beispielsweise diese eingerollte französische Fahne in der Ecke neben dem Schrank, die Spitze mit einem goldenen Pompon versehen, auf dem Bruchstücke eines Wahlspruchs zu lesen waren: *Eh… Vat… 27.* – vermutlich »Ehre und Vaterland«, gefolgt von der Regimentsnummer) –, nein, nichts von alldem: Das einzige unangebrachte Element hier bist du. Du und deine stichhaltigen Analysen, die das Thema verfehlen – je stichhaltiger sie sind, desto mehr verfehlen sie übrigens das Thema, in diesem Reich der Nicht-Kohärenz, wo Inkohärenz an sich kein Thema ist.

Exit.

Ich berührte den Schalter des kunstvoll gearbeiteten japanischen Lämpchens auf dem Korbnachttisch, das auf einem Stapel Bücher thronte. Nein – lass es lieber brennen –, das wird ihr helfen, sich beim Aufwachen zu orientieren. Falls sie überhaupt aufwacht – vielleicht bekommt sie auch einen Herzanfall. Nicht dein Problem. Diese Krampfattacke hätte sie so oder so bekommen, ob in deinem Beisein oder nicht, meinst du nicht?

Erneut ging ich durch den Flur zur Wohnungstür zurück. Ja, aber wenn du gehst, musst du eins bedenken. Diese Schlafende ist deine Feindin. Ihr Traum steht gegen deinen. Wenn du jetzt gehst, wirst du das Buch niemals beenden können. Wobei du das nicht brauchst, um es zu beenden: Die einzige Lösung für dieses Buch bist du. Falsch: Das einzige *Problem* dieses Buches bist du.

Ach, das Beenden. Beenden. *Eine Geschichte zu einem*

vernünftigen Abschluss bringen! Wie im Fall von Ramona, von Virginie – wie bei meinem letzten Buch, dessen Epilog zunächst auf dem Friedhof stattgefunden und sich gegen mich gekehrt hatte am Grab meines Onkels, bevor er in dieser Nacht hier stattfand – und sich, wie ich befürchte, ebenfalls gegen mich kehrte. Wie immer verschleppe ich das Ganze. Ich suche und suche – bis zur Erschöpfung; selbst wenn die Geschichte abgeschlossen ist, suche ich weiter, ja sogar, wenn es nichts mehr zu finden, zu sagen oder zu tun gibt. Vielleicht suche ich bloß nach dem Grund, warum ich überhaupt angefangen habe? Genau: Ich suche, was ich zu Anfang gesucht habe – die *Falle*, die ich mir selbst gestellt habe.

Und noch eine Kehrtwende. Diesmal bog ich in Richtung Wohnzimmer ab, wo ich mich wieder auf das Sofa setzte. Himmel, es war doch nicht so schwer, eine Tür zu öffnen. Die Uhr schlug halb drei. Hatte ich wirklich zwanzig Minuten damit zugebracht, im Flur hin und her zu gehen? Wenn du wenigstens ein Mal – ein einziges Mal! – zu denken aufhören könntest, um stattdessen zu *handeln.* Klar, nur dass Handeln mir bisher nicht allzu gut bekommen war.

Ich hatte komplett den Faden verloren, ich wusste nicht mehr, was ich hier suchte. Denk doch mal nach. Atme tief durch, komm zur Besinnung. Wenn ich nicht dieses Buch über meine Familie geschrieben hätte, wäre ich heute Abend nicht hier. Wenn ich nicht Navons Strohmann gewesen wäre, hätte ich dieses Buch nicht geschrieben. Wenn ich mich nicht gegen meinen Vater aufgelehnt hätte … die leidige Kausalität. Wie weit sollte man da eigentlich zurückgehen, bis zum Krieg? Atme, denk nach, denk nach. Ursache/Wirkung, Ursache/Wirkung. Darum geht es beim Schreiben – einen Sinn zu finden. Aberglaube, laut Wittgenstein. Vergiss Wittgenstein und hau ab. Oder nein, nein – nein! Rühr dich nicht vom Fleck! Bleib einfach sitzen und *rühr dich ja nicht vom Fleck!* Es wird schon irgendwas passieren, was dir den möglichen Schluss aufzeigt. Irgendwas wird dich da schon herausholen – aus dieser Wohnung, aus dir selbst – aus diesem Traum.

Aber da riss mich ein erneutes Wimmern aus meinen Gedanken, und so begab ich mich ein weiteres Mal ins Schlafzimmer. Sie lag immer noch bewusstlos da, halb aus dem Bett gerutscht, ihr Oberkörper baumelte über den Bettrand, ein Arm lag halb auf dem Boden. Chaotisch selbst im Schlaf. Ich legte sie wieder richtig hin, schüttelte das Kissen aus und bettete ihren Kopf darauf, mit väterlichen Gesten und dem ätzenden Bewusstsein, mich wie ein Trottel zu verhalten. Kaum lag sie wieder ordentlich im Bett, nahm sie meine Hand, ohne aufzuwachen, so kam es mir zumindest vor, zog meinen Arm zu sich heran und schmiegte ihren Kopf an mich – als ich zurückweichen wollte, war es schon zu spät.

Im Tiefschlaf versunken, hielt sie mich fest. Ich für meinen Teil wollte auf keinen Fall, dass sie aufwachte. Ich setzte mich aufs Bett, das machte inzwischen auch keinen Unterschied mehr … Irgendwann würde sie sich anders hinlegen. Diese Frau kann einfach nicht stillhalten, irgendwann wird sie sich schon rühren. Aber nein. Sie rührte sich nicht. Ihrem seligen Lächeln nach zu urteilen, hatte sie endlich ihren Platz gefunden. Während ich unbequem und halb verdreht am Bettrand hockte, in meinen Regenmantel verheddert, den einen Arm zwischen ihren Armen eingeklemmt, die Hand teddybärgleich an ihre Brust gedrückt, kurz vor einem Nervenzusammenbruch, und zum Ausgang starrte, der noch nie so unerreichbar war.

Diese endlosen Haarspaltereien, die mich vom Handeln abgehalten hatten, waren mir sehr vertraut. Die hektische Ohnmacht, die kopflose Unentschiedenheit, einfachste Dinge, die plötzlich nicht mehr zu bewältigen sind: Ist der Mechanismus einmal in Gang gesetzt, gerät er gleich außer Kontrolle, und so treibe ich den Stillstand unaufhaltsam voran, wenn ich so sagen darf. Diesmal hatte ich mich allerdings selbst übertroffen. Diesmal war es mir gelungen, mich von einer Frau gefangen nehmen zu lassen, deren Schlaf allem Anschein nach von mir gefangen gehalten wurde.

So verstrichen mehrere Minuten. Vor lauter Reglosigkeit verlor ich das Gefühl, überhaupt zu existieren. Mit einem letzten Rest von Bewusstsein reagierte ich panisch auf die Vorstellung, von dieser Schlafenden festgenagelt zu werden, und verspürte ebenso viel Angst vor ihrem Erwachen, sollte ich mich bewegen. Ob sie wohl immer so vorgegangen ist, fragte ich mich benommen, während meine Gedanken zwischen ihr und mir hin und her irrten, zwischen ihrem Schlaf und meiner nachlassenden Wachheit – ob sie Jean-Christophe und Gluckstein auf diese Weise an sich gebunden hatte? Wozu denn Schönheit, Sinnlichkeit oder Intelligenz – sie braucht nur zu schlafen. Fantastisch! Eine Hypnose unter umgekehrten Vorzeichen, von Anfang an. Darum kann ich auch nicht weg: *Sie träumt mich!*

Im Zimmer lachte jemand – ich, wahrscheinlich. Da fielen mir die Worte des Mörders wieder ein, als er vor Gericht einen ungeschickten Versuch unternommen hatte, sein Geständnis zu relativieren und von einem »Rollenspiel« sprach. *Ich sollte das sagen, damit sie zurückkommt, das war ihre Bedingung, sie wollte hören, dass ich ihn getötet habe …* Sie hatte *seine* Träume – den Wunsch, Vater zu werden, die Hoffnung auf sozialen Aufstieg und Integration – ins Gegenteil verkehrt, sie so lange ausgesaugt, bis sie ihm endlich den Platz zuweisen konnte, den er in *ihrem* Traum einnahm. Und was für einen Platz: die reine Schmach!

Sicher, er hatte es darauf angelegt. Er hatte die Katastrophe selbst ausgelöst. Aber was war mit mir? Was hatte ich denn getan? Durch welche Verkettung abwegiger Ursachen hatte ich mich selbst derart angekettet? Wie war ich in diesen verfluchten Traum hineingeraten?

Ich rutschte ein wenig hin und her. Um eine etwas bequemere Position zu finden, bewegte ich mich um sie herum auf die freie Bettseite, wo ich mich mehr schlecht als recht niederließ, halb sitzend, halb liegend, den Arm immer noch um sie geklemmt wie ein willenloses Tentakel. In dieser Lage, mit Claude Cottard zu meiner Rechten, fiel mein Blick automatisch auf die französische Fahne, die wie ein Theaterrequisit eingerollt an der Schranktür lehnte, daneben hing ein Schwarz-Weiß-Foto an der Wand, das eine Gruppe von Soldaten vor exotischem Dschungelhintergrund zeigte. Aus dieser Entfernung und in diesem Licht konnte ich die Gesichter natürlich nicht erkennen, aber aufgrund meines Vorwissens vermutete ich, dass ihr Vater darunter war – Marcel Berger, Berufssoldat. Er war als Unteroffizier aus dem Dienst geschieden. Viele Auslandseinsätze – namentlich Indochina, Afrika. Claude hatte den Großteil ihrer Kindheit und gut die Hälfte der Pubertät ohne ihn auskommen müssen. Das Ende des Algerienkriegs bot die Gelegenheit, ihn in den vorzeitigen Ruhestand zu versetzen – unter Angabe obskurer, vermutlich psychologischer Gründe –, und das jähe Auftauchen des Vaters im Familienkreis fiel zeitlich mit den ersten Ausbrüchen seiner Tochter zusammen. Danach kamen mehrere Sanatoriumsaufenthalte und 1984 schließlich sein Tod infolge der Alzheimer-Krankheit.

Als ich das alles drei Jahre zuvor bei meiner Recherche in Erfahrung gebracht hatte, stellte ich natürlich alle möglichen Hypothesen auf, doch jetzt, da ich träge auf Wellen der Schläfrigkeit dahintrieb, die vom Körper der Schlafenden an meiner Seite ausgingen und meinen Erklärungsansätzen Erinnerungsfetzen und Traumszenen beimischten, jetzt verblüffte mich vor allem der merkwürdige Zufall, der alle Akteure dieser Geschichte einte. Jean-Christophes verstorbener Vater, Claudes abwesender Vater, die toten Eltern von Gluckstein – selbst ein unsichtbarer Vater für Charles-Édouard. War das vielleicht die Antwort? Von *meinem* Vater selbstverständlich ganz zu schweigen – dem Abwesenheitsprofi.

Er war Schauspieler, dachte ich, das war sein Beruf – und als wollte sie mir beipflichten, rückte sie näher zu mir, legte den Kopf fast auf meiner Schulter, so dass ich mich noch weniger rühren konnte als zuvor. Als Kind hatte ich ihn des Öfteren auf der Bühne gesehen, und wenn ich ihn nach der Aufführung im Labyrinth der Kulissen suchen ging, inmitten der bunten Kostüme, der Schminkgerüche, der schwarzen Vorhänge, die zum abgebauten Bühnenbild gehörten, fand ich nichts – Abwesenheit, Zerstreuung, Schuldgefühle ...

Könnte das der eigentliche Grund sein? War *Abwesenheit* womöglich das Schlüsselwort? Aber es gibt gar keine Väter, es gibt nur Söhne, der Vater ist eine fiktive Vorstellung, die sie entwerfen ... Wie naiv ... Wie naiv es doch war, daran geglaubt zu haben ... Das kam mir jetzt lächerlich vor ... Dabei hatte ich mich mit Ramona ... Mit Ramona hatte ich mich auf das Spiel eingelassen ... Als wir aus Arizona zurückgekehrt waren und sich die Froschföten und andere Fruchtbarkeitszauber als wirkungslos erwiesen – aber ja ... hatte sie für mich doch tatsächlich einen Termin bei einer Samenbank vereinbart. Die Augen halb geschlossen, lachte ich bei dieser Erinnerung insgeheim wieder auf. Die Praxis befand sich im Washingtoner Watergate-Gebäudekomplex. Mal ehrlich, wie sollte man sich dagegen verwahren?

Die Aussicht, an einem Ort zu masturbieren, den die Enthüllungen von »Deep Throat« weltweit berühmt gemacht hatten, war fast noch motivierender als der Wunsch nach familiärer Aussöhnung – die mir allerdings, gerade mal sechs Monate nach meiner Beschneidung, immer noch viel bedeutete. Die Bande neu knüpfen! Einer jüdischen Familie ein jüdisches Kind bescheren, bevor meine Eltern starben! Natürlich waren wir gemeinsam hingegangen. Nach zwei Gesprächen mit dem Arzt und dem Ausfüllen der nötigen Formulare, mit denen ich Ramona zur »Eigentümerin« meines Spermas machte, die nach Belieben darüber verfügen konnte, fand ich mich hinter verschlossener Tür in den Waschräumen wieder, mit einer Reihe von Hochglanzseiten, auf denen dralle Blondinen mit roter Haut und dicken Brüsten sich in haarsträubenden Posen wanden. Dazu muss man sich als Hintergrund noch den Lärm banaler Wortwechsel im Eingangsflur vorstellen, die keimfreie Laboratmosphäre: Es kostete mich gut fünfundzwanzig Minuten Anstrengung und Konzentration, ehe ich wieder rauskommen konnte – schweißgebadet, aber siegreich erhob ich die kleine, nur knapp zu einem Drittel gefüllte Phiole. Drei Wochen später, als ich bereits wieder in Paris war, verließ Ramona das Labor mit dem hingebungsvoll verpackten Eisbehälter für das Sperma, das, einmal aufgetaut und inseminiert, zur koscheren Neugeburt unserer beiden Familien führen sollte. Das war nun wirklich ein Traum! Das war *Teschuwa*! Doch als sie die Glastür des Watergate aufstieß, wurde sie jäh mit der harschen Realität konfrontiert: Die Kameras von CNN, ABC und CBS waren auf sie gerichtet, während eine Gruppe von Demonstranten Spruchbänder schwangen, die den internationalen Zionismus anprangerten. Tja – damals erreichte die Clinton-Affäre gerade den Höhepunkt der

Hysterie. Die amerikanischen Medien suchten nach den Spuren eines anderen, präsidialen Spermas auf dem Kleid einer jungen Frau, die von den arabischen Medien als Mossad-Agentin dargestellt wurde – Monica Lewinsky, die zufällig in diesem Gebäude wohnte. Nach ihr gierten die Kameras, doch alles, was sie an diesem Tag in Sachen jüdische Weltverschwörung vor die Linse bekamen, war eine erst fassungslose, dann panische Ramona, die – mit *meinem* Sperma unter dem Arm – Kameras und Demonstranten umrannte und ans Ende der Straße sprintete, wo ihr Auto stand. Und was *wir* bekamen, kaum war der Lachanfall am Telefon verebbt, als sie mir die Geschichte erzählte – was wir bekamen, war das Ende. Wie alles andere an diesem verliebten Messianismus, der unsere Beziehung prägte, war auch die Insemination gescheitert. Mit einundvierzig Jahren hatte Ramona ihren letzten Versuch unternommen, Mutter zu werden, und wir trennten uns kurze Zeit später unter doppeltem Gelächter.

»Ja«, hörte ich mich laut murmeln, und Claude Cottard an meiner Seite antwortete mit einem leisen Brummen. Ja … Warum hatte ich sie eigentlich verlassen? Trotz ihrer schaurigen Wasserspeier, tibetischen Geister, indianischen Schamanen und weiß Gott was noch hatte Ramona mich damals in ihr Leben aufgenommen. Sie hatte mir einen Platz eingeräumt. Das Resultat: Ich war gegangen. Und hatte den langen Weg auf mich genommen, der mich mitten in diese Nacht hineinführte, in dieses Zimmer, wo – so hirnverbrannt, widersprüchlich und räuberisch die Frau auch war, die sich schlafend an meine Schulter schmiegte –

ich stets ein Eindringling bleiben würde, in *ihre* Vorstellung, in *ihren* Traum, in *ihr* Revier. Dafür hatte ich mich entschieden. Für einen Ort, an dem ich nicht sein und den ich nicht verlassen konnte. Gegen meine Familie für eine Familie, die den gleichen Weg in *umgekehrter* Richtung ging. Vom – teuer bezahlten – Integrationstraum zum Alptraum der Desintegration. Dazwischen der unvollendete Entwurf meiner Identität.

»Ich wusste es. Ich habe es kommen sehen. Den ganzen Abend habe ich dagegen angekämpft, aber ich wusste, dass es passieren würde.«

Hatte sie etwa gesprochen? Ich öffnete die Augen – da wurde mir erst bewusst, dass ich sie geschlossen hatte – und fuhr zusammen: Wie sie sich so an mich presste und den Kopf im Lampenlicht erhob, war ihr Blick furchterregend.

»Darum wollte ich nicht allein sein. Es tut mir leid.«

»Das macht doch nichts …«

Ich konnte nicht wirklich erkennen, ob sie wach war oder nicht, ihr Pupillengrund war so leer wie bei jenen, die mit offenen Augen schlafen. Ihr Kopf sank wieder auf meine Schulter, schwerfällig, doch gerade als ich dachte, sie sei bewusstlos, sprach sie mit heiserer, belegter Stimme weiter. »Es hat so lange gedauert, das zu begreifen. Ich weiß noch, als ich … als ich in die Praxis kam, war ich … so elf oder zwölf? Und dann ging's los. ›Na, was ist mit unserer Kleinen denn los?‹ Ich hätte ihnen allen am liebsten in die Fresse gespuckt! Den Kinderärzten, Psychologen, Psychiatern, Neurologen – Neurocalcium. Was, Neurocalcium hilft dir nicht? Lysanxia auch nicht? Urbanyl, Tranxilium, Gardenal. Vor Klassenarbeiten ein Myotonolytika-Cocktail ... Glauben Sie mir, als ich ... als ich meine erste Regel kriegte, war ich schon eine wandelnde Apotheke! Von klein an war es immer das Gleiche. Meine Kopfschmerzen, meine ... meine angebliche Nervosität ... Mir ging es so schlecht, als ob ich verbluten würde. Nachts wachte ich auf und dachte, gleich sterbe ich. An manchen Tagen konnte ich gar nichts mehr sehen, und dann war ich plötzlich von seltsamen Bildern umgeben, die Formen waren alle verzerrt, die Farben fehlten ... Am schlimmsten war es bei meiner Erstkommunion, als ich die Hostie nahm. Es war – ich weiß auch nicht, es war so heftig ... Der Pfarrer hat mir die Hostie auf die Zunge gelegt, ich wollte die Augen schließen, es gab ein strahlend weißes Licht – und dann fiel ich peng! der Länge nach hin. Da war die kleine Claude aus den Latschen gekippt. So ging es in einer Tour weiter. Bei jeder etwas stärkeren Empfindung fiel ich in Ohnmacht, ich dachte, es hat mit Gott zu tun. Damals glaubte ich, dass Er mich rief. Schon am Tag der Kommunion, als ich auf der Krankenstation aufwachte, sagte ich, dass ich Nonne werden will. Später hat man mich in die Klosterschule gesteckt, aber da lief es auch nicht so gut. Weil ich diese Panikattacken hatte. Ich habe mich mit allen gestritten. Ich konnte nichts vertragen, bekam tetanische Anfälle, Herzanfälle, sobald man mir auf die Nerven ging, fiel ich in Ohnmacht. Nur in der Kirche hab ich mich wohl gefühlt. Aber auch da nur, wenn ich allein war – in der leeren Kirche. Ich kniete mich hin, ich betete, niemand kam, um nach dem Rechten zu sehen. Niemand störte oder bemitleidete mich. Dort ging es einigermaßen. Dort kam ich zur Ruhe. Ich sprach mit der Jungfrau Maria. Im Geist sprach ich mit Jesus. Das hat sogar den Nonnen imponiert. Sie waren der Meinung, dass ich anders war als die anderen, und das war ich bestimmt, alle wussten, dass ich nicht so ein Leben führen würde wie sie! Natürlich hat ihnen das auch ein bisschen Angst gemacht. Aber daran habe ich mich inzwischen gewöhnt, glauben Sie mir. Ich habe den Leuten immer Angst gemacht. Mache ich Ihnen etwa keine Angst?«

Sie fortfahren zu lassen, war nur ein weiterer Fehler – oder die Bestätigung dessen, was mich hierher geführt hatte.

»Ich las Bücher über Thérèse von Lisieux. Ich habe meine Mutter bekniet, ich sagte zu ihr: ›Bring mich nach Lourdes.‹ Sie weigerte sich. Sie wollte Papas Rückkehr abwarten. Sie sagte: ›Wenn Papa wieder in Frankreich ist, wenn er wieder richtig bei uns ist, fahren wir alle zusammen hin.‹ Und so sperrte ich mich in meinem Zimmer ein, kniete vor dem Kruzifix und betete um die Rückkehr meines Vaters. Mit vierzehn war ich davon überzeugt, eine Heilige zu sein … Das Leben ist manchmal schon seltsam. Ich musste erst schwanger werden, damit man es feststellte. Damals hatte ich wieder einen Therapeuten aufgesucht. Zum ersten Mal seit meiner Pubertät. Weil ich in dieser Zeit auch Depressionen hatte, wegen dieser ganzen Geschichten, Abraham und anderes. Jedenfalls gab es da diesen Arzt, er hieß Dr. Abitbol … Und dem habe ich von meiner Kindheit erzählt, die Kirche, die Ohnmachtsanfälle – Sachen, die ich sonst niemandem erzählt hatte, nicht mal mein Mann wusste Bescheid. Dem Doktor vertraute ich aber. Er war jung, sympathisch, jünger als ich. Ich weiß auch nicht, was ich mir dabei eigentlich gedacht habe. Jedenfalls ist er auf die Idee gekommen, sich meine Krankenakte anzusehen. Einfach so. Und dann kam er auf mich zu und sagte: ›Sie hatten mit dreizehn Monaten eine Enzephalitis, stimmt das?‹ – ›Das stimmt‹, sagte ich, ›aber warum fragen Sie?‹ Da hat er mir erklärt: ›Nach allem, was Sie mir geschildert haben, ist die Wahrscheinlichkeit hoch, dass Sie Epileptikerin sind.‹ Ich konnte es nicht fassen. Glauben Sie mir, ich konnte es einfach nicht fassen. Die Untersuchungen wurden alle vorgenommen, während ich mit Charles-Édouard schwanger war: schwere Hirnläsion, aktive komplexe partielle rechtsseitige Temporallappenepilepsie. Verrückt, was? Plötzlich wird man damit konfrontiert … Inzwischen kenne ich die Fachausdrücke in- und auswendig, ich kann sie Ihnen aufzählen. Fokale Anfälle, tonisch-klonische Anfälle, Tetanie, fokale Anfälle mit Entwicklung zu sekundär generalisierten Anfällen: Alles, was ich als Kind schon erlebt hatte, die vermeintliche Mystik … Und kein Mensch hatte die richtige Diagnose gestellt! Das erklärte im Nachhinein natürlich alles, aber … Wissen Sie, seither habe ich mich oft gefragt, na ja … ich habe mich gefragt, wie mein Leben verlaufen wäre, wenn man es früher gewusst hätte.«

»Waren Sie enttäuscht?«

»Wissen Sie, was ich dachte? Damals war ich im dritten

Monat schwanger und ich dachte – ich habe die Szene wieder vor Augen, ich kam gerade aus Abitbols Praxis, guckte meinen Bauch an und sagte mir: ›Das da ist schuld.‹«

»Das da?«

»Das Baby! Das Baby hat mich krank gemacht! Jetzt glauben Sie bestimmt, dass ich spinne. Es konnte gar nicht sein, das wusste ich ja, aber ich glaubte es dennoch, ich konnte nicht anders. Ich habe Abitbol sogar gefragt. Ich habe ihn gefragt: ›Sagen Sie mal, könnte es nicht eher an meiner Schwangerschaft liegen?‹ – ›Bestimmt nicht, seien Sie da ganz unbesorgt‹, hat er mir geantwortet. Trotzdem habe ich mir Sorgen gemacht, und wie! Davor hatte ich mich für etwas Besonderes gehalten, nun hatte ich das Gefühl, einfach nur krank zu sein … Für mich war dieses Kind ein Fremdkörper, eine Art … Kurzschluss.«

»An der Uni, an der Veterinärhochschule«, nahm sie den Faden nach einer Pause wieder auf, »gab es ein … wie soll ich sagen, ein Museum für tote Tiere, einen Saal voller Föten, die man Monster nannte. Ich musste ständig daran denken … Jean-Christophe lachte immer, wenn er mich dort hinschleppte … Er zeigte mir das zerquetschte Schaf, das gar kein Schaf war. Das heißt, es hatte keinen Leib, bloß acht zerquetschte Beine, wie eine fette Spinne, darüber konnte sich dieses Arschloch schlapp lachen. Danach musste ich jedes Mal brechen. Jean-Christophe war das egal, er spielte sich gern auf. Noch nie was mit einer Frau gehabt, aber den großen Macker rauskehren! Und dann hielt er mir Vorträge über die Religion … Von wegen! Ich fragte ihn: ›Aber wie kannst du an Gott glauben, wenn du so was siehst? Wenn die Natur so was hervorbringt, wie kannst du dann an Gott glauben?‹ Na ja, und als ich schwanger wurde, ist mir das wieder eingefallen. Ich hatte Angst vor dem, was in meinem Bauch heranwuchs, ich dachte: ›Was wird das bloß werden?‹ Ein Fremdkörper! Wie soll man den beherrschen? Selbst den eigenen Körper kann man nicht beherrschen, man ist dann eben Epileptiker oder ein Monster oder … Nachts hatte ich immer wieder denselben Alptraum. Das weiße Kälbchen. Ich hatte es im Museum gesehen, ein Kalbsfötus, ganz weiß, der Körper war bereits ausgebildet, sechs Beine, die ineinander verschlungen waren – ein grausiger Anblick. In meinem Traum steckte die Hälfte seines Körpers in meinem fest. Man musste eine Embryotomie vornehmen. Wissen Sie überhaupt, was das ist? Ich hatte das mal im Praktikum gesehen, an der Hochschule. Das macht man bei Kühen, wenn der Fötus steckenbleibt, man zerstückelt ihn mit der Säge – einer Spezialsäge, die man in die Vagina des Tiers einführt. In meinem Traum war das Jean-Christophe, mein Mann, er stieß die Säge in mich hinein, er riss mich entzwei, er steckte die Arme hinein, um das Baby Stück für Stück herauszuholen … Nur um Ihnen eine Ahnung zu geben, in welchem Zustand ich war … An manchen Tagen hatte ich zehn epileptische Anfälle, stellen Sie sich das mal vor … Ich konnte selbstverständlich nicht mehr Auto fahren oder arbeiten, ich konnte gar nichts mehr tun, außerdem dachte ich nur noch an Selbstmord … Dazu hatte ich aber auch wirklich allen Grund. Mein Mann war völlig übergeschnappt,

Abraham ließ mir keine Ruhe. Und als ob das nicht schon gereicht hätte …«

»Was denn?«

»Einfach alles – und dann trat auch noch mein Vater auf den Plan! Er hatte es sich in den Kopf gesetzt, auf mich aufzupassen, dieser Spinner, hatte nichts Besseres zu tun. Diese neun Monate waren wirklich ein Alptraum.«

»Was war mit Ihrem Vater denn los?«

»Er war verrückt. Ich meine wirklich verrückt – nicht bloß ein bisschen gestört, sondern komplett wahnsinnig. Wenn er seine Schübe hatte, musste man ihn manchmal einweisen lassen. Zu Hause, als ich noch ein Kind war, glaubte dieser Blödmann, er sei nach wie vor bei der Armee. Alle mussten vor ihm kuschen, alles musste zackzack gehen, wie er sagte, und wenn es mal nicht so lief wie gewünscht, dann ist er ausgerastet, er haute um sich, schlug alles kaputt.«

»Ist er das da drüben auf dem Foto?«

»Ja. Ich weiß auch nicht warum! Seit meiner … seit meiner Trennung habe ich es … keine Ahnung. Ich hab ihn so gehasst, diesen Mistkerl! Ich wollte unbedingt, dass er krepiert! Und jetzt denke ich pausenlos an ihn. Ich lese alles Mögliche über Indochina, Algerien. Ich versuche zu begreifen, was er wohl erlebt hat, um so zu werden … Schon komisch, finden Sie nicht? Ich meine, bis zu meinem vierzehnten Lebensjahr war ich fast immer allein mit meiner Mutter, ihn habe ich zwei Mal im Jahr gesehen, in den Ferien, er war ein Held. Als er dann aber endgültig zurückgekehrt ist, als er sich bei uns eingenistet hat … war das wie ein Keulenschlag, Sie können sich das nicht vorstellen. Heute denke ich, dass er uns von Anfang an nicht leiden konnte. Er hat es nicht ertragen, von Frauen umgeben zu sein. Vor allem nach der Zwangspensionierung, außerdem hatte er noch an Indochina und Algerien zu kauen, seine beiden Kriege. Die hat er zu Hause nachgestellt, was hat er uns schikaniert! Meine Mutter, die blöde Kuh, ließ es sich einfach gefallen, ohne einen Mucks – im Gegensatz zu mir. Ständig hat er sie wegen irgendwelcher Lappalien angeschrien, er hat sie geschlagen. ›Was soll das, du Arschloch?‹, habe ich ihn angebrüllt. Meinen eigenen Vater. ›Du hast uns nichts zu befehlen, klar? Deine Frau ist keine Araberin! Kehr doch dahin zurück und knall sie weiter ab, wenn es dir nicht gelangt hat! Verschwinde!‹ Aber je lauter ich gegen ihn anschrie, desto mehr Pillen musste ich schlucken, sonst hat das nichts gebracht. Bis sie schließlich nicht mehr ihn, sondern *mich* in die Geschlossene einweisen wollten. Ist das zu fassen? Sie waren mit ihrem Latein wirklich am Ende. Einmal sind sie sogar mit mir nach Lourdes gefahren – aber zu spät. Ich hatte mich verändert. Ich weiß noch, wie sie mich zur Grotte schleppten, ich habe mir daraus einen Spaß gemacht, ich habe sie nach Strich und Faden verarscht, meine Mutter sagte: ›Das kann nicht sein! Das Mädchen ist besessen, sie ist vom Dämon besessen!‹ Offen gesagt, habe ich das damals auch gedacht. In ihrem Beisein habe ich die Klappe groß aufgerissen, aber wenn ich mit meinen Anfällen und den Medikamenten allein war, kam ich mir ganz und gar nicht mehr vor wie eine Heilige. Ich dachte, ich bin verrückt! Ich dachte, im Mittelalter hätte man mich verbrannt. Ich dachte, mein Vater, das sind bestimmt die Gene, sein verdorbenes Blut, ich hab's von ihm geerbt, ich werde so enden wie er. Nach unserer Rückkehr aus Lourdes hat er seinen Psychiater gefragt, ob man mich nicht einweisen lassen könnte. Und da bin ich abgehauen, da habe ich angefangen, meinen Körper zu verkaufen.«

»Sind Sie nun schockiert?« Diese Frage streute sie mit einem Fünkchen Stolz ein.

»Aber nein, keineswegs …«

Es war nach wie vor unmöglich, bei ihr zwischen Dichtung und Wahrheit zu unterscheiden. Aber was machte das schon? In gewisser Hinsicht war hier alles wahr, was sie sagte.

»Nicht, dass ich das lange gemacht hätte, waren bloß zwei Monate, 1968. Ich war mitten in der Nacht von zu Hause abgehauen und in Marseille bei einer Bekannten untergeschlüpft, die damit ihr Geld verdiente. Während also die Studenten in Paris mit Pflastersteinen warfen, hab ich mich dort als Nutte verdingt. Es gibt Schlimmeres. Echt … Durch die Epilepsie hatte ich häufig Absencen, ich habe dann nicht so richtig mitbekommen, was läuft. Beim ersten Mal, also bei meinem ersten Mann, habe ich sogar gar nichts gespürt.«

»Das kommt mir wenig glaubhaft vor.«

»Es war aber so, wirklich … ich war wie weggetreten …«

»Nach zwei Monaten konnten Sie nach Hause zurückkehren?«

Ihre Antwort ließ so lange auf sich warten, dass ich glaubte, sie sei wieder eingeschlafen.

»Da ist was vorgefallen«, sagte sie schließlich. »Eines Tages bin ich einem Typen begegnet, einem Araber, einfach so, auf der Straße. Wissen Sie, in den sechziger Jahren waren die Einwanderer anders als heute, man hat sie gar nicht wahrgenommen, sie haben keinen Ärger gemacht und nichts. Der Typ war alt – na ja, damals kam er mir alt vor. Eher ungepflegt, er sah nicht einmal gut aus, ein Arbeiter. Ich weiß noch, dass sein Gesicht entstellt war, ein Auge war ganz weiß, der halbe Kiefer eingeschlagen, kurzum … Keine Ahnung, wie es dazu gekommen ist. Aber mit ihm habe ich was gespürt, und wie! Der Kerl hat es mir verdammt gut besorgt. Ich glaube, er war genauso verblüfft wie ich, ich hab ziemlich laut geschrien, das hat ihm ein bisschen Angst gemacht, das erlebte er wohl nicht so oft … Und so bin ich zwei Tage später wieder in dieses Viertel gegangen und hab nur noch mit solchen Typen rumgemacht. Typen aus den Slums. Das hat mir jedes Mal Lust bereitet. Wir taten es überall. Im Keller, bei den Mülltonnen, auf gammligen Matratzen, die auf dem Boden lagen. Manchmal auch zu mehreren.«

»Wie alt waren Sie da?«

»Neunzehn. Alles, was eine Frau mit ihrem Körper anstellen kann, alles, was andere mit diesem Körper anstellen können, habe ich in diesen zwei Wochen angestellt und mit mir anstellen lassen. Danach fühlte ich mich jedes Mal wie neu … jungfräulich, auf eine Art. Das war besser als die Kirche! Ich hatte den Eindruck … dass das Ganze einen Sinn hat, ich weiß nicht, wie ich es erklären soll.«

»Und dann haben Sie aufgehört?«

»Die Bekannte, bei der ich wohnte, hat mich dazu gebracht. Als sie kapiert hatte, was da lief. Eines Tages hat sie mich dort aufgestöbert, sie hat mich gezwungen, in ihr Auto zu steigen, und weil sie älter war als ich, hat sie mir eine Predigt gehalten. ›Du bist dafür nicht gemacht, kehr zu deinen Eltern zurück. Was du da treibst, ist gefährlich, außerdem verdienst du damit nicht mal deinen Lebensunterhalt, du wirst dabei draufgehen, so oder so.‹ Sie hatte Recht, denke ich heute, und ich schulde ihr großen Dank. Damals schaltete ich aber auf stur. Sie musste mich in Grund und Boden brüllen, um mich zu überreden. So hatte man mir noch nie den Kopf gewaschen, echt!«

»Und haben Sie gar nichts erzählt, als Sie wieder zu Hause waren?«

»Das hätte ich nur zu gern gemacht. Mein Vater wäre tot umgefallen, wenn er gewusst hätte, dass seine Tochter sich von Arabern ficken lässt. Das war schon verlockend. Aber das hätte leider auch meine Mutter umgebracht, und das wollte ich nicht.«

»Und anschließend haben Sie in Maisons-Alfort Ihre Doktorarbeit in Angriff genommen? Wie haben Sie das gemacht? Über Parasiten, richtig?«

Jetzt hatte ich mich verplaudert, aber das fiel ihr anscheinend nicht auf.

»Ja«, antwortete sie. »Ich frage mich auch, wie ich das gemacht habe, bis heute. Klar, es ging um Tiere, Tiere habe ich schon immer geliebt. Für mich zählt nichts anderes auf der Welt ... Ich glaube allerdings, es ist auch meinem Mann zu verdanken«, fügte sie nach einer kurzen Pause hinzu. »Das muss man ihm schon lassen. Ohne ihn hätte ich es nicht geschafft.«

»Waren Sie verliebt?«

»In ihn?«, prustete sie. »Er sprach genau so wie mein Vater, ich konnte ihn nicht leiden. Ich widersprach ihm ständig, bei allem, was er sagte. Schon damals haben wir uns stundenlang angeschrien. Und da er außerdem noch nie etwas mit einer Frau angefangen hatte ...«

»Aber Sie haben sich trotzdem bereit erklärt, ihn zu heiraten?«

»Ach, wissen Sie, damals war mir sowieso alles egal, da konnte ich mich auf jeden Scheiß einlassen.«

»Bis Sie schließlich schwanger wurden ...«

Erneute, sehr lange Pause.

»Ja ... Ja, ich weiß. Wenn ich ihn nicht geheiratet hätte, wenn ... Das habe ich mir unzählige Male gesagt, seit der Kleine tot ist. Ich mochte ihn nicht, das kann ich nicht leugnen, ich mochte den Jungen nicht, das stimmt. Aber ich wollte doch nie, dass er stirbt. Und dann sage ich mir, wenn ich wenigstens den Mut gehabt hätte, wegzugehen ... mir den Kleinen zu schnappen und Nizza zu verlassen. Mit Abraham wäre das möglich gewesen, selbst ohne Geld, selbst ohne einen Cent. Aber ich habe es nicht geschafft. Da lebte ich mit so einem Dreckskerl zusammen – sechzehn Jahre lang habe ich mir täglich anhören müssen, wie er seine beschissenen Reden schwang! Ein Fascho, ein

Arschloch – aber ich konnte einfach nicht weg. Ich sah mich schon ... ich sah mich eben schon unter der Brücke.«

»Abraham ...«

»Habe ich Ihnen doch schon gesagt, er war der Vater des Kleinen.«

»Ja. Und wie hat er reagiert?«

»Er? Ach, ihm war das doch ... Ich nehme ihm das nicht übel, so war er nun mal. Nur ein Bohemien ... Gerade das liebte ich an ihm, das konnte ich ihm schlecht vorwerfen! Sanft war er, lustig, fantasievoll – unterhaltsam. Ich nahm, was ich kriegen konnte. Die meisten Bücher hier habe ich von ihm. Auch die Jazzplatten und ganz viele andere Dinge. Mit so was war ich davor noch nie in Berührung gekommen. *Noch nie!* Er war Künstler, hatte ich das schon erwähnt? Er war in Hollywood Tänzer gewesen. Als ich ihn kennenlernte, kam er gerade aus Indien, seine Eltern hatten Prag 1937 verlassen, er war in New York aufgewachsen, hatte in Kalifornien gelebt, in Israel. Dort hat er im Krieg mitgekämpft. Danach hat er sich nach Kalkutta abgesetzt, weil er von seinen Erlebnissen so angewidert war. Es war einfach eine ganz andere Welt! Vor allem, weil ich damals völlig unbeleckt war – ich wusste nicht mal, was Jude bedeutet! Er war ein richtiger Mann. Der erste normale Typ, dem ich in meinem Leben begegnet war ... dachte ich jedenfalls. Aber die Männer sind im Grunde alle gleich. Ob Jude oder nicht, sobald es Probleme gibt ... Er hat sich genau so verhalten wie andere Männer. Als er hörte, dass ich ein Kind erwarte, reagierte er panisch. Er bat mich, abzutreiben.«

»Und was haben Sie ihm geantwortet?«

»Wie sollte ich darauf schon antworten? Das hatte mich so … so aus der Fassung gebracht. Damit hatte ich nicht gerechnet. Der Mann, den ich liebte, der Vater des Kindes, wollte, dass ich abtreibe, der Mann, den ich hasste, mit dem ich aber verheiratet war, wollte, dass ich das Kind zur Welt bringe!«

»Und so haben Sie das Kind natürlich zur Welt gebracht …«

Sie schwieg eine Weile, sagte »ja …« und fing an zu weinen. Es begann mit einem heftigen Schluchzen, dann strömten ihr die Tränen nur so über das Gesicht.

»Tut mir leid«, sagte sie stockend und versuchte sich wieder zu fangen, »tut mir leid …«

Ich drückte sie an mich, wartete darauf, dass sie sich beruhigte.

»Es geht schon. Es geht schon wieder, sehen Sie, es ist gleich vorbei …«

Der übergriffige Vater, der Ehemann, der ihn ablöst, der unzuverlässige Liebhaber … Wahr oder nicht? Die Geschichte erwies sich so oder so als Enttäuschung – eine Geschichte, deren billige psychologische Erklärungsmuster dem Repertoire von Frauenzeitschriften entnommen waren, nicht meinem. Und so stellte ich mir, während ich sie in meinen Armen wiegte und tröstete, unwillkürlich andere Versionen vor. Beispielsweise, dass Charles-Édouard sehr wohl Jean-Christophes Sohn war *und sie es von Anfang an gewusst hatte*. So nahm die Geschichte eine andere Wendung, wurde geheimnisvoller, unerklärlicher –

interessanter. Die – selbstredend dramatische – Szene, als sie Abraham, dem vermeintlichen Vater, die Schwangerschaft beichtet, anschließend die Streitereien, schlaflosen Nächte, ständigen Anrufe, Selbstmordversuche, nachdem er sie gebeten hat, abzutreiben, sie, die einerseits »nein« schreit und sich andererseits bei Jean-Christophe ausweint, damit er »ja« sagt. Und dann was, als sie schließlich allein ist? Ein Rätsel. Die ganze Ausstattung dieses Dramas, das *aufgeführt* wurde, wenn auch hinter den Kulissen, auf ein Requisit reduziert, das für ein Ein-Personen-Stück, bei dem Darsteller und Zuschauer in eins fielen, unverzichtbar war: sie selbst. Sie selbst, dazu der im letzten Akt vorgesehene Mord. Und die Konversion, wenn wir schon dabei sind. Wer hatte denn die Gentests verweigert, die bestätigen sollten, ob ihr Ehemann der Vater war oder nicht? *Sie*. Diente das Verschwinden des Kindes nicht *ihrer* Verwandlung? Und wer machte am Ende das Rennen, wenn der Ehemann lebenslänglich ins Gefängnis wanderte, das Kind verschwunden und der Liebhaber tot war – doch keine andere als *sie?*

War ich nicht deswegen hier? Um meine Version mit ihrer zu konfrontieren? Und so hatte ich mich als überzählige Figur in ihre Geschichte eingeschlichen, allein mit dem Gift meiner eigenen Stoffe gegen ihr Gift gewappnet. Bloß dass ich jetzt nicht mehr wusste, ob ich ihre Träume überhaupt noch von meinen unterscheiden konnte. Wer lockte hier wen in die Falle? Mit wem hatte ich es zu tun? Mit einem Wrack, einem Opfer, das seine weibliche Identität ein Leben lang mit Zähnen und Klauen gegen die immer gleichen Feinde verteidigte – gegen männliche Unreife und Gewalttätigkeit (und heute Nacht gegen *mich* antrat)? Oder mit der Meisterin aller Klassen narzisstischer Manipulation – der durch und durch vollendeten Fabulantin, die ihre Tentakeln vom epileptischen Zentrum ihrer kurzschließenden Nerven ausbreitete? Wer von uns beiden verfasste diese Geschichte? Wer von uns erträumte den anderen?

»Und wozu dann die Konversion?«, hörte ich mich plötzlich fragen. »Um Ihrem Mann zu entkommen? Um eine neue Form von Heiligkeit zu erlangen? Haben Sie in der Kindergedenkstätte von Yad Vashem Charles-Édouard beweint? Haben Sie im Beth Din der Märtyrer Ihren Sitz eingenommen?«

Gott weiß, was in mich gefahren war. Als ich das sagte, hob sie den Kopf und starrte mich nun entsetzt an, die Augen voller Tränen.

»Hören Sie«, sagte sie, »Sie mögen ja Atheist sein, das ist Ihre Sache. Aber Sie haben eben nie gelitten, Sie wissen nicht, wie das ist!«

»Man wird ja wohl noch fragen dürfen ...«

»Sie sind auch so ein kleines Arschloch! ›Man wird ja wohl noch fragen dürfen‹«, äffte sie mich nach. »Was wissen Sie schon von solchen Fragen? Sie haben ja nichts erlebt! Was haben Sie denn erlebt? Sagen Sie es mir!«

»So einiges ...«

»Ja sicher! Irgendwelche Cocktailempfänge, dieses ganze Pariser Getue ... ›Ich schreibe‹? Von wegen! Was wissen Sie schon vom Leben? Ich war da, in Ihrem vierzehnten, in Ihrem sechsten Arrondissement, in den Szenelokalen, Le Flore und wie die alle heißen! Das typische Pariser Leben! Abraham hatte zunächst in Paris Arbeit gesucht, er wurde überall abgewiesen, weil er keine Beziehungen hatte. Mir können Sie nichts vormachen! Leute wie Sie treten doch alles mit Füßen! Nichts ist Ihnen heilig, wofür halten Sie sich eigentlich? Sie kennen nur Geborgenheit, sind in Samt und Seide aufgewachsen … Aber ich habe Gewalt erlebt, junger Mann. Und für Leute wie mich, lassen Sie sich das gesagt sein, für diejenigen, die zu leiden und zu kämpfen haben, ist der Glaube reine Lebensfreude«, sagte sie in einem absolut trostlosen Ton. »Ohne Glauben würden sich manche sogar umbringen. Er bedeutet also eine Menge, will ich damit sagen. Manchmal rettet er den einen oder anderen. Bevor Sie sich also darüber lustig machen, junger Mann, bevor Sie sich zum Richter aufspielen, sollten Sie vielleicht mehr darüber wissen. Verstanden?«

»Verstanden …«

»Warum ich konvertiert bin? Was für eine Frage! Was glauben Sie denn?«

»Ich habe nicht die geringste Ahnung …«

»Weil ich schon *immer* dazugehörte! Darum! Schon 1968 in den Slums. Und später, als ich die … die Obdachlosen von der Straße auflas – je mehr Kohle Jean-Christophe scheffelte, desto mehr Obdachlose las ich auf! Weil ich nämlich auf Seiten der Benachteiligten stehe. *Ich mache mich nicht über sie lustig!* Ich füttere die Katzen, ich nehme die Tiere auf, ich nehme die Ärmsten der Armen auf und ich bete und ich befolge die chassidische Lehre, nach der jeder kleinste Bestandteil des Universums göttlich und heilig ist. Was glauben Sie denn? Glauben Sie, ich wüsste nicht, dass das alles meine Schuld ist? Charles-Édouard, Abraham … Ich tue Buße, ja genau! Ich tue Buße … Jedes leidende Wesen ist Jude und jeder Jude ist Christus. Ich versuche, den Juden in mir zu schützen. Aber was habe ich früher für ein Unheil angerichtet! Oh, was für ein Unheil«, wiederholte sie nicht ohne einen wohligen Schauer, während ich sie weiterhin in meinen Armen wiegte.

Und ich stellte sie mir vor, ich stellte sie mir in der Kindergedenkstätte von Yad Vashem vor. Durch eine ausgeklügelte Anordnung von Spiegeln an allen Wänden wird die Flamme einer Kerze, die mitten im Raum steht, ins Unendliche reflektiert, während eine Stimme die Namen der ermordeten Kinder vorträgt. Genau so sah ich sie vor mir – auch sie ins Unendliche reflektiert, mit geschlossenen Augen gewiegt, wie sie gerade von mir gewiegt wurde, gewiegt von der Litanei der Toten, die sie entlasteten – sie, den personifizierten Tod. »David Grünberg. Louis-René Vidal. Juliette Messaiah. Anne Frank. *Charles-Édouard Cottard.*« Großartig! Die Mutter, deren Sohn geopfert wurde, bis ans Ende aller Tage durch ihre Marter koscheri-siert! Jüdin zu werden? War doch das Katholischste, was sie jemals getan hatte! Das übertraf noch das Karmeliterkloster in Auschwitz!

»Wenn Sie wüssten, was ich mir hier seit meiner Konversion alles anhören musste«, sagte sie unterdessen. »Sie können sich das nicht vorstellen! Sie können sich nicht vorstellen, wie das hier ist. Die ganzen Gerüchte, die über mich im Umlauf sind, der ganze ...«

»Warum sind Sie nicht weggegangen?«

»Und wo hätte ich hingehen sollen? Was würde das schon für einen Unterschied machen? Sie sind schon ein seltsamer Kauz. Wer weiß, was Sie eigentlich suchen. Da kommen Sie mit Ihren ... mit all diesen hochbedeutenden Fragen, denen Sie angeblich auf den Grund gehen wollen. Dabei sehen Sie nicht einmal die einfachsten Dinge! Sie sollten mir lieber ein bisschen helfen, anstatt Fragen zu stellen.«

»Ihnen helfen?«

»Aber ja.«

»Und wie?«

»Als ob ich hier einfach so weggehen könnte! Hier bin ich doch aufgewachsen, hier hat alles angefangen. Verstehen Sie? Glauben Sie vielleicht, dass diese Stadt mir nicht mehr den Ausblick verschandeln wird, wenn ich woanders hinziehe? Glauben Sie wirklich, dass ein Tapetenwechsel hilft, wenn man alles verloren hat, wenn man ganz allein zurückbleibt? Nein. Nein, nein, nein, nein. Claude Cottard kann man nicht einfach mit einem Placebo abspeisen, junger Mann!«

»Und was haben Sie jetzt vor?«

»Wenn Sie wenigstens«, fing sie an und musterte mich eingehend, bevor sie plötzlich aufsprang und zum Schrank ging, der uns gegenüber stand. »Wie soll ich sagen ... Wenn man Ihnen wenigstens vertrauen könnte ... Aber nein ...

Männer! Keiner von ihnen hat die Kraft, mich zu befreien. Alles in Brand zu stecken, das wäre das einzig Richtige! Aber keine halben Sachen, es müsste alles verbrannt werden! Ohne die geringste Spur zurückzulassen! Alles verbrennen wie einen Fetzen Papier im Ofen! Dann hätte ich Vertrauen, ja. Damit würden Sie beweisen, dass Sie mehr sind als ein eitler kleiner Pariser!«

Sie hatte die Fahne weggestellt und die Schranktüren weit aufgemacht – wie ich sehen konnte, verbargen sich dahinter vier Benzinkanister.

»Wir würden mit der Villa anfangen«, sagte sie und stützte sich auf die Fahnenstange. »Ein Kinderspiel, diese Hütten kann man im Nu abfackeln. Ich habe das nötige Zubehör, und Sie wissen ja, wie es hier bei Bränden zugeht, wenn man es richtig anstellt, hat sich alles in Rauch aufgelöst, bis die Löschflugzeuge anrücken. Helfen Sie mir dabei?«

»Hören Sie, ich weiß nicht, ob ...«

»Wusste ich's doch, Sie sind ein Schlappschwanz! Das alte Lied!«

»Wie wär's, wenn Sie erst mal die Tür zumachten? Dann legen Sie sich schön wieder hin und ...«

»Ach, ich soll mich also hinlegen? Wollen Sie mich vielleicht flachlegen? Dazu seid Ihr Kerle ja immer bereit!«

»Das ist doch absurd ...«

»Absurd? Sie finden das absurd? Und was soll ich erst sagen, wo Sie es sich auf meinem Bett bequem gemacht haben? Ist das vielleicht nicht absurd?«

»Hören Sie, lassen Sie uns morgen weiterreden, ja?

Wenn es hell ist. Jetzt stellen Sie erst mal das Ding wieder weg«, sagte ich und zeigte auf die Fahne, »Sie brauchen eine Runde Schlaf.«

»Machen Sie, dass Sie wegkommen!«

Sie stand vor dem Bett, hinter ihr der offene Schrank, an der Wand das Bild ihres Vaters und in der Hand die Fahne, deren Spitze den Boden berührte.

»Verlassen Sie auf der Stelle mein Bett!«

»Aber hören Sie ...«

»Raus hier!«, brüllte sie – dann machte sie zwei Schritte auf mich zu und richtete dabei die Fahnenspitze auf meine Kehle.

»Ist ja gut«, sagte ich, während ich ganz vorsichtig aufstand, »beruhigen Sie sich, wir können über alles reden ...«

»Reden? Es gibt nichts zu reden! Sie verschwinden jetzt auf der Stelle!«

»Aber Sie können mich doch nicht einfach so rausschmeißen!«

Den ganzen Abend über hatte ich versucht, von hier wegzukommen, aber jetzt, da sie mich vor die Tür setzte, war ich bereit, mit ihr zu *reden*, um mich einzudrängen.

»Raus!«, brüllte sie erneut. »Weg da, los!« Diesmal musste ich tatsächlich zurückweichen.

»Und wenn ich Ihnen helfe?«, hörte ich mich fragen.

»Sie?«

»Ich.«

»Dazu sind Sie gar nicht fähig.«

»Ich bin zu allem fähig« – und das war sicher der zutreffendste Satz, den ich an diesem Abend von mir gegeben hatte.

»Und warum sollten Sie das tun? Sie haben noch nie um etwas gekämpft. Sie wissen gar nicht, was das bedeutet. Warum sollten Sie das jetzt tun?«

»Weil Sie Hilfe brauchen. Weil ich will, dass Sie meine Hilfe annehmen. Weil ich Hilfe brauche.«

»Sie sind echt ein armes Schwein, was?«, sagte sie, nachdem sie mich eine Weile reglos angestarrt hatte.

»Nehmen Sie mich an«, sagte ich, drückte die Fahnenspitze herunter und führte Claude behutsam zum Bett zurück. »Ich helfe Ihnen. Ich werde für Sie alles in Brand stecken. Ich werde alles verbrennen, was Sie wollen, ich werde den Konflikt beenden, der Sie zerreißt. Nehmen Sie mich an.«

»Reinheit, darum geht es mir.« Ihre Augen waren feucht. »Mehr will ich doch gar nicht. Ein bisschen Liebe!«

»Wenn nur noch Asche übrig ist – nein, wenn nicht einmal mehr Asche übrig ist, Sie werden es noch erleben. Bald.«

Wir hatten uns wieder hingelegt, sie schmiegte sich wieder an mich, ich sprach wie zu einem Kind, das man zum Einschlafen bringen will, ich dachte, dass sie sich für ihre Vergangenheit das gleiche Los wünschte wie Jean-Christophe für den gemeinsamen Sohn – Einäscherung. Sie wollte eine Lücke schaffen. Eine Leere, der man eine andere Geschichte einschreiben konnte. Ich dachte an Danilo Kiš und an das, was er über die Kenotaphen schreibt – die leeren Gräber, die die Griechen ihren toten

Helden stifteten, wenn deren Leichen nicht aufgefunden wurden. Ich dachte an meinen Vater, der in dieser Grenzstadt gelandet war, 1942, mit seinen gefälschten Papieren.

»Alles Bedrückende, alles, was zu viel ist, wird sich in Rauch auflösen, Sie werden sehen.«

Das Wort »Rauch« wurde von einem Darmknurren übertönt, und keine Minute später hörte ich sie schnarchen.

Ich wartete noch ein bisschen. Als ich merkte, dass sie tief und fest eingeschlafen war, setzte ich zum Befreiungsschlag an. Dafür gab es im Grunde nur eine Vorgehensweise, zunächst musste ich mich mit dem Oberkörper zum Bettrand vorarbeiten, bevor ich den Arm unter ihrem Nacken hervorziehen konnte. Danach ließ ich mich, um sie nicht zu wecken, so langsam wie möglich zu Boden gleiten, was umso schwerer zu bewerkstelligen war, als ich immer noch in meinem Regenmantel feststeckte. Vom Teppichboden aus robbte ich auf die Tür zu und versuchte, mich zu orientieren; während ihr Schnaufen und Schnarchen weiterhin zu mir drang, kroch ich um das Bett herum, dabei stieß ich gegen die Schranktüren, die sie offengelassen hatte. Als ich bereits zwei Drittel der Strecke zurückgelegt hatte, brachte ich es zuwege, mich in der Fahne zu verheddern, die zu Boden gefallen war. Meine Gürtelschnalle hatte sich in den Fransen verfangen, es gelang mir allerdings, die Fahne mitzuschleifen, ohne dass die Schlafende aufwachte. Im Flur stand ich auf, zerrte die Fahne von mir und warf sie in die Ecke. Danach versuchte ich, die beiden Hunde, die wieder meine Knöchel beschnüffelten – vielleicht in der Hoffnung, dass ich mit ihnen Gassi gehen würde –, zu ignorieren, und stürmte diesmal wirklich, ohne Wenn und Aber, ins Treppenhaus.

Draußen hatte der Regen aufgehört. Ich passierte den Wasserstrahl der Straßenreinigung auf dem verlassenen Bürgersteig und lief durch die menschenleere Stadt, in der die Nacht allmählich schwand.

Das war's, es gibt nicht mehr viel zu erzählen. Was Navon angeht, habe ich zuletzt gehört, dass er aus dem Verlagswesen ausgestiegen ist und osteuropäische Neureiche mit Schlangen und Leoparden für den Hausgebrauch versorgt. Gegen sein Unternehmen, das auf deutsch-russischen Handel mit Wildtieren für Privathaushalte spezialisiert ist, ermittelt die Brüsseler Antikorruptionskommission. Ich weiß nicht, warum mir das gerade jetzt einfällt. Vielleicht wegen des Horizonts, den ich im Blick habe, am anderen Ende beginnt der Balkan. Unser Zimmer befindet sich im dritten Stock des Hotels, eine Art Apartment mit Flur und Küche. Dort sitze ich, in der Küche, an dem kleinen Resopaltisch, wo ich diesen Bericht eben abgeschlossen habe. Durch den Türspalt kann ich Virginies Körper sehen, in blaue Wolldecken eingewickelt. Schlafen ist das, was sie am besten kann. Aber ich schlafe nicht. Noch vom Nachtschweiß bedeckt, unsicher, ob ich das Erlebte tatsächlich vom Geträumten unterscheiden kann, sehe ich mit einem Auge zum Fenster hinaus und lasse jetzt das Lächeln der Morgenröte auf mich wirken. Das Fenster ist klein, senkrecht zwischen einer alten Emailspüle und pissgelben

Wänden eingezwängt. In diesem Hotelzimmer ist das aber die einzige Stelle, die zwischen zwei Gebäudekanten Aussicht auf die Bucht gewährt. Ich sage mir, dass ich den ersten Frühlingsmorgen der ersten Dekade des neuen Jahrhunderts erlebe, und empfinde dabei nichts. Weiter hinten ziehen Gewitter auf, sie zeichnen sich über dem Meer als dünnes Stahlseil ab. Doch zur Stunde ist noch alles friedlich, nach den gestrigen und vor den künftigen Stürmen. Ein rosiges Leuchten erhellt den Nachthimmel, und in diesem so flüchtigen Moment schwebender Heiterkeit, in der stillen Bewegung aufglimmenden Lichts, in diesem Augenblick der Gnade, da alles möglich scheint, scheint auch alles an seinem Platz zu sein.

Wie jede Träumerei setzt sich auch die vorausgegangene zuweilen den Fährnissen der Wirklichkeit aus – persönliche Erinnerungen des Träumers, aber auch Spuren, die die Zeitungslektüre hinterlassen hat, sowie bestimmte vermischte Meldungen, die gelegentlich darin wiedererkennbar sind. Dennoch gilt hier wie für jede andere Träumerei, dass die Auslassung oder Ergänzung mancher Details, die Zusammenfügung der verschiedenen Episoden und insbesondere die Figuren mit ihren Lebensumständen und Äußerungen in diesem Roman allein der Vorstellungskraft des Autors entspringen. Um Danilo Kiš noch einmal zu paraphrasieren, hat sich mein Bericht, der am Rande der Tatsachen beginnt – ohne sie voll und ganz preiszugeben – in jenem Halbdunkel fortgesetzt, wo die Dinge einen Schatten, Umrisse bekommen, die leicht verrückt sind. Das heißt, dass die Bedeutung, die man diesem Buch gern beimessen würde, vor allem auf gewisse frühere oder gegenwärtige reale Ereignisse oder Personen bezogen, nicht größer sein kann als die Bedeutung, die man Träumen zugesteht.

Ouvrage publié avec le soutien du Centre national du livre – ministère français chargé de la culture.

Dieses Werk wurde gedruckt mit Unterstützung des Centre national du livre, französisches Kulturministerium.

Die Zitate von Danilo Kiš sind den folgenden Ausgaben entnommen:
Seite 95
Die Sanduhr. Aus dem Serbokroatischen von Ilma Rakusa. München, Wien: Carl Hanser Verlag 1988, S. 155.

Seite 91
»Ich suche einen Platz unter der Sonne für meinen Zweifel.« In: *Homo poeticus. Gespräche und Essays*. Hrsg. von Ilma Rakusa. München, Wien: Carl Hanser Verlag 1994 (Edition Akzente), S. 198 und 213.